沙漏

Ⅲ

饶雪漫 作品

山東文藝出版社

果麦文化 出品

沙漏记得，我们遗忘的时光。

The sandglass remembers the time we lost.

目 录

Contents

PART 01

蒋蓝

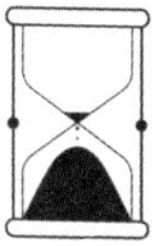

我终于像丢掉了我的蓝色高跟鞋一样，

也丢掉了我无处安放的虚荣心。

在这个世界上，我听过的最动人的话是：我要养你一辈子。

唯一可惜的是，当我懂得这句话的时候，我已经老去。

“灯笼易灭，恩宠难寻。”我从别人的博客上抄下这八个字，放在我的博客上。忽然之间，天昏地暗。

我的宝贝，我多么想还来得及去爱你。

——摘自蒋蓝的博客“私奔的公主”

1

我的家，是北京西四环那些如灰尘颗粒般分布的众多小破屋中的一个，十八平方米大小。推开那扇门，走进去，左拐，就是一个二十四小时都充满着漏水声的破卫生间。但是，只要用拖把使劲敲一下水箱，就会一切安好。只是我和我的同屋都不太喜欢敲它。敲水箱太费力，更何况我总是太累，回到家里唯一想做的事情就是往床上一躺，啥也不想。

但是我今天不爽。

而且是很不爽。

我捡起地上不知干了多少天的拖把狠狠地敲了一下水箱，它停顿了一会儿，又继续叫起来。我从鞋柜里拿出一只断了跟的凉鞋，对着它啪啪地不停敲。它终于停了——在我把整个凉鞋鞋帮都敲散架了之后。我又捡起地上的干抹布，飞快地在墙上那面摇摇晃晃的镜子上擦了擦，镜子露出一小块明亮的地方，我从里面正好看到自己的左脸颊。

多好看的脸蛋，多粉嫩的皮肤。这样的脸蛋和皮肤要是还当不了明星，不是老天爷有眼无珠是什么？

好像着了什么魔，我伸出一只手，迅速刮了自己一下。就像一个小鞭炮在我耳边炸开了，我立刻耳鸣了。这种感觉真是好极了。我伸出两个巴掌，对着自己的脸左右开弓地扇起来，每扇一下就铿锵有力地骂自己一声。

我不知道自己到底扇了多久，骂了多久。耳光的响声依然像鞭炮，而且是一个过年才会放的长鞭炮，直到两眼冒金星，耳鸣声响亮得仿佛汽笛声，我才收了手。

我仍旧站在刚才的地方，我的左脸颊在镜子里，就像注了水的猪肉一样，散发着薄薄的一层油光，好像一捅就会破，流出一大摊油。我尝试着笑了一声，嘴角火辣辣的，但我极爱这种滋味，像刚喝完一大锅热气腾腾的麻辣火锅底料，爽得要死。所以我咧着嘴大笑起来，生活太好笑了，让我笑死算了。我一边这么英勇地想着，一边从卫生间里三步向前两步退后地走出来，跌跌撞撞地爬上属于我的那张小床，摸出我包里的最后一罐啤酒，想安慰一下因为骂自己而骂得就要发炎的喉咙。

我轻轻地把拉环拉开，一口气灌进了半罐。

就在这时候，响起了敲门的声音。

我拿着那罐啤酒，光着脚跳下床，一把拉开门。门口站着的人是阿布，他一把夺过我手里的啤酒，盯着我的脸问："被谁揍成橡皮泥了？"

他把头发剪短了，整个脑壳每隔十厘米就有一块被剃得光光亮，像一条条跑道。我指着他的怪样，说不出话，只是又忍不住大笑，一笑脸上就像撒了一把花椒，泪水都掉了下来。

“谁把你脑子打坏了？”他还在问。

我看他脑子才是坏的，他也不想想，除了老娘自己，谁敢动我？我懒得跟他啰唆，手直接摸到他头上去，想感受一下质感如何。他打我的手。我趁机把酒抢回来，一饮而尽，然后哑着嗓子问他：“钱带来没有？”

“你还是回去吧。”他劝我说，“你窝在这鬼地方，真以为有什么出路？”

“不借拉倒，少教训我。”我用空酒罐去砸他，他躲开了，正砸中他身后的门。门上方立刻哗啦啦掉下来一大片早已经浮起的墙皮。我盘腿坐到床上，冷冷地对他说：“没带钱来你就走吧。”

说完，我就直挺挺地倒在床上。我从枕头底下摸出烟盒，掏出一根烟点上，没抽几口，觉得没味道，又面朝墙，将那支烟狠狠地在墙上按出了一个黑点。

阿布却没走，他在床边坐了下来。我不由自主地转过身去看着他。他伸出一根手指在我脸上划了一下，轻声说：“不要太倔强，会吃苦头的。”

我抓住他那根在我脸上滑动的手指，忽然很希望他会吻我。我们认识那么久，他从来都没有吻过我。但这个念头只是在我的心里一闪而过，像那个被我按在墙上的烟头，刹那火光，最后只变作一个现实的黑点。

有些人之间永远都不会发生爱情，我和他就是这样。

“阿布。”我却忽然有心情逆天而行，把头仰起来，闭上眼睛对他说，“你娶我吧？”

“扯淡！”他伸出手，在我的枕头底下粗鲁地乱摸一气，好不容易摸出一根烟点上。

我咯咯地笑了，问他：“吓到了？”

他还是不说话。

“你还真打算为姓莫的那妞守一辈子空房？”

我知道我的话触犯了他。他像个被点着尾巴的牛一样从床边腾地站起来，用那种喷火的眼神看着我，从口袋里掏出两百块钱扔到我面前，拉开门出去了。

完成这一系列行云流水的动作，他只花了一秒钟。

这个孬种，这么长的时间过去了，只要提到那个姓莫的，他就没法平静。

得，滚吧！

我捏着他留下的那两张纸币，坐在床边，开始折纸。我把其中一张折成了一颗心的形状，另一张折成一只丹顶鹤。喝了酒又得了钱的我，无论如何心情还是好的。我捏着两件艺术品，开心地浮想联翩：是先付房租，还是先大吃一顿，或是去买件起码能穿得出门的衣服？说来好笑，这两百块钱在现在的我看来无疑是笔巨款，如果被姓莫的和姓米的那两个丫头知道，我真担心她们的大牙还能不能保得住。

我忍不住尖着嗓子摇着头鬼叫般唱歌：“还有一只丹顶鹤——

轻轻地——轻轻地——飞过。”我正唱着，门开了，我还以为是阿布折了回来，却没想到现身的是好几日不见的我的同屋孟梦小姐。她傻兮兮的，头上戴着一顶格子布帽，身后拖着一个大蛇皮袋，穿得跟拾荒的没区别。她看了我一眼，把蛇皮袋往桌子下面一推，说道:“房东叫下周五前搬家。”

这个房子本来是孟梦一个人租的，我来了，她救了我，我也救了她。因为那时候她的钱已经不够付房租了，而我刚来北京那一阵，住的地方换了一个又一个都不如意，遇上的不是变态老男人就是搞摇滚的情侣，要么就是骗子、瘪三，好不容易在搜房广告上的角落看到她。我摸到她家一看，就爱上了这里。又小又干净又便宜，正合我意。至于孟梦为什么同意和我合租我却没问过她，听说在我之前她拒绝了三个女学生，偏偏看中了我。这让人缘一直不怎么样的我有些小成就感。就这样，两个本该怎么也走不到一起的人，居然在一起住了半年多。

其实，我挺同情孟梦的。她喜欢画画，考中央美术学院三年都没考上，今年在准备第四次冲锋。她说话很少，跟活死人没区别。我和孟梦虽然人生观不同，同屋异梦，但我们都懂得彼此尊重，懂得视对方为空气，有什么不好呢？但现在，她忽然说要我搬家，虽说我欠了她一个月房租，但也不至于这般绝情吧。

我懒得理她，把钱揣进兜里，摸了摸自己肿得夸张的脸，再摸了摸一整天没吃饭的肚子，准备还是先出去吃点东西。我没有化妆，丑成这样还化什么妆，再说偌大的北京也没人认得我。我穿着两天没洗的花裙子在镜子前转来转去时，孟梦又进了卫生间。

透过房里那面窄窄的镜子，我看到她正在把整袋去污粉倒进浴缸里，像在浴缸里做炒河粉。

“我再说一次，房东说，房子要收回，下周五前我们要搬家。”我正准备出门的时候，孟梦像一个女鬼一样在我的身后发出幽幽的声音。

我不可思议地看着她，扬着声音问：“你要我搬走？”

“不是我，是房东。”她像说绕口令一样地对我说，“我不是房东。”

“屁！”我狠狠地搓着自己的手指，一边搓一边骂，“你脑子不清楚是吧？要老娘搬老娘就搬？把老娘当难民了！”其实我知道不是孟梦的错，我只是想拿她出出气。真不知道今天我究竟犯了哪路神仙，不停地倒霉，接二连三。我继续骂骂咧咧，顺手把刚才用剩下的化妆棉扔进了旁边的浴缸里。

“你是不是有病？”孟梦把还戴着手套的手伸进浴缸捡起那些沾着泡沫的化妆棉。她把它们狠狠捏在手里，像跟我示威一样。我本来预备向她道歉，可“对不起”的“对”字还没出口，她就直接把那些脏兮兮的化妆棉扔到了我刚刚洗干净的脸上。

我伸出自己的手，狠狠地甩了她一巴掌，大骂了她一句：“你想死！”

“我忍你很久了。”孟梦说。

“算你命不好，你他妈继续给我忍着吧！”我一边骂一边快步走出了卫生间，一直走出去，用力关上了小屋的大门。我一直走到街口才松了一口气。与其说走，不如说跑，我离开时，孟梦正转身去提她身后那满满一桶污水。我怕她追出来把那桶污水都洒在我身上，我可不想跟她在大街上打架。况且，我身上穿的正是我最后一件能穿出门的衣服。

这是我第二次打孟梦。第一次，是我到这里来的第二天。我们因为一盘凉拌番茄吵架，把我俩所有的碗都摔了。就因为我搡了她一把，我们在小床上互相撕扯打架，打到都累了才罢手。她的手被我抓破了。我的胳膊被她咬出了血印。最后，我们一起哭了。她哭的时间比我长一些，由此可见，她性格也比我倔一些。

孟梦这个小妞跟我在老家遇到的女人都很不一样，或者说，在北京漂着的这帮女人，每个人都很强悍，风吹雨打都不怕，不是轻易能被撂倒的，跟我读书时老家那帮白痴似的小妮子根本不一样。

我也渐渐地被锻炼成这样一个悍妇。要是再拼哭，她未必是我的对手。

我继续往前走了几步，一拐弯，发现阿布竟然没走，叼着烟低着头站在灯箱旁边，好像早就猜到我会出门一般。

我干脆没理他，径直从他身边走过。

他一把拉住我说："我有个朋友开了个酒吧，你要是愿意，就去试试？"

"去干吗？"我问他。

"你高中都没毕业，还能干吗？"他反问我。

"好吧。"我说，"给多少钱？"

"看你干得如何。"阿布打量着我说，"不过就你这骚样，万儿八千的应该没问题。”

“好吧。”我说，“等我脸好了就去上班。”

“喂，你的脸到底怎么回事？”

“被人扁了。”

“谁扁的？”

“傻子。”

他想了半天后说：“那傻子还挺牛的。”

2

虽然我不是一个大脑很复杂的人，但有时候我也会思考一下生命的真谛。

在我十五岁之前我一直不知道自己的人生该何去何从，前途就像一片荒地，寸草不生。我们班有很多有理想的人，特别是很多外表一片洁白、内心花花肠子的女生，和她们一比，我简直就像是少年儿童般清纯可爱。可是我美丽的外表欺骗了大家，很多人都说：“蒋蓝这丫头有心计！”

天地良心，我要是有心计，我妈还会那么担心我吗？我妈对我的担心真是难以用言语来形容。她除了炒股，另外一大爱好就是算命。从我十四岁起，她就不断念叨，说我十五岁会遇到贵人。

“狗屁贵人！”我爸这样骂她，我们家人都爱说脏话。我爸和我妈都是小职员，小日子过得不好也不差，这跟我大伯家截然不同。我大伯家产业做得很大，我们家还住六十平方米的筒子楼时，他家已经盖别墅了。

第一次去他家做客时，我的脚被我妈用鞋跟狠狠地踩了一下。她对我低声喊：“进门是要脱鞋的！”

我的堂姐蒋皎穿着一双水晶拖鞋站在门口，她微笑着，伸手把我拖进屋子。

她说：“没事，进来吧。”

我怔怔地看着她的脸，发现那上面有一种让我羡慕的容光。

那时我还没想到，传说中的贵人就是她。

后来，她去了北京读大学；再后来，她不读书了，据说是要去当歌星；再再后来，她一夜成名，改了名字，变成了香港人。一切都像是在做梦。

至今，我都记得那天在她家，她把她的第一张专辑《十八岁的那颗流星》递到我手里时的情景。她只穿了一条简单的白裙子，将那张小小的CD递到我手上之后，就背对着我，在她家那架三角钢琴前弹了一首曲子。那首曲子动听无比，我的小腿居然为这美丽的音符莫名打战。那个夜晚回家后，我躲在我的小房间里反反复复地听她的歌，经过录音棚处理的歌声已经变得面目全非。或者说，被包装过的我昔日的堂姐蒋皎今日的大歌星蒋雅希已经变得面目全非。好像我们曾经一起玩耍并且抢一瓶可口可乐喝的那些日子根本就没有存在过。她的歌确实好听极了，我着魔般地学着哼唱那些歌里的旋律，一边哼一边神经质地在房间里跳来跳去。

我站在镜子前，学着她拖我进屋时的表情，伸开手，一颔首。

简直完美至极。

其实我长得真的很美丽。很多人都夸我是天生的美人坯子。她都行，我有什么不行的呢？因为她的成功，一种莫名的憧憬从此在我心底扎根，蓬勃生长起来。

当一次家宴后，大妈当着我妈的面信誓旦旦地说也要帮助我进入娱乐圈的那一天起，我就再也无心上学了。妈妈也喜不自胜，她更加肯定“贵人之说”是真实的；而我，则开始觉得我和班里那些人都格格不入。我是要上天的，而他们只能平庸地待在地上。想到这一点，我连跟他们说话的兴趣都没有了。讲多错多，等我成名了，万一他们拿出其中的某一句来取笑我，我可是连悔死了的心都有。

然而，就在我乘风破浪之际，却发生了一件惊天地、泣鬼神的事情——她死了。

我的堂姐、著名歌星蒋雅希死了。

她的死很离奇。仿佛只是发生在一刹那。当我知道那个消息的时候我感到天已经塌了。世界变得灰暗一片，我的前程，我的梦想，我的一切的一切，都在妈妈接到那个电话的时候统统完蛋了。那一阵子我在学校里变得很低调，不想多说一句话，连走路都低着头。

我妈气得肠子发青。她的单位破产，她是第一批下岗的。下岗之后，她积极活跃在牌桌上，同时抓牢她的股票事业，对我几乎撒手不管。我爸恶狠狠地指着我说：“你跟你妈一样，整天除了做梦啥也不知道！”兴许他是对的，但他不明白的是：我已经不再是十五岁时的那个我了。

成名不得的事情让我觉得一切只是运气的问题。我一直在等待。我不服输，我不止一次地跟自己打赌：我会成功的。

谁说不是呢？让我柳暗花明的人是一个叫吴明明的女人。她是蒋雅希曾经的经纪人。我跟她见过几次面，我生平唯一一次上镜演过一回小破角色也是拜她所赐。她在我完全没想到的情况下来到我家，决定要带我去北京，用她的话来讲——“完成我和雅希未完成的梦想”。

我妈挺高兴，我爸也挺高兴。妈妈高兴是因为她的梦没有白做——踏破铁鞋不费力。（这话是不是这么说的？）总之她几乎没费本钱就把我赌成了大明星；我爸高兴，是因为他知道我考不上大学，何况这么多年，他也知道我就是喜欢表演，能上北京闯闯也不错。当然我自己更高兴。我成绩那么差，能有一条路走总好过将来养不活我自己。最关键的，是梦想。

梦想催人奋进！多富有哲理的话！

就这样，我休了学，义无反顾地跟着吴明明来到了北京。吴明明给我安排了一个住的地方，还算不错，每天有人管我的吃喝。她把我打扮得花枝招展，带着我见了许多人，跟他们撒谎说我是蒋雅希的亲妹妹，说什么就冲着蒋雅希那些伤心欲绝的粉丝，把我捧红易如反掌。酒桌上所有的人都信誓旦旦，但第二天酒醒后还记得我的人实在没几个。娱乐圈是一个忘性最大的地方，慢慢地，已经不再有人记得蒋雅希，而我，也一直都没有像想象中那样红起来。很快，吴明明遇到了一个特有钱的主，那人有个小老婆，唱歌的时候像蚊子在哼哼。为了那个母蚊子，吴明明当机立断地抛弃了我。她坐在她家沙发上懒洋洋地对我说："我看，你还是先回去读书吧，考个电影学院什么的，有点基础，我再带你混也不迟。"

我把她面前的茶泼到了她的身上。

鬼都知道，老娘考不上大学。她当我三岁小孩呢！

于是乎，我离开了吴明明。不过我家里的人对这一切都不知晓，他们依然认为我在北京进行着"魔鬼训练"，尤其是我妈，不停地问我何时出第一张专辑，何时开拍第一部以我为主角的电影。更让我受挫的是我的大伯。那一次他来北京出差，我去他北京的家里看他。他正打算把那套房子卖了。我问他能不能不卖借给我住。他很干脆地回答我说："不行。"

"我在北京没地方住了，我跟吴明明闹翻了。"我说。

"那就回家。"他塞给我几百块钱说，"别想着当什么腕了，尽整这些不靠谱的。你看看你姐，就应该早点清醒。"

我捏着那几百块钱转身就走了。

后来我妈来北京找我，想求我回去，我就干脆换了电话号码，让她找不到我。我下定决心，如果不拼出个人样来，我死也不会回到那个生我养我的鬼地方的。

"大明星变坐台妹。"阿布咬着牙签，在小餐馆里看着我说，"看看你的背时样，让你回去你不回去，北京有那么好吗？有多少人死在北京你知不知道？"

“我有办法。”我说。

“拉倒吧，有办法你早想了。”阿布说，“会给人整这么惨？差点去拍三级片。要不是你昨天跑得快，我看今天你的玉体就飞满各大网站了！”

他说得一点也没错。

但我大脑犯迷糊的原因很简单，我没有钱了，几乎山穷水尽。那天在娱乐新闻的版面看了朱茵的专访之后，我异想天开大脑短路地认为我也许可以走她的路试一试。

谁不是这么过来的呢？

哪里可以找到那种相关剧组的消息，我心里有谱。以前跟吴明明混的时候，认识几个女孩子，她们都接过这种活。我打了其中的一个电话。她在网上给我发了一个地址，上面有剧组招人的广告。我按上面说的 Mail 传去了我的简介和照片，很快收到了回复，让我去复试并签约。这简直顺利得离谱，等我按照广告上的地址终于来到应约见面的地点时，我却有点犹豫了。电梯不断往上升，我的脑子里不断变幻着去年夏天的那一幕。

那是去年暑假的一天，那天我喝多了，不知道怎么回事就被人拉到学校里。那个晚上，我被两个刚刚见面几乎还不认识的男人按在地上。那两个禽兽居然扒我的衣服。我死的心都快有了。很离奇的是，那天居然是莫醒醒救了我——后来那个比谁都虚伪的女同性恋妹妹把这件事给我传了出去。所以我对她谈不上感激。

谁都有不堪回首的往事。但如果可以彻底忘掉它，是不是就能当作从来都没有发生过呢？

我正在想的时候，电梯停住。我走出来，才发现这里的走廊都灰蒙蒙的，好像从来都没人来过一样。

我试探性地问："有人吗？"

居然会传来回音。

我有些害怕，转身刚要走进电梯时，却忽然听到身后传来一阵响声。

"是来应征的？"某房间的门被打开了。背着光，我看到一个拿着文件夹的女人，样子很斯文。

我的心又蠢蠢欲动。

奶奶的，豁出去了。既来之，则安之。

我走进传说中的剧组办公室。里面只有一张办公桌和一张沙发，办公桌上什么也没有，沙发上半躺着一个女人，坐着一个女人，都浓妆艳抹得看不出年龄。

我在心里祈祷了一千遍，千万不要把我的脸化成那样。

坐在办公桌前的一个秃顶老头对我伸出手："我是摄影师。导演还没来。你好！"

他的鼻子塌得像块面疙瘩，满脸都是皱纹，丑得我快作呕了。我不想伸手，只好找别的话题。"要拍什么，先让我看看剧本吧。"

"剧本？"他把头往前一探说，"得让我先看看你。"

"吴明明介绍来的。"我把腰挺起来说。我才不怕他看，看就看，看得到摸不到。

"不是于佳同介绍的？你把名字写下来。"他在我的气势下败下阵来，从抽屉里拿出一张薄薄的纸，又抽出一支笔，压在那张纸上。

我想了半天，正在考虑要不要写真名的时候，躺在那里的女孩忽然坐起来说话了。“你是蒋雅希的妹妹吧？我听吴明明说起过。”

我面露喜色，想不到我还是有一定的名气的。

“是。”我赶紧说。

“你姐死得很惨啊。”那女的好奇地问，“你倒是说说看，到底咋回事？”

“不知道！”我说，“人都死了还说这些干什么。”

“你看看合约。”那个男的又打开抽屉，拿出另外的两张纸说，“要是满意，就签了它。我看嘛，你还是有一定的市场号召力的。”

我本还想用笔点着那些字看，但一看那合同上字那么多，又那么小，实在提不起看的兴趣，于是对她说：“你就说多少钱，什么时候能拿钱？”

刚才那个女人一听这话立刻笑了起来：“蒋家的女人原来都这么贱！”

“你说谁呢？”我把笔拍到桌上，人冲到她面前。说实话，算她命好，如果放在高中，不管她是姓莫还是姓米，我肯定毫不客气地甩了她两个嘴巴。但这是在北京——花花北京，迷人的舞台，只是还没到我蒋蓝唱戏的时候。所以我得忍着，再忍着，把恶气都咽到肚子里等它烂掉。

所以我没动手，我只是和她对视，等待她在我目光中偃旗息鼓。

可惜又可惜的是，她并没有。相反，她跳起来，飞快地给了我一耳光，然后厉声对我说："滚，不然有你好看！"好像动作片，随着她的尖叫声，里屋冲出来一帮彪形大汉，个个横眉怒目地对着我。

于是，我滚了。

于是，我把自己揍了一顿。

于是，我成了一名酒吧女。

3

第一次见到古木奇，我以为我认错了人。他长得真的很像他，一个我以前曾经"怦然心动"过的人。但很快我就明白过来，他不是他，他们只是长得像。但就冲这一点，我决定把我的酒卖一点给他。

我晃到他面前，用娇媚的声音问："先生，不喝点什么吗？"

他很干脆地回绝了我："不。"

"看你长得帅，八折。"

他没有理我。

我并不放弃："七五折。"

他终于肯正眼看我。我也毫不示弱地微笑着看着他。我有经验，如果有男生敢和我这样对视一分钟以上，那么他的一辈子基本上就完蛋了。但可惜的是，看到五十九秒的时候，古木奇转开了他的目光，转而看着桌面对我说："等我朋友来了再说吧。"

算他识相。

"先生贵姓？"我替他打开一瓶酒，"以后常见面，认识一下哦。"

"我姓古。"他说，"叫我古木奇好了。"

世界上有这么难听的名字吗？算了，看他肯买我的酒份上，我忍了。

那晚古木奇好像请了很多朋友，他们先后而来，一共买了我五十七瓶啤酒。不过他自己一瓶都没有喝，他也不抽烟，只是坐在那里沉思，听任自己的一帮朋友在那里兴高采烈地胡闹。又是一个"心事男"，看来不是老婆跟人跑了就是股票被套牢了，值得可怜。这期间我们的眼神交流无数次，直觉告诉我，这是个有钱的主。只是不知道，他是不是也有个唱歌像蚊子哼的女朋友。

我做了手脚，结账的时候，把五十七瓶算成了七十七瓶。他眼皮都不眨地签了单。我喜出望外分外热情地把他们一行送到大门口，"再见，欢迎再来"说得我嘴皮都发麻。他的朋友很快散掉。他却折回身来对我说："晚上有时间吗？"

我反问他："干吗？"

他问："你几点下班？"

我答："随时。"

他朝我摆摆头说："那我们走吧。"

什么？我疑心我听错了，虽然我蒋蓝是开放型的，但这么快进入状态对我而言还是第一次。他挑衅地看着我，脸上的表情分明在说:“是不是怕了?”

我怕过什么?

我对他说了一个字:“等。”然后我飞快地跑进酒吧，飞快地换掉了我那身恶心的鲜黄色的工作服，飞快地拿上我的包，飞快地白了酒吧老板一眼，飞快地跑回到门边。

上帝保佑，他还在。

这回他抽烟了。靠在他的越野车旁，把一根烟抽得风生水起。原来他是会抽烟的，这一晚上真是难为他了。

真是天下第一装！不服都不行！

我拎着我的仿版香奈儿包，迈着猫步走到他面前，把声带调整到最迷人的区域，对他说:“先生贵姓?”

“嘘。”他发出这个简单的音节后，就转身替我拉开了车门。我一屁股坐到那个宽大的真皮座椅上，当时脑子里忽然冒出一个极为妖艳的词：一夜情。

这个词让我多少有些坐立难安。我这个人有个毛病，用阿布的话来说，那就是“爱惹事，惹了事却又怕事”。是的，我承认他总结得非常对，这是我的一个致命弱点。所以，当这位陌生男士的越野车深夜时分在北京的道路上飞驰起来的时候，我内心的恐惧已经不能抑制地开始冒头了。

我开始寻找话题来抚慰自己躁动的心。于是我说了句巨丢人的开场白:“我们这是去哪里?”

他转头看了我一眼:“你很在意要去哪里吗?”

“好吧。”我故作镇定地大声喊道,“看你长这么帅，其实你卖掉我我也无所谓的。只要分点利润给我，我可以替你数钱。”

他没理会我的幽默，而是把车加速，开得飞快。

他的速度真的是太快了。我从来没有坐过这么快的车。我下意识地喊道：“慢点！”并下意识地把安全带扣好，下意识地尖叫。我做着这一切的时候他一直都不理我，嘴巴像是被谁不小心上了锁。车子很快驶上了高架，在高架上他更加肆无忌惮，把车开得快到我几乎看不清窗外的风景。我心里猛地一凛：不好！搞不好今晚我遇到神经病了，北京这么大，什么样的主没有呢？想到这里，我身上开始一层一层地冒冷汗，而他却没有丝毫要减速的意思，就在我横下一条心准备要跳车的时候，他忽然挑衅地看了我一眼。他不看我则已，一看我，把我骨子里最反叛的东西给呼啦啦激发出来了，谁怕谁啊，大不了同归于尽。于是我按下跳车的念头，把眼睛闭起来，开始唱歌。我唱的是我最喜欢的苏打绿的歌：“就算大雨让这座城市颠倒，我会给你怀抱，受不了，看见你背影来到，写下我，度秒如年难挨的离骚！”

我敢发誓，就算是在最豪华的卡拉OK包房，本小姐也没有发挥过如此高的演唱水准。如果此时的歌声被吴明明听到，我估计她一定会为放弃我而后悔得满脸都长包。

在我无与伦比的歌声的感召下，我陌生的疯子先生终于把他的车停在了路边。我闭了嘴，对着他妩媚地一笑。然后他看着我说：“胆的确够大，替我做件事，给你一万块。”

“多少？”我装作没听清。

“你要多少？”他反问我。

“那要看做什么事。”我把左手的五根手指竖起来，放在眼前游移，“是陪你唱歌呢，跳舞呢，夜宵呢，还是……那个那个呢。”

他从我座位前面的车抽屉里拿出一个黄色的信封，对我说：“我要你办的事情很简单，替我把这个东西送到我要求的地方就可以了。”

这个信封实在太轻，轻到好像什么也没有。这打消了我怀疑那是个微型炸弹的疑虑，我想起《新警察故事》里的吴彦祖。他该不会是爱玩警察的那种心理变态吧？

我凑近他的脸问：“这个快递费有点贵了吧，你脑子是不是烧坏了？”

“算是吧。”他笑了笑说，“你就说行还是不行。”

“不行！”我拒绝他后又飞快地继续说道，“不过呢，我要是跟一万块过不去，我的脑子一定就是烧坏了，你说是不是？”

他又发动了车子，不过这一次，他没有飙快车。如果他刚才那么做只是为了试探我的胆量的话，我觉得他的智商真的有问题，谁会跟自己的生命过不去呢？

至少有我这种智商的人不会。

而且，遗憾的是，我智商一贯平平。我曾经进行过无数次关于智商的测试，分数都只能勉强到达及格的水准。这是我老妈一直最为心痛的一件事。不过她总是自我安慰地认为上天是公平的，给了你美貌，就不会给你智慧什么的。唉！如果她知道此时此刻她美貌如花的女儿在北京混得这么差劲，我不知道她会不会打开我家四楼的窗户直接一头栽下去。

哦，我亲爱的妈妈，我看你还是什么都不知道比较好。

就这么一直胡思乱想着，我们到了目的地。他把车停在小区外面，对我说："进去后找17栋2301，找一个姓黄的女的，把这个信封交给她就走。记住，不许拆开看，不然你一分钱都拿不到。我把车开到前面那里去等你。你出来后往前走五分钟，应该就会看到我。"

"等等，可是我送到了，你也溜了，我找谁去？"

"你可以选择不干。"他说，"不过你说得很对，谁会跟钱过不去呢，更何况是一个像你这么喜欢钱的女人。"

"你什么意思？"我问他。

他笑了笑说："今晚的单子，我是不是应该让你老板先看一眼再签单呢？"

原来他什么都知道！

"这里面的东西值多少钱？"我扬起信封问他，"我拿着东西走人，会不会更划算一点？"

"你不敢。我总能找到你。"他说，"再说了，这里面的东西对你而言一钱不值。"

OK，人穷气短行不行？我下了车，看着他的车缓缓向前驶去后，我拿着那个信封走进了小区。我很容易地找到了他所说的17栋。我在楼下按了2301的通话键，很快有个声音传出来，是个男人，在问："谁？"

"快递公司。"我说，"黄小姐请收件。"

"她不在家。"男人说，"打她电话。"

“代收好吗？”我话还没讲完，对方一定是挂了对讲机，再也没有任何动静。

为了剩下的五千块，我继续按门铃，一下一下接一下。对方一直没再接，过了一会儿来的是小区的保安，很凶地问我：“你是谁？业主告你骚扰。”

我把手里的信封举起来挡住半边脸说：“送快递。”

“他让你留给门卫。”保安说，“请跟我来。”

“不。”我说，“重要的东西，我要亲自交给黄小姐。”

保安让我在门卫那里等，估计去打电话了，过了半天才过来，交给我一张纸条，上面写着一个手机号码，对我说：“让你打这个电话，黄小姐不住这里了。”

我接过那张纸条，蹲在小区外的花台上反复拨打，听到的都是：“您所拨打的电话已停机。”

看来这一万块一封的信的确不容易送出手。

我郁闷地拿着信往外走，可是走了差不多有十分钟那么远的路程，都没有看到那家伙的越野车。

这到底是怎么回事？

当我的脚走到酸得不能再酸时，我停下了脚步。我轻呼一口气，当机立断地打开了那个信封。当我把里面的东西拿出来，并看清那是什么的时候，我差点没在一秒钟内背过气去。

奶奶的，世界上有这么搞的吗？

4

当我把那个信封坐在屁股下面，在马兰拉面吃着一碗香喷喷的牛肉面的时候，终于慢慢认清了现状，那就是：我被人利用了。哦！不对，准确地讲，是有人想要利用我。虽然他长得还行，虽然我还不知道他姓啥名啥，但直觉告诉我，他已经对我了如指掌。

他窥视我已久。

我在明处，他在暗处。这是一场蓄谋已久的棋局，我沦为一枚棋子不知不觉深陷其中。不过我并不惊慌，我也不着急。我用我算不上天资聪慧的大脑简单思考了一下，就做出了一个英明的决定。既然已经这样，还是按兵不动为上上策。我就不信那小子永远不出现，作为棋手的他，迟早会有再来拿捏我的那一天。

我有足够的耐心等着好戏上场。

所以，吃饱喝足后，我并没有回酒吧再去找那小子，而是选择了回家。不管发生什么事，先好好地睡一觉再说。

孟梦不在。家里很乱，像被谁打劫过一样，简直就不是孟姑娘的风格嘛。不过我管不了那么多了，我实在是太困了，把信封塞到枕头下面倒头就睡着了。那天晚上我梦到了吴明明，她拎着一把菜刀在我后面追，一面追一面声嘶力竭地喊着："还我钱，还我钱，还我钱！"我大汗淋漓地醒来，第一个反应就是伸手去摸枕头下的信封，还好，还在。然后，我转头就看到了孟梦。她一只手拎着一个沉重的箱子，用背书一样没有感情的语气对我说："房子还有三天到期，我先走了，你自己想办法吧。"

我看了看手表，清晨五点。我又捏了捏自己的手臂，知道不是在做梦。孟梦小姐一脸菜色，她说完那句话，眼睛在我脸上停留了一秒，然后就拖着箱子走到了门口。

“喂，”我喊她，“你这是要住到哪里去？”

“我，回老家。”她停在门口，迟疑了一下才答我。

“喂，”我说，“不是吧？”我很有些不信，在北京打拼这么久，说放弃就放弃，这应该不是她的性格。

“我妈病了。”她说，“需要人照顾。”

我从床上爬起来，走到她身边。我以为自己从来就没有喜欢过孟梦，但不知道为什么，那一刻的她，却让我有些莫名的留恋。我甚至觉得，她的皮肤很好，还有一双很迷人的眼睛。于是我不由自主地问出了一句话：“会换号码吗？不换的话保持联系啊。”

她笑了一下：“换了我会短信你。”

“哦。”我靠在墙边，点起一根烟对她说，“一路顺风，不送你了。”

“说不定以后我还可以在电视上看到你。”她说，“你不是要当明星的吗？”

“呵呵呵。”我干笑着，一定比哭还要难看。

就在我难看的笑容里，孟梦跟我扬了扬下巴，就拖着她的两只箱子走了。我知道她这一走，我就再也见不到她了，心里难免有些酸楚。奇怪，以前的我并不是这样一个容易伤感的人，离开家的时候，我都没有半分留恋；一个人在外飘荡，也极少打电话回家。我妈总骂我是个冷血动物。

但现在，为什么会变成这样，我不知道。

我转过头才发现，昨夜还很乱的家被收拾得干干净净。一定是孟梦趁我睡着的时候干的。地也拖过了，上面还有淡淡的水渍。空气中有微香，她应该还喷了清新剂。如果是我先走，一定不会想到这样做，想到这里，我破天荒地把手里的烟头，扔进了垃圾桶。

三天。

三天后，我得自己租房子。

不过这没什么大不了的，我有强烈的预感，我蒋蓝的霉运走到头了，好运就要来了。话又说回来了，一个人不可能这样一直倒霉下去的。想到这里，我奔到床边，从枕头下拿出那个信封，把里面的东西拿出来再仔细端详了一番，又重新把它们塞回枕头下面。然后，我倒下去，重新进入了甜美的梦乡。

也许是白天睡得好的原因，那天晚上，我心情不错。我很细心地打扮了自己，然后去了酒吧。我想那小子一定会在酒吧等我，不管他希望我做什么，我都要先回他两个字："没门。"然后我会再加上一句："除非给我钱，足够的钱。"这么一想，在上班的公交车上，我就差点笑出声来。

然而，现实总是和理想有一定差距。当我走进酒吧大门，不仅四下没看到那小子的踪影，反而被告知，我被辞退了。

"凭啥？"我盯着老板的麻子脸问。

"你是没出来混过还是装傻充愣？"老板说，"上班时间溜号，投诉你的客人一个接一个，要不是看在阿布的面子上，我早请你洗洗睡了。”

我咬着牙，面朝着他摊开我的手掌。他想了一下，走到柜台里，拿出三四张轻飘飘的一百元，放了上去。

我还没来得及骂粗话的时候他说：“对了，其他的钱我都替你赔给客人了，你要不要看看单子？”

算你狠！

我把那三四百元用力反拍到吧台上，大声说：“上酒！”

老板压根不理会我的酷，反而比我更酷地说：“喝吧，今晚喝多少，都算我的！”

既然这样，不喝白不喝。我把钱揣进口袋，一杯一杯地喝着，开始了我守株待兔的生涯。

午夜一点的时候，我已经醉得不轻，然而，我等的人还是没有出现。我摇摇晃晃地站起身来，走出酒吧的大门。北京秋天清凉的微风吹着我的脸，我忽然想起孟梦，想起她对我说：“我妈病了，需要人照顾。”

我忽然很想我妈。我不知道她好不好。我已经很久没有联系她，在我混出来之前，我觉得我没有脸联系她。我还不知道要到哪一天才能见到她。我也不知道当我再见她的时候，她会不会扑上来撕扯我，骂我是个不孝女。想到这里，我悲从中来，趴在街边的一个栏杆上号啕大哭起来。

我已经很久没这样哭过了，哭让我舒服，让我从头到脚地畅快。

我就这样一个人走在北京的街头，边走边哭，边哭边走，不知道走了多久，终于走到了阿布的家门口。

阿布也是租的房子，在六楼，一个小开间。好几次我无家可归的时候，都是待在他这里过夜的。我躺在他的小床上，他躺在茶几前的地板上，一男一女清白如水，说出去都不会有人相信。其实阿布家条件不错，他爸是军官，只是他不走正道，所以被他爸从家里赶了出来。性子比我还要倔的阿布最背的时候替人洗过车，在街边卖过盗版CD，替快餐公司送过外卖，但他从没有回到家里跟老爷子要过一分钱。从这点来说，我很佩服他。他很有点男人的硬气。不过话又说回来，他也有最丢人的一面，比如，在面对莫醒醒那个妞的时候，我看他就一丁点也硬气不起来。

不过别误会，我今天来找他，不是要跟他借钱。而是因为，在北京，他是我唯一的朋友。

在这个寂寞失落的夜晚，我想找他陪我继续喝酒。

我手软脚软地爬上六楼，用力地擂门。可是，半天也没有人来开门。我掏出手机给他打电话，他的手机竟然已经停机。我没力气了，坐在楼梯上喘气的时候对门的姑娘回来了。她侧身走过我的时候问我："你是找对门的吗？"

"嗯。"我说。

"进医院了。"她说。

"为啥？"我腾地站起身来。

那女的指着楼下说："就在这楼下飙车，摩托车，说是他自己改装的，时速可以多少多少，正跟人赌呢，结果撞墙上了，头部重伤，流了好多血，我亲眼见到的！"

“什么时候的事？”我声音都抖了。

“好几天了。”她说，“你是他朋友吧？我好像见过你。”

“嗯！”我拼命地点头。

“快去医院看看吧。就离这里不远，出门往西走几百米那家。”她说，“还不知道是什么情况呢。”

听她这么一说，我的酒彻底醒了，撒腿就往楼下奔去。

5

有件事我一直都不想承认。

那就是——阿布，其实，是我的初恋。

这应该只是属于我个人的秘密。

记忆中，西落桥边心灵手巧的阿布和现在的他判若两人。那时候的他干干净净，留着一个小平头，有很多变形金刚，会编苇叶口哨，做坦克模型，叠可以飞得高高的纸飞机。我对他的崇拜虽然谈不上犹如滔滔江水，却也是心里的一股暗流，日日涌动着新鲜和快乐。如果我没有记错的话，当时我还有一个情敌，就是后来和我成为死敌的莫醒醒。为了让她离阿布远一些，我不惜把我自己最喜欢的洋娃娃送给了她。从那时候起，我就知道我是一个为了爱情可以牺牲一切的贱女人。只是后来我们都长大了，他去了北京，我们再也见不着面。而我也遇到其他让我心动的男孩，这份感情才慢慢地被我自己藏了起来，藏到自己都不愿意触及的灵魂深处。

年少时的清纯本来就是个奢侈的梦。我希望我已经忘记了那些，再也不用想起。可是，当我看到满头包着纱布，静静躺在那里的阿布的时候，往事还是一幕幕地闪回，无法阻挡。我想起他把那个巨大的燕子风筝放到我手里，在我耳边轻声说："来，我们试试，让它飞到天上去。"我想起他异想天开跑去种假刘海，滑稽到可以去死的模样。我想起他在莫醒醒家的楼下打坐，扯着嗓子大喊"莫醒醒我爱你，再见你一面让我死也愿意"时的英雄气短……

过了很久，我问了护士一句废话："他还活着吗？"

护士像看怪物似的看着我，良久才答："是。"然后说，"你是他什么人？"

"朋友。"我说。

"送他来的人都不见了。"护士说，"你最好通知一下他的家人，让他们赶紧来医院交钱，否则……"

接下来的话她没往下说，当然我也不想听。

我轻轻地握住阿布垂在床边的手。想象他忽然从床上坐起来，精神抖擞地对我说："饿了，走，去整点烤串吃吃！"但他没有，他只是乖乖地躺在那里，一动不动，像一只被打过镇静药的猴子。

"你能找到他家人吗？"护士低声问我。

"还是他醒来你问他吧。"我说。

我没有撒谎，除了知道他爸是个军官之外，我对他家的情况一无所知。

护士白了我一眼，扭着屁股走了。我却追了上去，抓住她问：“他现在到底怎么样了？找不到他家里人，该如何处理？”

“他脑部重创，命是保住了，醒来是什么样还不晓得，就算醒了，会不会再度昏迷，也不知道。如果找不到他家人，我们可能会随时放弃治疗。”

放弃治疗？

我当时第一反应就是想抡起拳头打护士那张粉脸，但我忍住了，心平气和地对她说：“好吧，等我去想办法。”

“要快！”她吩咐我。

我从阿布身上掏出了他家门的钥匙，打开了他的出租屋。我在那狗窝一样的地方寻找了一个多小时，也没找到关于他家和他亲人的任何讯息。我打开他已经停机的手机，买了充值卡充好值，翻着上面的通信录打了无数个电话，那些人不是问他要钱，就是问他死哪里去了，要不就是约他一起去喝酒飙车。他没有亲人，甚至没有一个真正的朋友。我真替他感到悲哀。可是我又转念一想，如果此时此刻，躺在那里的是我蒋蓝，难道不也是同样的状况吗？

也许也只有阿布，不会对我不管不顾。

所以，我不能丢下他。

忙完这一切，已经又是清晨了。一夜没睡的我从阿布家出来，打了一辆车，回到家里，从枕头下抽出了那个信封。不管有用还是没用，不管会不会被别人利用，我现在都管不了了。

我需要钱，我要救阿布。这是我脑子里唯一的想法。

我要去找的人，是吴明明。

清晨八点，我吃了简单的早饭：一碗豆浆，一根油条。然后，我穿上了我最高跟的高跟鞋，背着我最心爱的包，来到了吴明明公司的楼下。这个喜欢过夜生活的女人，不会起那么早，但是我愿意等，因为我需要一些时间，来整理我的说辞。我坐在她公司接待处的沙发上把信封里的东西再次抽出来看，里面有一张欠条，欠条金额是二十万，债主是蒋皎，我的堂姐。而欠钱的人，就是吴明明。我不知道她是何时欠下这笔债务，更无从知晓这张欠条怎么会落到别人的手里，也无从猜想当我把它递到吴明明手里时，她会是什么样的反应。更何况信封里还有一些吴明明的照片，那些照片，怎么说呢，按我有限的文化水平，只能用“不堪入目”四个字来形容。

那是吴明明和一些女人的照片。

天，想不到她竟有这样的嗜好。或许，她应该去找找天中那两个丫头，和她们交流交流体会倒是不错。

由于一夜没睡，我胡乱地想着，就靠在那张软软的沙发上睡着了。等我醒来的时候，很巧，我一眼就看到了吴明明。

她还是那样，干练的短发，戴着一副 GUCCI 墨镜，低头行色匆匆地从我面前经过。

我适时地从座位上站起来，挡住了她的路。

她先是停住，从下到上将我看个清楚，然后笑着说：“蓝蓝？多日不见。”

她连墨镜也不舍得摘，霸道得可以去死，而且表情、口气仿佛早对我的降临了如指掌似的。我用尽量高高在上的语气跟她说："有事找你谈。"

"我很忙。"她说，"今晚手下有两个艺人有通告。"

"不是晚上吗？"我说，"就占你五分钟，别忘了，我也曾经是你手下的艺人。"

我把"曾经"二字说得很重。她笑了一下，然后说："OK。我给你半小时。"我真想说一声"谢主隆恩"，但我忍住了。现在不是和她调侃的时候，把气氛搞得神秘和凝重一些，我的胜算更大。

两分钟后，我已经坐在了她的办公室里。

她终于摘了墨镜，在我对面坐下。

我很快地从包里拿出一张照片，摆在桌子上，向她的方向推过去。

那张照片只要稍有经验的人一看便知。在某个夜店派对上，吴明明涂了黑色的唇膏，而她怀里拥抱着的女人，穿着低胸晚礼服，前胸部位印满了黑色的唇印。

我声调不高也不低地说道："王牌经纪人同性恋情曝光，夜店对性感女郎大献热吻。"天知道，这个有文化的标题我可是在等吴明明的时候参考了当天的三份报纸苦思冥想后的结果。

"怎么样，还行吧？"

吴明明先是低着头，然后她把照片拿起来仔细看了又看，用一种我意料之外的轻松的语气说道："蓝蓝，这是你拍的？水平欠佳啊。"

"谁拍的你别管。"我说，"你给个说法吧。"

她把照片捏在手里对我扬扬:“你觉得这一套对我管用吗?”

“不知道。”我说,“试试吧。如果不管用,还有别的。”

她脸色微变:“什么?”

我朝她扬扬下巴:“先说你手里的,给个价码!”

她把照片往桌上一扔,不要脸地说:“这是人人皆知的秘密,我看你还是算了吧。要多少钱你直说,我借给你就是。”

“我要的不只是钱。”她的无耻激怒了我,于是我决定要比她更无耻。

“什么?”她略显吃惊。

“蒋雅希拥有的一切。”我的语气稍显激动,但我仍然坐得笔直,双腿交叉。今天我把一头又烫又染的头发盘在头顶,只化淡妆,又穿着最衬托我气质的蓝色高跟鞋。我自信这是我此生最优雅的姿势之一,目的就是要让吴明明彻底折服。我就是能够做到有时优雅得让人窒息,有时又颓唐得让人心服口服。我真是天生的明星料子,吴明明,你放弃我你就是猪。

吴明明笑了。

我听得出她的笑充满嘲讽意味。然后,她简直就是大笑不已。我的自尊被她击溃。我从她手里夺过照片,说:“你笑个屁!信不信我把它拿去曝光?总有网络和小报感兴趣,你也别想再在这圈子里混!”

吴明明收住笑容,对我说:“蒋蓝你听好,不要异想天开。曝光你顶多得五百块而已。我肯给你钱,也是看你现在景况落魄,虽然你没什么当明星的潜质,但好歹我们也合作过一段日子,大家买卖不成仁义在，算是我接济你。你如果真这样天真，以为一张照片就要挟得了我，你还是回家洗洗睡吧。”

我冷冷地看着她足足一分钟。她也毫不畏惧地回看我。

“你滚吧。想干吗就干吗去！”她把茶杯重重地砸到桌上。

行行行！看来不拿出撒手锏不行了！我不露声色地把那张欠条从信封里掏出来，用手提得高高的，提到她眼睛前面展示给她看。她起初很不屑，但等她渐渐看清那上面的字，我知道，她吓了不止一小跳。

“哪里来的？”她苍白着脸问我，同时伸手要来抢。

我灵巧地收回。“给我钱我就告诉你。”

“你要多少？”

“和这张条子上一样。”

二十万，对吴明明来讲，一点也不多。

“你休想。”她咬牙切齿地看着我。

“好吧。”我把欠条收回，然后说，“今日之事，你以后千万不要后悔。你这样聪明，应该知道我手里拥有的东西不止这些。不然，我也不会这么理直气壮地来找你。你做过的那些坏事，没有一桩能逃得过我的手心。你最好自己掂量轻重。”

我说完，站起身就要走。

吴明明终于拉住我。她说：“我们好好聊一聊，如何？”

我坐下了。此时此刻，只要给我钱，别说聊一聊，聊十聊我也愿意。

6

我肩上背的 FENDI 包是真货，这是蒋雅希的遗物。还记得我决定放弃学业，跟着吴明明来北京闯荡影视圈的时候，大妈把这个包送给了我。她说："这是雅希在香港买的，还没用过，你要是不觉得有什么不吉利的，就拿去用吧。"

那包确实是新的，里面还有发票，两万三千港币。

在那之前，我不相信一个破包能卖这么多钱，简直太奢华了！面对哭得像个泪人似的大妈，还是奢华占了上风。我背走了那个包，梦想堂姐曾有的风光会被我同时继承，星路从此一片坦荡，无数双手会为我蒋蓝挥舞，大声呼喊："蒋蓝蒋蓝我爱你，就像老鼠爱大米。"

不得不承认，在正式步入社会以前，我常常幼稚得令人发笑。

现在，这个价值两万多块的包里放着整整的两万块，是吴明明刚刚给我的。就在十分钟以前，吴明明打开她上锁的办公室抽屉，取出了这两万块。

她把这板砖似的两万拍在桌上，问我："是谁？"

我心虚地望着那些钱，已经不能如刚才般清醒，只好口齿不清地交代："一个你想不到的人。"

我想他应该是吴明明想不到的吧。如果吴明明能想到是他，那又何必问我呢？我真是太聪明了，简直就是美丽和智慧的最佳结合体。

"把你手里的东西给我。"她命令道。

我不作声，盯牢那叠钞票。她看穿我的心思，终于肯松开一直按在上面的手，并且豪爽地向前一推，差点将那笔烫手的钱推到地上去。我像抓泥鳅一样冷静而死死地抓起了它们，迅速塞进包里。

“补足我另外的十八万，我会把知道的一切都告诉你。”我一边说一边往后退，刚说完，我便大踏步走出了吴明明的办公室。

她没有追上来，但她粗重的喘息声仿佛一直跟随着我。

刚刚迈出大厦的我，在街上飞奔起来。不知道是因为 high 过头了还是害怕那喘息声的追赶，总之我的心扑扑直跳，感觉就要飞起来。直到下个路口拐弯，我才叫了辆出租车，直接奔向医院。路上我的手机一直在响，是吴明明，看来那张欠条对她的刺激不小。不过我没有接电话，在我没能了解更多的内幕之前，我还是小心为妙。

有了两万，至少可以先解决一些问题。

待我到达医院才得知，阿布已经转到普通病房。

据说，他很快就会醒。

我的第六感果然没有错，我果然转运，而且这才刚刚开始，好事就一桩接着一桩。

当我站在他的病房门口的时候，他已经奇迹般地醒了，似乎为了庆祝我胜利归来而争气地醒来了。此刻，他正竖着他满头纱布的脑袋，举着一面小镜子在照他自己那张脸，照得分外仔细，像预备登台的京剧演员。

我咳嗽一声，他随即抬起头。

我心情阳光，特意扭着猫步前行，一直走到他病床旁边，搂着他的脖子说:“你姐姐我救你来啦！”

没想到的是，他一下子丢掉了手中的镜子，慌张地伸手把我绕在他脖子上的手扯下来，一骨碌钻进被子里去。

我像一个刚刚调戏过良家妇女的臭流氓，按着生疼的胳膊，接受旁边抱着一个跌破头小孩的夫妇诡异目光的检阅。

这到底怎么回事？我一把掀开阿布的被子，正想发作，门口却响起护士小姐的一声大喝:“别动他！”

那个满脸是痘的护士小姐走进来，一把捡起地上的镜子，对着阿布摇了摇，认真地问他:“你叫什么名字？”

我看着阿布，他头上的纱布不知道为什么缠得特别厚，整个额头都看不见，连眼睛都被挤压成原来一半大了，但我仍然能发现他困惑的表情。

就这样，不知道过了多久，他才缓缓地说:“不知道。”

好吧，不知道就不知道，不知道总好过死翘翘。

接下来，我在医院跟那些医生大吵了一架。因为他们告诉了我一个天底下最大的笑话：阿布失忆了。

这种只有在最庸俗的韩剧里才会出现的莫名其妙无聊至极的理由，我怎么可能会信？他们要我把阿布留在医院里做恢复性治疗，我差点因此掀了整张桌子。

现在的医院，真是欺人太甚！阿布才住院几天，就花掉了一万五千多，或许这才是我不肯把他留在医院治疗的真正原因。事实上，我不仅愿意相信他是真的失忆了，更愿意相信他患了智障，因为他一直都不肯说话。直到我把他带回他的小屋，替他收拾房间的时候，他才开口。

“你是我老婆吗？”他恬不知耻地问。

“不是。”我把饮水机的开关打开，把地上的脏衣服收进洗衣机，洗衣机工作起来轰隆作响，像是工地上正在造房子。

“那你是谁？”他问我。

“蒋蓝。”我说。

“那我是谁？”他问我。

唉，看着他那一脸呆样，我真恨不得把他再送回医院去。不过算了，一万五千多已经花得我心痛无比外加元气大伤，再送他回去，我不如死了算了。

要治疗，我给他治疗就是了。

就在洗衣机巨大的轰鸣声里，我和他面对面坐在他家那张唯一的桌子旁。他倒是没有对这间屋子表示出多大的陌生感。他所有的时间全部用来看自己脚上那双漆黑的运动鞋，不知道是不是在找细菌。

我陪他枯坐，面前放着一杯水，一包三五。

我一直在用我的大脑思考一个严重的问题：晚上吃什么？

我把最后一根烟拿出来，递给他，用试探性的口吻说：“还记得你会抽烟吗？”

他终于抬起头，但是仍旧没有看我。他把我面前的水杯举起来一饮而尽，然后走到自己的床上，把枕头死死按在脑袋上，就像一条垂死的鱼。

我把烟点着，爬到他床上，把他脑袋上的枕头扔飞，对着他的脸狠狠地喷了一口烟。

“喂。”我说，“你爸爸叫什么名字，住在哪里？”

他不回答我，挣扎着站起来，用力把我推在床上。我吓得一惊，他却已经站起身来，拉开门，跑了出去。

我踢翻了桌子，拉开门，跟着他一起跑了出去。

他头上的纱布还没有完全拆去。他顶着它们走在夜晚的大街上，像一只受伤的无头苍蝇，也像马戏团里的小丑。我上前拉住他，大声喊：“你给我回去！”

他用力甩开我，像什么也没听见，继续往前走。

我朝他大吼：“喂，你再这样我也不管你了！”

他根本就没回一下头。我又跟着他走了一条街，他往前一拐，不见了。我忽然觉得一种没来由的轻松，不见就不见了吧，随他去哪里，我才不要管他，让他死了算了，早死早轻松。我蒋蓝没有当雷锋的命。

于是我没再跟上去，我到永和豆浆吃了一碗牛肉面，打车回了自己的小屋。奇怪的是，门没锁，我推门进去，发现屋里坐着一个人，是不可一世的吴明明。这次她戴了个巨大无比的墨镜，但纵使她戴个蜘蛛侠那样的面罩，我想我也能一眼认出她来。不过也真的不得不服，她居然能找到我住的地方。瞧，这就是本事，不是吗？

“刚才房东来过了，我替你交了三个月房租。”她说，“你有困难，应该早一点来找我，你也应该知道，我不是那种不讲情分的人。”

“谢了。”我在床边坐下，“下次一定。”

“你应该知道我找你是为什么。”她说，“我不希望你被坏人耍得团团转。”

我飞快地接嘴道：“我又不是没被耍过。”

“别耍小孩子脾气了。”她哄我，“我想知道，是谁给了你那些东西，还有些什么，你都告诉我，我不会亏待你。”

“十八万拿来我自然会说。”

“你要真配合，别说十八万，八十万也可以考虑。”墨镜后她的眼睛显得很深邃，“你也知道，我跟你姐，情同母女，她走后，我好一阵子都缓不过来。现在我看到你，就像看到她。我怎么忍心……”

“得，没钱就请走吧。”我打断她，“我困了没时间听你废话。”

“告诉我那人的名字。”她说，“只要你把他交出来，我马上给你钱。”

“十八万？”我问。

“好。”她说。

可是，叫我到哪里去找那个值十八万的昙花一现的叫什么古木奇的臭小子！

“三天后告诉你。”不得不承认钱是巨大的诱惑，于是我只能用缓兵之计。

“好，我等你。不过我警告你，别骗我。不然，你也不会好过。”说完这句话，墨镜天后吴明明女士从我的破凳子上站起身来，一歪一扭地走出了我的破屋子。

我在床上躺了十分钟，冷静地思考了半天。然后我跳了起来，收拾好我自己，去了酒吧。我发誓，为了那十八万，也为了看吴明明跪在那里求我的一幕，就算掘地三尺，我也要把那小子给揪出来。

7

然而，三天过去了，我在酒吧喝了三天，等了三天，问了能问的所有的人，都没有得到一点有用的信息。

那晚发生的事，渐渐变得像一个梦。

难道那小子真是从天而降，见我蒋蓝混不下去了，前来拔刀相救的好汉吗？

我才不信。

第三天晚上守株待兔失败之后，我忽然想起了阿布。不知道他到底怎么样了？能不能找到他的家人，会不会认得回家的路，这些天都吃了些什么？尽管我知道，再去关心他会给自己惹一个很大的麻烦，但我劝了自己很久，也没能劝住自己不去看一看他。也就是说，像我蒋蓝这样的人，是坏不到底的。

我推开阿布家的门，一眼就看到了他。哦，谢天谢地，他居然记得回家的路。

他盘腿坐在床中央，光着上身，在叠纸飞机。

我无法描述我看到他那一刻时的惊讶。

那张简陋的单人床周围都摆满了鲜花般的纸飞机，五颜六色，用了各种各样的纸张：有时尚杂志，有百服宁说明书，还有 A 片封套……

真是应有尽有。

我惊讶地问他：“你要去卖纸飞机？”

他不理睬我，继续叠纸飞机。我有点害怕地凑上前去，伸出手拍了拍他的脸颊。这一拍不要紧，我感觉好像拍到了开水壶。他满脸发烫，好像已经发烧了。

我把他脱在地上的衣服捡起来，替他套上。他却不买账，力大无穷地一把撕开，纽扣全部撕落了。

然后，他用血红的眼睛看着我说：“莫莫，饿。”

说完这三个字，他栽在了纸飞机丛中。

唉，老娘只剩下四千块，不知道治不治得了一个精神病？怀着这样沉重的想法，我又一次把阿布送进了医院。

他居然三天没有吃饭，叠了三天三夜的纸飞机。如果我没有猜错的话，他一定是三天三夜都没有穿衣服，否则，他怎么会烧到四十度五？

医生已经告诉我：他脑子有很大的问题，如果再不给他治疗，他有可能会得精神病。

难道他不已经是精神病了？

我看着发烧发得红光满面的阿布，他在睡觉，却因为输了葡萄糖而在梦中精神抖擞。他一会儿全身颤抖，双手乱舞；一会儿又低声呜咽，像只受到攻击的老鹰。

阿布啊阿布，这还是那个出起老千来风生水起、打起架来天不怕地不怕的我的偶像吗？我怀着无比阴郁的心情陪伴他，除了花钱，无能为力。

不知道何时，我也睡着了。是阿布的喊声把我惊醒。他抱着头，不停地在喊痛，又用头拼命地撞床头。我控制不住他，只好按了铃。护士很快进来，要给他打镇静药。他却无论如何也不肯，干脆从床上跳了下来。

“让我走！”他一把抢过护士手里的针头，直接扔到了地上。我惊讶地看着他，他也看着我，用一种无比陌生的眼神。然后他说：“好心人，谢谢你救我。我不用治了，我没事了。”说罢，他力大无比地推开护士，自己把输液的针头一拔，摇摇晃晃地走出了病房。

我追了出去。

没想到他却跑得比谁都快。他用流着血的手护着自己的脑袋，一边摇头晃脑，一边灵活地钻过人群，直向电梯奔去。

我还是没追上他。

我赶到电梯门口时，电梯门刚好关上。我看着鲜红的数字往上蹿的样子，心里绝望了。

他去的是顶楼！

一瞬间，我心里滑过一个邪恶的想法：如果他从楼顶掉下去，是不是我们大家就都解脱了呢？

仅仅有过两秒的犹豫，但是很快，随着电梯的楼层蹦出“30”

的字样，我立刻清醒过来，慌乱地跑向安全出口，往楼顶奔去。

我几乎是爬到楼顶的。虽然阿布的病房离楼顶只有六层的距离，但我几乎已经用尽了我全身的力气。

我爬上去的第一眼，就看到阿布坐在高高的栏杆上，抱着头大声冲楼下呼喊着什么。

我的天，他真的疯了。

我大声地喊:“周游！”

他听不懂。

他连他的真名叫“周游”都不记得了。

他仍旧抱着头，过了许久才转过来看我，号啕着喊:“莫莫！莫莫！”

他居然哭了。

他一边哭一边像服用了摇头丸的流氓少年般不可抑制地晃着脑袋，仿佛要把头摇裂开似的。

我站在原地看傻了。

跟着我上来的医生和护士也看傻了，站在我身后一言不发。

还是我最先反应过来，对他大喊:“阿布！我带你去找莫莫，好不好？”

阿布一直看着我，看着我，像要把我看穿一般，然后他用怀疑的声音问我:“你带我找谁？”

“莫莫。”我说，“莫醒醒。”

“你不骗我？”

“不。”我说。

他忽然笑了。那笑容让我很想冲上去狠狠地扁他，直到把他扁醒为止。

不过我们都没有想到的是，他仰天大笑后，自己从露台上爬下来，走到我面前，伸出一根手指指着我:“好心人，你不要骗我。”

说完，他一头栽到了地上。没人及时扶住他，我听到他的头和楼顶的水泥地面相触，发出砰的一声沉闷的巨响。

我当时就觉得，完了。

护士把担架抬过来，他躺在担架上，并没有像我想象中那样昏迷。

他侧着脑袋，用含着眼泪的亮晶晶的眼神依依不舍地看着我。这眼神不知道为什么，仿佛给了我一种力量，让我觉得我有责任帮他。如果不帮他，我就该被天打雷劈，不得好死。

很久很久以前，我一直是冷面美女，看不起为朋友两肋插刀的傻瓜。但是今天，我却忽然在阿布噙满泪花的眼睛里感到一种不能自已的羞愧，仿佛还依稀有些看不起那个自私的自己……

不管如何，这一次我不能见死不救，不能!

钱，又是钱。

北京城初秋第一场雨水落下的时候，我正站在阿布住的破旧小区门口的房檐下给吴明明打电话。我的手里拎着一碗三块钱的皮蛋瘦肉粥，是给阿布买的。

我直截了当地对她说:“再借我点钱。”

“蓝蓝，你当我傻呢?”她依旧慢条斯理。

“再给我三天时间，如果我不把你要的人交出来，让我断手断脚都行。”我说得斩钉截铁。

“你叫我该如何相信你？”

“信不信都只能这样。谁也不想事情变得越来越糟，你说是不是？我在安如小区门口等你，借我两万块，不见不散。”

说完，我挂了电话。

我走进雨里，仰头迎接雨水的冲刷。

北京的雨水混合着砂土的味道，呛人而冰凉。远远不如老家江南的雨温柔清新。

我有把握吴明明会来。

不过当然，我骗了她。

三天时间里，我是找不到古木奇的，除非他肯主动出现在我面前。我只是需要钱把阿布继续留在医院里，然后，我会去一个地方，想点别的法子救阿布。

阿门。

8

我回了老家。

当我从塞满了人和行李的可怕卧铺车厢里挤出来的时候，整个城市已经暮色四合，只有火车站依旧像个二十四小时不打烊的菜市场一样灯火通明。

我看着眼前熟悉的景物，这是一个在我功成名就之前，我以为我永远都不会回来的地方。所以，我的心里有种做贼一样的空虚和痛苦。

你不是我，你一定不明白我的感受。

不说也罢。

我拖着行李跟随人流往车站外走去。我从车站的玻璃橱窗里看到我自己。我穿着一件淡蓝色的长袖连衣裙，仍然是去年的款式，不过不要紧——只要蓝色高跟鞋依然被我踩在脚底，那就是我恒久不变的尊贵。我看到自己在那些低着头匆匆赶路的人中间，仍旧挡不住一脸“星”气的样子，简直跟他们不该在一个世界。

我又开始深深地自恋起来，这自恋的感觉让我怅然若失。我一直走到车站大门外，直到看到身边排队的出租车。其实，如果我愿意，此刻我完全可以搭讪那个一直跟在我身后用不怀好意的目光看着我的猥琐男，让他替我付打的费。

但是，我不愿意。

我打车去了西落桥。我要去找阿布的奶奶。我就不相信，他家里的人如果知道他的现状，会忍心不管他。然而，当我在桥下下车的时候，我傻了眼。除了夜晚的西落桥一成不变之外，桥下的一切早已面目全非。原来拥挤的人家全消失了，那里变成了一个干净宽敞的市民广场。

怎么会这样?

难道我离开真的很久了吗?

我站在西落桥的青石板上，慢慢地想起一个人。

尽管我们已经有很长时间未见，但谁能保证，在这分开的日日夜夜里，那个叫米砾的小子不在思念我？若不是我换了手机号码，他一定会每日发一条“晚安”的短信。

幸运的是，我还记得他的电话号码，于是我打了他的电话。可是，电话里传来的信息是:“您拨打的电话已关机。”

我依稀记得，天中的高三是有晚自修的。

行，你不来会我，我去会你。再说，我也必须要去趟天中，如果找不到阿布的奶奶，找到莫醒醒给阿布打个电话，或者是直接把莫醒醒带到北京去一趟，兴许都会在阿布去往精神病院的路上起到很大的阻碍作用呢。

想不到我蒋蓝，居然也有求她的这一天。

我搭上了顺路公交车，往天中的方向驶去。

我承认，当我看到那幢灯火辉煌的教学楼时，我的心里是有那么一点酸楚和后悔的。我想念在这里享受注目和嚣张无比的日子。至少，我有米砾那样愚蠢的崇拜者和米砂那样可爱的小敌人，至少，那段日子我还算是半个大姐大——如果不是最后被莫醒醒把行李扔出宿舍的话，我在天中的日子会更为完美。

但是，如今我已经不属于这里。我选择了去向远方，我的失败和伟大都与这里无关了。

刚走近天中，我就嗅到了熟悉的空气，自来水笔和涂改液混合的味道。我的思维有些混乱，于是我点了根烟，狠狠地吸起来。

我不想去教室，决定在校门口等。我才吸掉半根烟，天中高三的教室里就传来哄闹声，看来周末放学早些。很快，校门打开，学生们都涌了出来。

我仍然是吸引众人目光的，虽然我只不过悠闲地靠在校门口那棵树上，懒洋洋地看向人声鼎沸的校园。

我甚至能听到路过者在小声谈论我的名字。

也有胆大的，向我挥手，喊我的名字。我都一笑了之。

哦，真好，原来他们都还记得我。

我忽然又从这些窃窃私语中获得了一股诡异的力量，挺直了身体，像个骄傲的公主在等待仆人的马车一样，远远地寻找我要找的人的踪影。

噢，我蒋蓝真是能屈能伸，是块干大事的料！

他总算是出现了。离着很远我就认出了他。

一年多不见，米砾仍旧和那时候没什么两样，只是好像稍微瘦了一些。他背着个大书包，低着头推着自行车走路，像个捡金子专业户。我逆人群而上，径直走到他面前，狠狠地踩了他一脚。

这曾经是我们最通常的见面方式。而每当那时，他都会做龇牙咧嘴状，对我大喊："哎哟！老婆，再来一脚？"

然而这一次与众不同。他只是蹙着眉头抬起头，嘴巴张成了一个 O 形对着我。

"是你？"

他诧异。我大笑。

"你回来了？"他打断了我的笑，抬手看了看他黑乎乎的电子表。我估计他啥也没看到，只是为了掩饰他的心慌。

在北京历练多时，再遇到米砾这种级别的男生，我简直有百分之百的把握搞定他。

今晚夜风很凉，高三放学的学生这个时候已经几乎散尽。我四下张望，没有看到那个姓莫的妞。她一身病，没准此时又在家里休息。看来我来得真不巧。不过当然，来看看我当年的粉丝，也是一件重要的事。

他看看我身后，问我说："你找人吗？"

我点点头。

"我想你要找的人已经毕业了。"他说，"我们现在都高三了。"

我当然知道他说的是谁。我很高兴过了这么久，他依然愿意为我吃醋。于是我得意地笑起来，对他说："米砾啊，你还是这么可爱。你想不想我呢？"

他回出一句让我差点没晕倒的话："你是回来参加高考的吗？"

"当然，不是。"我说，"我是回来看你的。"

他显然不信。

私下讲，我觉得他应该对我的归来表示出更大的激动，但是他没有，这让我多多少少有些无法控制的失望。我自我解嘲地认为，兴许是别离的时间太长，他对我的突然出现有些不适应，兴许等适应了，他就会放开了。

于是我对他说："好久不见，怎么样，去'算了'喝两杯？"

"不了。"他说，"明天还有考试。再说那地方我很久不去了。"

"考你个头！"我一脚踹翻了他的自行车。他连忙扶起来。我又踹翻。他忽然大吼一声："有病啊你。"我吓了一跳，没想到他居然敢这样对我说话！

我立刻站起身，用最无敌的噘着嘴的表情看着他，一双水汪汪的眼睛仿佛在说话。

果然，我的“老情人”米砾同学被我震住了。他眨巴着眼睛嗫嚅道：“我要回家了。”

在我面前提“家”这个字，他简直就是找死。

我把我的行李拎起来，放在米砾的后车座上，下命令说：“要么带我去‘算了’，要么带我去你家。”

米砾看了我足足五分钟，说了一句让我无比寒心的话：“你去‘算了’吧。”

就连米砾这样的男人都会变心，阿布却还是对他的莫莫死心塌地。

这个世界，有什么道理？

我的心在刹那间寸寸成灰，我拎起包，义无反顾地撇下米砾，往我家的方向走去。

偌大的北京城容不下我，就连老家，也没有属于我的地方。我异常伤感，旅途的劳顿忽然在这一刻袭击我身。我回来到底是干什么的？我还真把自己当雷锋了吗？我非常疲惫，一步拖着三步走，脑子也开始不听使唤——我想回家。

米砾过来追我。他像头牛一样地闷声说：“你的包很重吧，放上来，我送你回家。”

还算他有点良心。

“莫醒醒在哪？”我放弃勾引他的决心，坐上了他的车后座，冷漠地问。

“你找她做什么？”他吃惊。

“我要跟她谈恋爱。”我摇头晃脑地说。

“胡扯！”他骂我。

“怎么，米砂可以，我就不可以吗？你别忘了，我们都是女人。”

“你还是那么能闹。”他叹息一声。这声叹息把我的心都搞软了，“你还是那么能闹”，这句话里深含的暧昧意味，我想只有我能懂得吧。

“不闹了。”我从他车上跳下来，“莫醒醒是不是没上学，你能陪我去她家找她吗？我找她真的有急事。”

他看着我，过了半天才吐出一句话：“你是真不知道还是假不知道，莫醒醒早就不在了。”

什么？

天哪，什么叫不在了？

9

莫醒醒不在了。这是个事实。

我站在她家门口，敲了五分钟的门，里面一点反应都没有。等我下楼，发现刚刚送我过来的米砾还在。他推着那辆笨重的自行车，一脸不屑地对我说：“我都说不在了，你非不信。”

关于这个“不在了”的传说，有N种。其一最离奇，据说她好几天没吃东西，有一天忽然去买了十斤包子，三下五除二地吃了下去，给活活撑死了；其二是说她父母双亡，被一个华侨领养，带到阿拉伯去当酋长女儿了；其三，听说有人在一个小镇的街上遇到过她，说她穿着一身天蓝色制服，坐在天鹅电影院门口检票……

“有没有人说她去了火星？”我站在莫醒醒家的楼下，盯着她家漆黑的窗户，把半杯可乐捏在手心里，咬着吸管问米砾。

“有。”他说。

“谁？”

“你。”

顿了顿见我没有反应，他又说：“不过话又说回来了，关于你的传说也很多，我们天中是专出传奇人物的地方。”

“怎么个说法？”老实说，对于这个话题，我还是有半点兴趣的。

“说你……混得很惨。”

“怎么个惨法？”我故作镇静，心却跳得越来越快，看来天下真的没有不透风的墙。

米砾压低了嗓子说：“他们说你拍A片去了。”

我把眼睛眯起来，踮了脚尖，靠近他的脸问：“你信吗？”

他把身子往后挪了一点，用很弱的声音答道：“我不……”

“很好。”说完，我从他的自行车后座上拿起我的大包，挥挥手，跟他大声说，“撒由那拉，撒由那拉。”

他骑着车跟上来。

“喂，能告诉我你找莫醒醒干吗吗？难道你专程回来，就是为了找莫醒醒的吗？”

看来好奇心真是人人都有。

我朝他诡秘地一笑：“有个A片适合她，我介绍她去，想赚点中介费。”

“你不说真话，我不替你想办法。”他说完，腿一蹬，车子已经骑出去老远。

我大喊一声：“站住！”

他居然敢不理我，骑得飞快。

我把包用力扔到地上，哎哟一声，佯装摔倒。他果然中计，很快折回，跳下车问我：“怎么样，你有事没事？”

不知道是不是很久都没有人这么关心地跟我说话了，总之在他关切的声音里，我的眼泪忽然就下来了。于是我的脚真的忽然变得很疼，好像真的摔着了一样，疼得我站不起身来。

“你还是那么容易出状况。”他叹息，弯下腰，递过来一张纸巾，对我说，“来，擦擦！”

我没接，而是泪眼婆娑地看着他问：“你是不是完全忘了我了？”

“怎么会？”他说，“我常常想起。”

“想什么？”我不依不饶。

“起来吧！”他大声说，一边说一边伸手用力把我从地上拉起来，明目张胆地回避我的问题。我不依，装痛顺势靠在他的身上，他却轻轻地推开我。我又靠过去，他又推，稍用了一些力。我扭过脸，用力把眼泪往他衣袖上蹭。他躲避不及，终于苦着脸说：“蒋蓝，你到底要干吗？”

“替我想办法。”我说，“找到莫醒醒。”

“你找她干吗？”

我朝他板脸：“你不问要死人吗？”

“好吧。”他说，“我帮你打个电话。”说完，他掏出手机，站到路边去。

过了好半天，他走回来，朝我摇摇头，说：“米二可能在考试，关机了。要不你先回家，我晚些打电话给你。”

“我没家了。”我说。

他吃惊地看着我。

“我不想回家。”我说，“我不想我妈知道我回来了。”

“你到底怎么了？出什么事了？”他问我。

“没什么。”我说，“你走吧，别管我了。”

他还是追上来问：“这么晚了，那你去哪儿？”

“不知道。”我说。

他咬了咬牙说：“要不你去我家住一宿。我爸出差了。米二在学校。她说这个月要到月底才能回家。”

“你不怕吗？”我问他。

“怕啊。”他说，“怎么不怕？”

“怕什么？”

“去不去？”他朝着我大吼。记忆中的米砾就是这样，只有把他逼急了他才能有这么点芝麻大的勇气，而我已经灵活地跳上他自行车的后座。

这里秋天的夜虽然没有北京寒冷，却也透着丝丝的凉意。我一只手拎着我的大包，另一只手毫不客气地环抱着米砾的腰，把头不客气地放在他的后背上。这个傻孩子，他好像挺直了背，有点紧张。高三的苦读好像让他变得更瘦弱和迟钝。我忽然想起很久很久以前，他给我的那一个吻，在校园的假山后，他那傻头傻脑、脸红脖子粗的愣样。这个孩子，他是爱过我的。只可惜那个时候的我，压根就不懂得什么是爱情。当然现在的我，也完全不懂。不过其实我并不相信爱情，即使爱情真的存在，它有那么实在吗？有名车实在吗？有别墅实在吗？有自己爱自己这么实在吗？如果它不实在，那些傻瓜追求到底，到底又追求个啥呢？所以，所谓的路理王子也好，什么阿布、米砾也好，都不过是一场场我路过的戏，导演它的是虚荣。

我是一个虚荣的人，这是我致命的弱点。

我非常明白，但我改不了。

米砾的家依然那么豪华宽敞。米砂的白色三角钢琴在客厅的角落发出奢华的光芒。我好像已经很久没碰过钢琴了，不知不觉中我的手指跟香烟和酒杯变得更加亲密；也是在不知不觉中，我从天堂堕落到尘世间，为了把那些不真实的梦想变作现实苦苦挣扎、营役。你瞧，我的同龄人都是有家可居、有人会宠的孩子，而我早已不是。

不过，难能可贵的是，我深谙这是我自己的选择，怨不得任何人。所以，我心态还算平和。

“坐吧。”米砾招呼我，“你饿不饿，我给你弄点吃的？”

“你？”我不相信。

他摸摸后脑勺。“我的意思是说在冰箱里找一点吃的，有什么吃什么。”说完，他折进了厨房。

我饿倒是不饿，渴是真的渴了。于是我自己到饮水机旁倒了一杯水喝。那饮水机很怪，我琢磨了半天才弄出水来。一杯水刚下肚，米砾从厨房出来了。他一只手端着两个盘子，像饭店里跑堂的，每个盘子里放着一些炒饭和小菜。他大声对我说：“我热过了，来一点？”

我摇摇头。

“你还在减肥吗？”他在沙发上坐下说，“老减对身体不好，你又瘦了。”

我坐到他身边，看着他狼吞虎咽，一盘炒饭瞬间被他消灭得精光。然后他敲着盘子闷声闷气地问我：“你真的不吃吗？”

“我想喝粥。”我说。

真的忽然很怀念我老妈做的小米粥，每次周末晚上回到家里，美美地喝上一大碗，然后倒头就睡。那种滋味已经很久不曾有过了，想起来，恍若前世。我只不过十八九岁，居然就像个老太太一样有旧可怀，让我不服自己也不行。

“可是，李姨只留了蛋炒饭。”他说。

“谁是李姨，你的继母？”

“胡扯！”他说，“我家的钟点工。”

哦，他家还有钟点工，有三角钢琴，有我搞半天才弄出水来喝的饮水机……我早知道米砾是个公子哥，一双球鞋也值好几千。

要是我不去什么劳什子首都，而是待在天中，他未必不一直都是爱我的俘虏，然后我嫁给他，然后我掠夺他的万贯家财，然后我把米砂也赶出家门……

“你在想什么呢？”他打断我的想入非非，打了个大大的哈欠说，“我困了，我要洗洗睡了。你今晚就睡一楼，我家客房。要是不困，看会儿电视也行，一切自便。不过明天中午前你得离开，我老爹会回来。”

“我跟你一起不好吗？”我指指楼上，故意逗他。

他瞪大眼睛看着我，慢悠悠地吐出一句话：“我早不玩那一套了。”

“哪一套？”我问他。

“早恋。”他说。

我差点没把喝下去的一杯水给全吐出来。

10

本来在我的想象中，我以为，这会是一个稍许有些浪漫的夜晚。我，一个浪迹天涯的女侠士，和我的某个依旧小朋友一般智商的旧粉丝，相逢在这样一个孤单的秋夜。如果他家的二楼有足够大的露台的话，兴许我们可以肩并肩坐在一起，看着满天繁星，在这种奢华的寂寞中，呷几口红酒，品一品人生。待到微醉之后，他便开始用羡慕的眼神看着我，问我：“这几年，你在外面过得如何？”然后，我就可以微微一笑，优雅地踱到露台前，两手抱臂，做独孤求败状，给他吹嘘一下我孤身行天涯的种种精彩故事。当然，这些故事可以是真的，也可以是假的。再然后，他一定会睁大他那双充满纯洁的钦佩和复杂的崇拜的眼睛看着我，深情地对我说："蒋蓝，你真牛。"

然而遗憾的是，事实与想象总是要了命地背道而驰。就在我端起杯子，想要指使米砾再去给我倒杯水喝的时候，外面隐约传来了汽车马达的轰鸣声。只见米砾倏地站了起来，以迅雷不及掩耳之势跑到门口，手搭凉棚，外加身子还扭了两扭——仿佛在监测敌情。接着他果断地拎起我放在门边的蓝色高跟鞋，转身严肃地对我喊："跑！"

我还没明白过来，他已经一边把高跟鞋藏在他的巨大 T 恤里，一边小跑过来，拉着我的胳膊就往他家客房里冲。

发生了什么事？

米砾表现得太专业了，一看就是经常进行紧急演练：只见他一只手捂住我的嘴，一只手捂住自己装进一双高跟鞋的腹部。不过短短几秒，我们已经冲进客房。他迅速带上门，在我耳边轻喘着气说："我爸回来了！"

啊？

看得出来，他相当紧张。不过他尽量地克制着，不想在我面前显得太丢人。他把我的高跟鞋拿出来，得意地在我面前晃了一晃。我当然明白他的意思，是要我夸他的聪明伶俐。可是我并没有让他如愿。我只是指了指外面，然后用比他的声音更小的声音说道:“我的包……”

是的，我的包还在外面的沙发上。

那是一个明显的女包，如果被打开，里面会有很多女性的专用品，甚至有一张独一无二的身份证。上面的照片好看不好看先不提，比起一双高跟鞋来，它更像一颗可怕的无法拆除的定时炸弹。

米砾想推门出去，然而，已经来不及了。因为就在这时，我听到了米砾家的电动门缓缓升起的声音。米砾的喉咙里发出一声低低的吼声，好像一匹刚刚放出栅栏的斗牛，就等着那匹致命的红布出现。空气中传递着肃杀的气氛，我被他严重感染到了，紧张得全身寒毛都竖了起来。然后，他一把捂住了我的嘴。

我不得不为他的智商默哀三分钟。我去！捂我的嘴干吗？我又没打算叫。我只是因为惊讶而张大了嘴而已，可米砾不理会我的挣扎，反而捂得更加卖力，几乎要把拳头塞进我的嘴巴里去。

我只能被动放弃。

最让我不能忍受的是，一切都没有结束。客房里有张小小的床，他二话不说，按住我的肩膀把我往下拽，要让我钻床底。在北京再苦再累，我也没睡过床底。可我知道现在到了这份上，米砾浑身抖得像筛糠，如果我要是誓死不从，我真怕他全身的骨头都会抖散架。从人道主义出发，我屈从了。

不知道是觉得把我一个人扔在床底不够安全，还是他自己本来就没有待在外面的勇气，不一会儿，米砾也跟着爬了进来。当然，和他一起进来的还有一直被他抱在怀里的我的那双蓝色高跟鞋。

然而就在这时，鬼使神差的事情发生了，不知道是不是风的缘故，客房本来被米砾关好的门却吱吱呀呀地自己开了。

我望了望身边的米砾，因为没有开灯的房间里太黑，我看不清楚他的表情，只能依稀看到两只发亮的眼珠，感受到他粗重而小心的鼻息。这情形，真是想让人觉得不刺激都难。

虽然早就耳闻过米砾的父亲米老爷的粗暴脾气，但不是亲身经历，我还真不知道原来这个世界上有儿子怕父亲怕得这么厉害的。就在我心里对米砾表示深深同情的时候，客厅里传来了争吵声。

“我只跟你说一次，以后不许你再跟他在一起，听到没有？”

“你居然跟踪我，我对你很失望。”我听得出，这是米砂的声音。

“我对你更失望，就要高考了，连米砾都知道拼命了，你却成天整这些乌七八糟的东西。米砂，你到底想怎么样？”

“我没想怎么样！”米砂回了这句嘴就沉默了。过了好一会儿，才又传出她委屈的声音。

“我都跟你解释过了，他不过是帮我补习……”

“补习？补习还是偷袭？路走得好好的，没事干吗还拍一下你的头？”

“你说什么呀！”米砂喊起来，“有你想象的那么肮脏吗？”

我明白了，这是米砂和她爸爸在吵架。凭着我丰富的想象力，我完全可以料定这件事情的始末——准是米砂和某个男生正约会得投入，忽然一束强烈的灯光照在了他们彼此含情脉脉的脸上，一阵急促的喇叭鸣声将米砂和她的小男朋友从美丽的爱情世界里唤回了现实。那个保命要紧的臭小子见状不妙，撇下米砂就跑。这样想着，我对米砂的一股敬佩之情油然而生：这小妮子就是有胆力，明明自己理亏，还敢如此顶撞他爸！和胆小鬼米砾比起来，她简直就是女中豪杰。如此想来，我当年一直败给她也没什么丢人的。

或许脸皮仍然不够厚才是我一直不能走红的原因。

就在此时，我身边的米砾好像浑然忘却了自己的危险，而是忽然干笑一声，自言自语道："米二这个情种……"语气说不上是叹息还是羡慕。

米老爷又说话了："行，你不肮脏，你纯洁。可是有一点我就是想不明白，你为什么不喜欢正常人，偏偏喜欢一个瘸子！"

"瘸子怎么了？瘸子跟纯洁有什么关系！"

"我绝对不允许你跟一个残疾人有什么瓜葛！"

"你……变态！"

"米砂！"米砂的爸爸急了，"注意你的素质，我是你父亲。"

"我没素质！"米砂哭了，"因为我爸没教过我！"

父女俩激战正酣，那边米砾又忘我了，忽然嘿嘿地傻笑起来，手还顺便捶了一下地板，好像在为米砂的精彩演说而叫好、鼓励。我一只手摸索了很久才勉强找到他的嘴并捂住。他好像一只脱了缰的小驴子，正欲撒欢，又被拉住了缰绳，喉咙里挣扎了几下才勉强刹住笑。

“你要再不跟他分手，就在家好好反省几天，反省好了再去上学，不然我看你也不用参加什么高考了。”

“就不分！”米砂很坚决地说。

客厅里变得死一样的沉寂。又过了好一会儿，米砂的声音忽然坚定地传来。

“你听好了，不仅不分，我还要……嫁给他……”

米砂话音刚落，一声巨响传来，不知道米老爷把什么东西给砸了。

此时，米砾的全身忽然玩命地抖动起来。我是根据周围空气的震动判断的。再接下来，我估计他就要爆发性地笑出声来了。害怕暴露目标，我一急，也顾不上许多，两只手一起出动，可是周围太黑，找不到他的脸，更别提捂住他的嘴，只能在他脸上乱抓一气。可是一切已经晚了——他以一种快要岔气的干涩的笑声打破了这种沉默，伴随着他的笑声，还有尖叫：“干什么，疼死了，啊——”

脚步声迅速向我们所在的房间挪来。我绝望地放开米砾的脸，收起了我引以为豪的鬼魅派长指甲，开始拼命往床外挣扎。

米砾也不例外，他仍旧像抱着一个炸药包一样死死地抱着我的高跟鞋，匍匐着半个身子探到了床外。

此时，忽然灯光豁亮。

刚才在我脑海中被幻想了无数次的捉奸场景真的成为现实，只不过主角换成了米砾和我。

米砾仍然一只手怀抱着我的高跟鞋，另一只手撑着地板，像一条发情的响尾蛇一样昂起半个身子，同时抬起他满是抓痕的脸，对着瞠目结舌的他爸和米砂，用一种狼嚎般无比凄惨而追悔的嗓音嘶喊道：“一场误会啊！”

11

那一天，我基本上是“滚”出了米砾家。

我不敢保证，经过了这件事后的米砾是不是以后死也不会再做“雷锋”，但我敢保证的是，米砂小姐变了。当我看到她第一眼的时候，我甚至没认出她来。她的头发完全长了，脸颊好像又瘦下去一大圈。那个曾经像水果一样整日得意扬扬的女生，看来也被高考折腾得够呛，变成了一根干瘪瘪的黄瓜。我正欣赏着她的“伟大转型”，她却像不认识我一般，扭头就往楼上冲去。

她其实应该跟我说声“谢谢”，是我救了她，不是吗？

真没礼貌！

“喂！米砂！”我大声喊她。她在楼梯上回过头来看我，眼神空洞。

“我是来找你的。”我微笑着说。

旁边的米砾一听我这么说，立刻放松了脸上的肌肉，一脸无辜、恍然大悟却又谄媚无比地看着他爹笑了。那表情的意思当然是：瞧瞧瞧，不关我什么事，她是来找米砂的。

“呵呵，你找我，怎么找到我家床下去了？”米砂那丫头果然不是吃素的。她走到我面前来，昂着脖子说:“大明星，光临寒舍，有何贵干? ”

“我要找莫醒醒。”我说。

“醒醒? ”米砂的眼睛在我脸上梦游般地扫视了一圈，这才说，“你找她干什么? ”

我觉得我的语言表达能力无法在短时间内说清楚我到底要找莫醒醒干什么，于是我只能简短而冷酷地回答道:“有事。”

“我不知道她在哪里。”米砂说完这句话，扭过头，继续冲上楼去了。

看来有了瘸子新欢，她是不会要那个老相好了。这个米砂，爱的取向真是让人捉摸不透呢。

米砾一面偷偷拿眼睛瞄着他爹，一面把我的鞋踢到我面前，在神不知鬼不觉之间下了逐客令。我冲米砾挤了挤眼，他立刻转过头不敢看我，好像跟我对视一下都是顶级罪行。我沉着地穿上了我的鞋，走到沙发前果断地拎起我的包，没跟任何人说声“再见”——比米砂更加没礼貌，就这样豪迈地走出了米家的大门。自始至终，英俊潇洒的米家老爷都没有说一句话。我不知道他是否看到了我虽然狼狈但依然健步如飞的背影。

至少，我不是一个瘸子，不是吗? 他那不争气的儿子要是有一天能娶到我这样的绝世美女做老婆，那还不是他米家前世修来的福嘛，哼哼。

想起很久以前，米砾曾经跟我讲过在他小时候，他爸爸把他吊起来用皮带抽的事情，我不禁倒吸了一口凉气。我一边埋着头往前走一边为米砾祈祷，不曾想撞进了一个人的怀里。当我抬起头来，认出眼前人的时候，不禁就要晕过去了——因为站在我面前的人不是别人，正是曾经让全天中女生为之疯狂的路理王子。

噢，这个世界，真的就一定非这么巧不可吗？

他看了看我，又看了看我身后的米砂的家，倒不是那么惊讶，而是用和以前一样让我熟悉得不能再熟悉的曾让我无比着迷的声音问我说："蒋蓝，怎么会是你？你刚从米砂家出来吗？"

"是的。"我说。

"米砂她……"他伸长了脖子往我身后看了看，"她没什么吧？"

看他那着急的样子，一定是还对她一往情深。噢，女人的自尊心实在是太可怕了，没想到事隔这么久，我依然还会为他脸上的这份因米砂而起的焦急感到深深郁闷和丝丝嫉妒。于是我从鼻子里发出一声不轻不重的"哼"，一字一句地对他说："你没指望了，回家洗洗睡吧，米砂都要嫁人了！"

"啊？"他的嘴张得半圆，好像根本就听不懂我的话。

"她要嫁人了。"我再次重复，"她正为这事在家里跟他爸爸吵架呢。我看你现在还是不要去的好。"

"别胡扯了。"他压根就不信我的话，一脸不屑，"她还在念书呢，嫁什么人啊。"

"信不信由你。而且，"我的妒火从火星变为燎原，仍然不放弃地凑近他的脸，压低了声音，神秘地对他宣布，"而且，她要嫁的是个瘸子。"

噢，那张脸还是那么好看，只是随着我的话音落下，好看的脸也变得讶异、痛苦，甚至有些扭曲。我失落的心终于得到些满足和快活，哼哼，王子输给一个瘸子，一定够他受的！

所以爱情，真的是完全没有道理。

他一定是被我打击大了，没有再往米砂家走，而是看了我一眼，一声不响地转身离去。我看着他的背影，先是惊讶无比，惊讶之余，我像是被一个霹雳惊雷劈成了半截枯槁朽木，然后恍然大悟，明白了一切。

路理，他，他走路的样子，有问题了！

原来，米老爷和米砂口中的那个瘸子不是别人，正是路理！原来，天中的白马王子变成了瘸马王子！我的天！我不在天中的这些日子，到底发生了些什么事？

“喂，喂！”我追上去，有些歉意地拉住他，“到底怎么搞的，你的腿？”

他脸上的表情很平静，甚至带着微笑，回答我说：“没什么，出了点小事故，就变成这样了。”

“什么时候的事？”我问他。

“很久了。”说完，他推开我，径直朝前走去。那一瞬间，我对他所有的不满都变成了同情，对米砂的嫉妒也变成了些许惭愧。我追上去，想安慰他两句，但是我一句话也说不出口。夜深人静，小区门口没有一辆的士。我穿得不多，在风里微微发抖。其实我也不知道，是因为冷而发抖，还是因为一些我无法接受的残酷的事实而战栗。我的心情就像是曾经在吴明明家看到的一个破碎的美丽花瓶。那个花瓶在一次家宴时被吴明明一个喝醉了的朋友不小心碰碎了，当时我也在现场，听说那个花瓶值十八万。我喜欢它，买不起它，只能看看它。这都不重要，重要的是我无法接受它碎落一地时我内心无法收拾的凄凉和惋惜。

终于来了一辆车，他拉开车门坐了进去。在我没反应过来的时候，他转头对我说："来吧，我带你一程。"

我好像得到某种原谅一般，立刻迎合地坐上了车。

一路上，他在前排，我在后排，我们都没有说一句话。他没有问我去哪里，而是直接对司机说："先去香山花园。"

那不是我家，那是我大伯的家。我的家在西区，全市最破最脏的地方。当然这不怪他，还是高一的某一天晚上，我们在学校排戏，晚了，他送我，我就直接报出了这个地址。我一直都是如此虚荣，没有办法。记得那天，我在香山花园下了车，然后慢慢地走回自己的家，内心充满了酸楚。我从小就希望自己是个公主，做不了公主，就力争去假扮一个公主，假扮到自己都信以为真的地步。可是现在，瞧我都得到些什么了，除了身上仅有的几百块钱和一个完全没有未来的人生。我就是个一无所有的穷光蛋，就连瘸了腿的王子，也要比我强上一百万倍。

这么一想，我刚才心里对路理所有的同情忽然没有了，因为全留下来给我自己都不够用了。我在香山花园下了车，他把头从前车窗里伸出来对我说："再见啊。"

"你的电话？"我问他。

他笑了一下说："我一直没用手机。"

呵，不愿意讲就算了吧，本来也是邂逅，我也不指望以后还能有什么交集，于是我微笑着点点头，站在原地，看着出租车消失在我的视野里。我转身推着我的箱子往大伯家的方向慢慢走去。毫无疑问，我当然不想去大伯家——假如被大伯知道我终于死回了家，以后要想再去北京，估计插翅也难飞。

这样想着，我拉紧我的包，一步步往小区门口走去。

这时，忽然从侧门拐进一辆小轿车，车前灯豁然大亮，直在我脸上晃动。我躲闪不及，连忙伸手遮住脸，快步往门口走。可是那辆古怪的车绕过一个小花圃，直向我身边开来，更为古怪的是，它居然在凌晨时分的居民小区里大声鸣喇叭。我更加慌乱地躲避，心里有了不祥的预感——难道，是大伯?

想逃已经来不及了，车子终于在我面前紧急刹住。里面的人把车窗摇下，对着我大喊:“蓝蓝！真的是你，你怎么会在这里?”

我的眼睛刚刚被光线刺痛，好不容易才从睁眼瞎的状态里缓和过来，慢慢看清楚了眼前的人。

果然，是我大伯。

很快从车上跳下来另一个人，矮胖的身材，熟悉的发型。她踩着皮鞋咚咚地走到我面前，一把狠狠抓起我的胳膊，说:“死丫头，你妈找你都快找疯了。你这些天去哪里了?”

“没去哪里。”我垂头丧气地说。我认出来了，这是我大妈。她还跟以前一样，除却更老了些。她的眼睛仍然跟以前一样闪烁着精明的光泽。可怜的老太婆，这么大年纪了，也难为她整天陪着我的大款大伯花天酒地应酬到这么晚。

“快上车，我送你回家去。”我仍然没回过神来，她已经抓起我的胳膊，激动地说，“我们刚从你家出来。你不知道吧，你妈买的股票大跌了，天天在家闹着要自杀，脑子好像也不清楚了。今晚又要跳楼什么的，我跟你大伯好说歹说才把她按住。怎么这么巧让我们看到你，你回来得正好！”

哦，我那要钱不要命的妈咪。我完全相信大妈的话。脑子不清楚了，是的。我为什么不信呢？在她当年信誓旦旦地告诉我算命的说我一定会遇上贵人时我就悲哀地料定，她迟早会得老年痴呆症。

世上还有比我更毒的乌鸦嘴吗？

世上还有比我更命苦的美女吗？

我的手机就在这个时候没命地鬼叫起来，打电话的人是吴明明。我刚刚接起来，就听她在那边尖声叫着：“你要是再不给我滚回来，你就死定了！”

“怎么了？”我的大脑在接二连三的刺激里，还没来得及恢复正常，只能痴痴地毫无感情地问道。

但吴明明并没有理我，喊完那句话后，啪的一声，挂断了电话。这一挂断声和大妈把我狠命地往小轿车里一推的动作，终于让我稍许清醒了些。我花了三分钟审视了一下我现在的状况，无限的悲哀从心底缓缓蔓延开来，让我恨不得在凌晨时分的小城里，打开车窗跳下去，一了百了。

只是大妈仿佛了解我的意图似的，一直警惕地握着我的一只手，好像她一松手，我就有可能随时再消失一般。

老天爷，虽然我知道这世界变化快，但能不能，能不能再给我一点时间，再发生一些我不能接受的新事件呢？

算我求你了，好吗？

12

如果在你的想象中，我和我妈咪相见的场面一定是抱头痛哭、泪流成河、惊天地泣鬼神的话，那么很抱歉地告诉你：你的想象力真是一般，太落俗套了。

当半夜三更，我像犯人一样被我大伯大妈押解进我妈的房间后，我的心一直在扑腾扑腾地跳个不停。那种感觉，就像早孕少女被推进了小诊所的手术室一样。不过，你别误会我有这种经历，我虽然外表奔放热情，内心却是个清白可靠的女子。我之所以这么比喻是因为我曾经演过一台这样的小话剧，在里面演这样一个可怜的女生。吴明明不放心我，再三给我说戏，挥舞着双手要我扑腾扑腾地心跳再装出满脸的害怕和后悔。那时候的吴明明对我满腔热情，可是我对不起她，话剧最终被我演砸了。我的心怎么也扑腾不起来不说，想到吴明明跟我说戏时的样子，我还笑了场。我后来想，这也是吴明明放弃我的原因之一吧。她并没看到我的天赋反而扼杀了它，这是肯定的。

大妈用力推了我一下，我才从无边的神游中解脱出来。只见我妈穿着一件薄薄的好像 T 恤又好像长裙的睡衣，盘腿坐在床上。

她一手抱着半个已经快被掏空的西瓜壳，一手拿着一只银色的勺子，伸进里面狠狠剜了一块西瓜，放进嘴里，响亮地咀嚼着。

我又在乱想了：这样的季节，能买到西瓜吗?

房间里的两盏台灯现在只有一盏还亮着。昏暗的灯光下，我清楚地看到我妈抬起头，看了我一眼，眼神之空洞比米砂小姐看到我时还有过之而无不及。然后，她把嘴里的西瓜籽吐在那半个西瓜壳里，把西瓜壳用力掷在床头柜上，缓缓躺下，闭上眼，好像一下子睡着了。

“你妈病了。”我爸站在床边，扇着一把巨大的蒲扇，故意很大声地说，“都是想你想的。”

我想说：“想钱想的吧。”但我忍住了。我可不想我爸手上那把大蒲扇直接送到我的脸颊上。于是我在大妈的示意下，在我妈床边坐下了。所有的人都很有耐心，包括我妈，她装睡装得我都以为她真的睡着了，仿佛还听到了她的鼾声。终于，我妈把眼睛睁开了。她侧头看了我一眼，忽然把头仰起来，压低声音说：“你，是回来给我送终的吗?”

“胡说什么呢?”我有点被她毛骨悚然的声音吓住，安慰她说，“我在外面很忙，你又不是不知道。”

“忙?”她的眼睛又睁开了，头仰得更高，几乎和床面呈六十度角，一双眼睛直盯着我看，看得我心里直发毛，就在我快要尖叫出声的时候她再度发声，“忙什么?”

我把一颗心按回去，维持着我的耐性说：“等你病好了，我慢慢跟你说。”

“老娘没病！”她忽然利落地从床上坐起来，吓了我好大一跳。然后她忽然迅速地操起床头柜上的半个西瓜壳，对着我爸的大蒲扇直砸过去。“老娘要是有病，也都是被你们这些龟儿子气的！”喊完这一句，她又直挺挺地睡了下去。

我爸灰溜溜地捡起地上摔成八瓣的西瓜壳，走到屋外去。

哦，我的妈咪。大妈说错了，她不是脑子不清楚，是已经疯了。就算没疯，我看离疯也不远了。我无可奈何地看了看手腕上的表，这时已经是夜里两点。我终于感到无比困倦，我起身，走到阳台上，深吸了一口气。

我一直觉得，这个城市最美的月亮还是西区的，因为西区没有高楼大厦，也没有化工厂和造纸厂，月光最慷慨无私，可以尽情地洒到每个角落。但这是一个没有月亮的夜晚，也许连它也觉得累，所以躲起来休息了吧。所以，在这个世界上，谁要是硬要去勉强谁，那他就是名副其实的傻瓜。爸爸出现在我身后，手上端着一杯水，递到我手里说：“你妈赔了四十几万，还没缓过劲来。”

虽然我一直都是一个爱钱如命的人，但此时此刻，我真希望我有四十几万，那么我会全掏出来给她。如果钱可以让她变回从前那个生龙活虎、天不怕地不怕的她，别说四十几万，四百万又算得了什么呢？

只可惜很多时候，想要慷慨也得真有那个资本。

“回来就好了。”大妈不晓得什么时候也走了出来，她叹着气对我说，“不要再去什么北京了，我让你大伯在公司给你找点事情做，在家安安分分地过日子，也陪陪你妈。在外面有什么好啊，想想你姐……”

说到这里她停住了，又要开始抹眼泪了。自身难保的我对她说不出任何安慰的话，只能把头扭到一边去看黑漆漆的天。还记得以前我妈最喜欢说的一句话就是：“等哪天天上下钱，我就给咱家买个……”搞得我在十岁以前，一直以为天上真的是会下钱的。

我的手不由自主地放进口袋里，触到放在那里的冰冷的已经被我关掉的三星手机，想到北京生死未卜的阿布和神秘莫测的吴明明，心乱得像一堆无论如何也解不开的毛线球。

我只知道，此时此刻，我是多么希望——天上会下钱，人却永远不会长大。

这是一个让人痛苦的希望，所以我决定停止一切思想，睡觉。

第二天早上，我是被婉转的鸟鸣声惊醒的。我在这里住了十几年，从来不知道清晨有这么好听的鸟叫声。所以醒了好几分钟了还疑心自己还在梦中。比起北京那个又脏又乱、租金贼贵的小屋，我第一次感觉到这个被我在心里诅咒了很多年的家的珍贵。我爬起身来，走到外屋，发现妈妈还躺着。老爸一个人坐在沙发上抽烟，烟头不知道是早上的还是昨晚累积下来的，反正一个烟灰缸已经堆得满满的，再也没有空隙。我走过去，替他把烟灰缸倒掉。他拍拍沙发，示意我坐下来。

“别抽了。”我拿起他的烟点燃一根，在他身边坐下说，“抽太多对身体不好。”

“好。”他听话地说，“不抽。”

“她这样多久了？”我指指妈妈。

“就这几天变得严重。”他说，“你大伯找了医生上门来看，好像也没什么起色。整天就这样怪头怪脑地说些疯话，也不知道能不能好起来，唉！”说到这里，他深深叹了口气，忽然用手用力抓住头发，埋下头，当着我的面，呜咽起来。我看着他抽动的双肩，听着他的呜咽声，慌得不知道该怎么办才好。我爸是个硬气的人。虽然比起我那发财的大伯，大家都觉得他没用，但他啥也没求过我大伯，要不是为了我妈，他也不会答应让我去北京当什么明星。从小到大，我没见他哭过一次。

我觉得悲伤，更多的是泄气。我把烟头掐灭，从抽纸盒里一下子抽出了数张纸，急急地塞在他的手里。

在生活的重担面前，我帮不了他。

我是个不孝女。

我站起身来，没有跟躺在家里的妈妈告别，拎着我的包，头也不回地走出了家门。

还是要去面对我该面对的一切，不管结局如何，不再给他们增加任何负担，是我必须要做的最最重要的事。

我抬头看了看澄澈如水晶的蓝天，然后深深地呼吸了一口清晨的空气，扬起头，挺起胸，加快了脚步。因为连续穿蓝色高跟鞋时间太长，我的脚跟已经磨破了，但是我却没有一次走得比这一次更加优雅和高贵，更加勇敢和坚强。

当我再回来的时候，一定不会如此乱七八糟，我保证。

13

从幼儿园起我就知道，我是一个人缘尤其是女生缘糟糕的女生。为什么丢手绢时从来没有人丢在我身后？为什么午睡时只有我一个人睡过头，而只有老师才肯来叫醒我？我没有一起玩芭比娃娃的好姐妹，没有一起上学放学回家的朋友，唯一的伙伴就是成天一声不吭只会摆弄树枝之类玩意的阿布。

很长一段时间里，我理所当然地把这一切都理解成嫉妒。美女就是走路摔一跤都会让丑女们感到分外痛快。这个时候，我就要适时地改走“超然脱俗”的路线，来配合她们无比嫉妒的心理和躲闪不及的目光。

我非常讨厌莫醒醒和米砂的原因之一，就是——她们在我面前有了她们不该有的嚣张。整天凑在一起耳语，吃一个饭盒里的饭，连唇彩都混起来用，说她们没有吴明明那爱好，谁会信？

不过，离开学校后，我其实很少想起这些人，包括米砾，包括路理。当我踏上北京的土地的那一刻，我就决心忘记我以前的一切，一切风光历史、一切无关紧要的人，只因我就要飞上枝头，成为名副其实的凤凰蓝。但这一趟回家，却又将我再次打回原形，我无法阻止自己怀念坐在教室里享受别人羡慕目光的那些日子。那时的我，至少年轻鲜亮，头是高高昂起的，拥有足够用的骄傲资本和无限可能的希望。

只是我很随便地就把它丢弃了。

我恨吴明明。

同时我也恨我自己，事隔这么久，才懂得在这件事情上恨她。

北京的秋天真的是冷。我走出车站，一眼就看到吴明明的司机黑妹。那个梳着黑色马尾辫、穿着黑色马甲和黑色皮靴站得笔直的间谍造型女，木偶一样捏着她醒目的黑色 iPhone，高调得令人发指，简直可以直接裱成广告牌放在新光天地顶楼外侧玻璃墙上供人瞻仰。她也发现了我，把她的 iPhone 当手枪一样指着我说："怎么晚点这么久，吴姐等着你呢。"

我说："你问火车司机去。"

她并不欣赏我的幽默，而是黑着脸对我说："车子在停车场，跟我来吧。"

我跟过吴明明那么长时间，还没有过如此好的待遇，专人等待、专车接送。这么想着，我心情大好，跟在黑妹身后大摇大摆地走到停车场，才发现吴明明又换了新车，银色保时捷，真是有钱的人不要太有钱，没钱的人不要太傻眼哦。

一路上，黑妹都没说话，嘴巴如同被冰冻住。我故意逗她说："还跟着老吴混啊，工资涨没涨啊？"

她正视前方，说话掷地有声："我就混口饭吃，没你们要求那么高。"

"比我好。"我说，"我连饭都没得吃了。"

我话音刚落，她忽然一个急刹车，吓得我一激灵，连忙问道："怎么了？"

"红灯。"她说，停了两秒，又说道，"蒋蓝，我多句不该多的嘴，其实吴姐待你不薄，我们一大票人跟着她混，你把她逼到绝路，对大家有什么好处呢？”

我？把吴明明逼到绝路？

我？有这个能耐吗？

要真有，就真是太爽了！

我指望黑妹能说出一些让我更爽的话来，然而，遗憾的是，说完这话，她再也没张过嘴，就这样一路把我送到了吴明明家楼下。

其实说句心里话，我也并不想把吴明明怎么样。虽然我知道她能有今天，一定是做了不少违背良心的事，但这些事都不归我蒋蓝管。我想管也管不着。

我只想得到我想要的东西——金钱，除此之外，一切都和我无关。

金钱才是这个世界上最牛的魔术师，可以在一瞬间让一个人说长就长，让一个人说短就短，让一个人智商说变低就变低，让一个神经病说复原就能复原，让一个人完全丢失自我后还不知廉耻地自得其乐。

我独自上了楼，推开门，光线骤然暗了下来。吴明明背对着我，我却感到一股不祥的气息。我走近她，她倒是有闲情，居然把着一杯红酒，可脸上的表情却疲惫得很，像是有两天没有睡觉了。我顺着她的视线看向对面的超大等离子电视，屏幕上放的，竟然是我的堂姐蒋皎的MV。那是一首我并没有听过的歌。在我心里，她其实一直就是个空有外表重金打造的玻璃人。我从来都不知道她会唱这样气质的哀怨的歌。

“你在很远的地方，思念她鞭长莫及，我在漆黑的夜里，听过的每一首歌曲，说的都是啊，关于爱情的道理，那些咫尺天涯的安慰，让深情继续燃烧，不曾停息……”

屏幕上的她皓齿明眸白衣飘飘，我听得呆住，忘了自己身在何处。那一瞬间我产生了一种错觉，仿佛她从未远离，甚至，就在这间屋里。

这样想着我浑身一颤，又回到了现实。

吴明明用一种我从来没听过的叹息一般的声音对我说：“你认真听过你姐姐唱歌吗？你对她的了解又有多少呢？”

我不说话，因为我不想打断她的思路。预感告诉我，她将要说下去的，绝对是我感兴趣的东西。

“我承认我喜欢她，但我从来没有碰过她，你知道吗？”吴明明靠近我，“她出名，靠的是她自己的本事，她的机遇。相反，我倒是因为她才有今天的。”

“嗯。”我说。

“你不要恨我，不是我不给你机会，是因为这个圈子就是这样残酷，没有公司愿意做你，我要是硬撑下去，也没有任何意义，反而误了你的前途。你明白吗？”

“不明白。”我确实不明白。

她轻笑着说：“慢慢你就会明白的。”

“她到底是怎么死的？”我不想跟她纠缠我会红这个绝对正确的命题，于是随口问道。就在这时，MV 播放结束，她的身影渐渐隐去，电视上只有一片蓝光，更加闪得让人心里发寒。

“为爱死的。”吴明明用飘忽的声音回答我说，“你姐是个情种。她喜欢的人不喜欢她，最后就落得这样的下场。”

“可惜她没你那样的爱好，听说她的男朋友是一超级大帅哥。如此说来，真是遗憾啊。”想不到老奸巨猾的吴明明也有柔情似水的一面，虽然这有点恶心，但我正好用来打击她。

“呵，是啊。”没想到她却乐于承认，放下红酒，换了种语气说话，“不说你姐的事了。坦白跟你说，在这个圈子里，我得罪了要人。”

“哦？”

“不过这些事你还是知道得越少越好。”她继续说，“我被抢劫了。昨天晚上十一点，在后海，有人抢走了我的包。他们不会放过我，想置我于死地。蒋蓝，我希望你看在我和你姐姐过去的情分上，能老老实实地告诉我，那些东西到底是谁给你的。我相信你也是被利用的。而且话又说回来了，我真要是有什么事，你也落不到任何好处。别指望那些人能给你一分钱。”

“了解。”我说。

“那么告诉我他是谁。”吴明明充满期待地看着我。

“不知道。”

“死丫头，还嘴硬。”吴明明压根不信，她指指门外，傲慢地说，“你信不信，我现在打一个电话，就有人冲进来把你给办了，到时候就怕你想说真话都没有机会。”

我蒋蓝虽然是个羸弱女子，但我也不是吓大的。不过聪明如我还算明白，此时此刻还是在她面前装出一副很恐慌的样子来满足她比较划算。“好吧，你先告诉我，我要是交出那人来，你给我多少钱？”

“按你说的价。”吴明明豪爽地说，“我欠你姐的那一笔，全还给你。满意了吧？”

“我怎么知道还有没有别的欠条呢？”我继续绞尽脑汁地与她周旋着。

“不要太贪。”吴明明继续提醒我说，“适可而止。”

其实我很怕她说狠话，因为我本来就没有任何实力可言，一旦被她识破我在硬撑，恐怕我不能活着走出这间屋子，要在我姐的歌声中死去，那该有多悲凉。

“五十万。”我也知道久拖不是道理，干脆豁出去说，“给就成交。”

吴明明眼光炯炯地看着贼胆包天的我，仿佛终于真正认识了我一样。我才管不了这么多，反正她爱答应就答应，不爱答应也得答应。

“交出人我给你一半，事情了结后给你另一半。”吴明明咬着牙说，“别再耍什么花招。”

“岂敢。”我说。

“那你约他。”吴明明说，“我要见见那人的真面目。”

“哦，好咧。”我一边应着一边点着头，硬生生把一颗扑腾扑腾乱跳的心压了回去，朝着她妩媚地笑了。

其实，在笑的那一刹那，我就有了主意。

或许，这个主意太过丧尽天良，太铤而走险，但请你想想看：

如果有一天，你把车全速开上了跨海大桥，开到尽头你才发现这是座断桥，而刹车也忽然失灵了，难道，除了跳车你还有别的选择吗?

生还是死，就在这一搏了。我在万念俱灰中，押上了这辈子最大的一个赌注。

如果我赢了，那我那半疯的妈咪或许能看在那五十万的面子上多活几口气；如果这次我真的走错了，那我也只能拍拍屁股对这个世界说声:“撒由那拉，红颜命薄。”——就此走人。

哦，我苦命的姐姐，你得保佑我。保佑你这个比你命好不到哪里去的妹妹。

14

是的，阿布，没错。

我把黑妹带到了阿布的病房。要知道此时此刻，对于接近疯狂要找到“幕后黑手”的吴明明来说，一个失忆的人是最合适不过的了。

阿布的病房被换成单间，在住院部的最高层。我还给他请了特别护理，当然这一切都是用吴明明给我的钱来操办的。当我带着黑妹推开门走进病房时，一切都风平浪静。

他正在剥一个绿皮的小橘子，同时看着窗外的景色发呆。

绿皮的橘子，有着清香却酸得彻骨的滋味，这该是秋天新上市的水果。令我讶异的是，失忆的阿布，口味却未变，他仍然和以前一样，喜欢这种古怪口味的小橘子，也依然记得他的莫莫。

他见我们进门，忽然咧开嘴对我笑了，还扬了扬手，对我说了声：“你来啦？”

“哈喽。”我也故作轻松地回他。真希望这件事能快点结束，不要带给他更多的麻烦。阿布啊阿布，对不起，你一定得帮我，这场仗除非我赢，不然我们都得死翘翘。

黑妹警觉地关上了门，用一半掺冰一半掺笑的口吻对我说：“是他？”

我回过头对她嫣然一笑，又恢复严肃，压低声音说：“猜得没错，正是他。”说罢，我手向阿布一指，阿布已经不再理我，只是埋头继续吃他的小橘子。

“他是谁？”黑妹问我。

“他说，他叫古木奇。”

“他是疯是傻？”黑妹不知道是干笑还是真笑，径直走到阿布身边，凑近阿布的脸看了又看。阿布没有躲开，而是勇敢地和她对视。

我的心都快跳出来了，真怕阿布突然开口，说一句“你是我的莫莫吗”或者“尝个橘子吧”之类一点也不好笑的句子。我敢发誓，黑妹一定会立刻把他从窗口甩出去，毁了我精心布置的春秋大业。

我一急，把刚才在车上事先编好的故事一股脑地全说了出来。

“那天我没钱了，想去找老吴借点钱，在你们公司的楼下碰到了他。他问我认不认识吴明明，愿不愿意帮他一个忙。我看他也不像坏人，就同意了。然后他就从口袋里掏出那些东西交给我，说这些可以帮我得到我想要的钱……”

黑妹做了一个打断我的手势，索性在阿布的床边坐下，一脸霜打的表情对我说：“蓝蓝，你知不知道骗吴姐的下场是什么？”

我不知道她葫芦里卖的什么药，只能用我的必杀表情——一脸天真地望着她。

“我是不是特别傻？”她指着自己的鼻子，一字一句，认真地问道。

是！我在心里回答，表面却绽放如花。“当我再找到他的时候，才发现他被车撞了，他失忆了，这真是太巧了……”

我话音未落，黑妹已经从阿布的病床边利落地站起，一个箭步走到我跟前，狠狠地给了我一个嘴巴。

我的眼前一片金光璀璨，金光璀璨里是黑妹漆黑如铁的脸庞和结实的肌肉。

看得出来，她恨我。吴明明这回要是在劫难逃，她这个半打手的女特务的好日子也就跟着一起到头了。

我当时并不知道自己嘴角在渗血，我只知道我打不过黑妹。我看看黑妹，心里悲伤地想着还来不及证明我老蒋必定会红的命运，就要死在这位黑辣妹的魔掌之下了。既然死定了，我便毫不在乎地凄厉地笑了。床上的阿布一直默默目睹着这一切，忽然，他出乎我意料地从床上弹起来，像是一瞬间集天地之灵气、日月之精华于一身恢复了所有记忆一般，双目炯炯有神，双手紧紧有力地掐住了黑妹的脖子。

他声如洪钟、恶狠狠地对黑妹说:“你敢打她!”

黑妹在毫无准备的情况下被袭,手脚乱舞,大声号叫。阿布神勇地抽出一只手,拿起未吃完的小橘子,塞进了她张开的嘴巴里。黑妹不知道是不是由于长时间没有笑过的缘故,嘴角肌肉坏死,竟然含着那半只橘子吐也不是,吃下去也不是,嘴巴像榨汁机一般流着淡黄色的橘子汁,已经腾不出脑袋来协调四肢与阿布搏斗。说时迟,那时快,阿布从被子里拔出脚,一脚踹中了黑妹的腹部。

接下来,他又说了一句让我在一秒钟之内转败为胜、起死回生、柳暗花明、返老还童的话。“黑婆娘,你要找的——不就是我吗?”

我惊呆了!可不可以告诉我,刚才那一秒钟里,到底是哪位菩萨的玉手,轻轻地摸了一下阿布同学的脑瓜?

黑妹脸色铁青,表情仿佛冰冻过的虾皮,惨绿惨绿,然后她终于把那半个烂橘子吐出来,盯着阿布的脸说:“你认得我?”

阿布点了点头。

“你到底是谁?”黑妹尖叫着去摇阿布的肩膀。在我看来,阿布全身的骨头都快被她摇得散架了。他一定是觉得很好玩,因而呵呵地笑了起来。我倒是很害怕,他脑子里那冻成一坨的淤血要是一下子给摇通了咋办?阿布笑完后,捏了捏自己将断未断的肩膀,如同忽然陷入了瞌睡一般无力地垂下了头,忽然又抬起头来,意味深长地笑了一下,对黑妹说:“我是认得你的那个人,古木奇。”

那一刻，我知道我赢了。我利索地把门锁上，对着一脸茫然的黑妹恶狠狠地、却也充满力量地用我自己都不敢相信的荒诞的口吻说：“这下，你该信了？让吴明明按说好的办，我可以告诉你们更多你们想知道的东西，不然……”

我说到这里，停住了，因为我也不知道该怎么说下去。倒是阿布，好奇地歪着脑袋问我：“不然什么，你快说啊！”

我朝着他眨了眨眼。

他着急地跳到我面前说：“告诉我，不然什么，不然什么！”

这个脑子坏掉的八卦小男人，我按不住他，只好将计就计：“不然，我就把我所知道的一切都告诉警察。”

“对。”阿布说，“警察。”

“把她抓起来。”我说。

“对。”阿布变作我的捧哏，“把她抓起来。”

黑妹走出了病房，我知道她一定是到外面去给吴明明打电话了。我追出去对她说：“失忆了，也没啥威胁，我看不用慌了。”

黑妹看着我说：“还有哪些人来看过他？”

我摇摇头。

“把他手机弄过来。”黑妹说，“查查清楚。”

“我早想过了，他没手机。”

“你看着他，我先回去跟吴姐汇报。”黑妹说完，掏出一张面巾纸，在脸上胡乱擦了擦，然后迈开大步走了。我看着她笔直的背影长吁了一口气。不管怎么样，走一步算一步。好歹这出戏，终于把我自己的一条小命，连同阿布的，一起救了回来。

回到病房，宇宙小超人阿布完成使命，继续恢复弱智。他剥好了一个新的橘子，有滋有味地吃了起来。

我好奇地问阿布："喂，你怎么知道她叫黑婆娘？"

阿布说："这是我给她起的外号。长那么黑，就不要出来混了，晚上上街，别人都找不着。"

"我叫古木奇？"他又歪着头问我。

"噢，是吧，也许……"我心虚地答。

"哈哈。"他说，"这是我的网名吧。"

我去，有这么聪明的弱智吗？

那天，我去咨询了医生。医生告诉我，阿布不是弱智，他只是失忆，但是要阿布完全复原的可能性很小。不过他们已经找来专家会诊，估计要再进行一次手术。

"要多少钱？"我问。

"准备十万吧。"

钱，又是钱。我上辈子到底跟钱有什么过节？错也是因它，罪也是因它，最终想得到的，无非还是它。

那天晚上，我一直陪着阿布。他的精神状态不错，说话也不语无伦次了。侧面看上去，还有一些小帅。要是他永远都不再记得过去，也未必不是一件好事。我真希望，能像他一样连自己是谁都不知道，也许这样就会比现在幸福很多，不是吗？

我支着下巴，漫不经心地问他："你还记得莫醒醒吗？"

"谁？"他转头问我，脸上是那种努力回忆的表情。说实话，我是怕提这个名字的。我怕他又会爬起来去跳楼，但我又忍不住想提，因为在我的潜意识里，我希望他完全忘掉她。我讨厌他对她念念不忘，虽然我自己也说不清楚这种讨厌的感觉到底从何而来。

“莫醒醒啊。”我说，“一个头发很长的，眼睛很大的，看上去很丑的女的。”

“你撒谎。”他说，“头发长，眼睛大，看上去怎么可能很丑。”

“那你还记得蒋蓝吗？”

“记得。”他说，“不就是你吗？”

我惊讶地看着他。

“你那天告诉过我了。”他说，“我记性不至于那么坏吧。”

“那你，还记得‘算了’酒吧吗？”我说，“一个不大的酒吧，你跟一个叫蒙胖胖的玩牌，后来输了……”

“不可能。”他打断我，“我玩牌从没输过！”

“你到底记得多少？”我看着他的眼睛问。

他忽然伸出手来，温柔地抚摸了一下我前额的头发，用从没有过的语气低声地对我说：“你一定是我的女朋友吧，你对我真好。”

我摇了摇头。

他笑，继续说：“我以前追你的时候，肯定吃了不少苦吧？你这么漂亮，喜欢你的肯定很多。”

我继续摇头。

“等我好了，我会好好对你。”他像个孩子一样地对我保证，

"要是有人敢对你不好，就像今天那个黑婆娘，我一定饶不了她！"

我的心里滚过一阵异样的感觉，竟然想要落泪，这种感觉在面对一个清醒的阿布的时候从来都没有过。但其实我是不喜欢这种感觉的，因为它会让我变得傻头傻脑。我还是喜欢那个清醒时精明的我，有一般人不具备的想象力和一种特殊的聪明，让我的表情不受思想控制，随时随地收放自如。

"犯傻了？"阿布伸出一根手指，弹了弹我的脑门说，"告诉我，以前追我的女人多不多？"

我不想打击一个病人，我回答道："怎么说呢，还行吧。"

"你不吃醋？"他问我。

"还好。"我说。

他忽然哈哈地笑了："你一定吃莫醒醒的醋，对吧？"

我盯着他的眼睛说："你叫她莫莫。"

他眯起眼回避我的直视，把头用力昂起来对着天花板，过了一会儿他又把头低下来，很勇敢地看着我，用发誓一样的音调对我说："不管她是谁，我以后都只对你好。"

我笑了。他伸出手，轻轻抚摸我的脸，也傻笑起来。

那晚我一直待在阿布的病房。我们聊了很长时间的天，乱七八糟，不知所云，牛头不对马嘴。这样的聊天看上去无意义，但对我和他而言，都是需要的。我说的他听不明白，他说的一点不着调，我更不指望明白，但是这样很好，至少我们可以有个互相倾诉的对象，谁也不笑话谁。然后，我趴在阿布的床头睡着了。

清晨醒来，阿布还在睡，我觉得有些饿，于是起身，到外面去买早餐。我在医院外面的小面馆吃了一碗拉面，又排队给阿布买了豆浆和油条，可是当我走回病房的时候，却发现病房空了，阿布不在。一个护士在那里收拾他的床。我问她："人呢？"

"出院了啊。"她说，"有人替他办了出院手续，刚走，你不知道吗？"

我跑到窗口去看，正好看到阿布被人塞进了一辆黑色的轿车，只短短几秒钟，车子就开出了我的视线。

一种不祥的预感在心里升起，我的脑袋轰的一下就炸开了。

15

阿布失踪了。

我知道是我害了他，我也知道是吴明明带走了他。但是，我没有证据。我追出医院的时候那辆车早就开得不知去向。我打吴明明的电话，她倒是很快接了，不过声音听上去睡意蒙眬，好像刚睡醒一般。

"他已经失忆。"我说，"你带走他何用，治好他才要紧。"

"什么？"她跟我装傻。

我威胁道："二十四小时见不到他，我会报警，把我知道的都说出去。"

"你知道什么？"她机敏地反问我。

"知道什么说什么。"我强撑着不在她面前败下阵来。

“哈哈。”她笑，“悉听尊便。”

然后，她挂了我的电话。我在心里骂了她一万遍。良计还没浮上心头的时候，有人打我的电话了，我一看，竟是黑妹。

“找人，是吧？”她说，“半小时内赶来，我会把地址发到你手机上。”

“不去。”我说，“我要回家睡觉。”

“想让你朋友活命，就乖一点。不然的话，我可帮不了你。”

她的电话挂了一小会儿，我就收到了信息。信息里的那个地址，应该是上次古木奇开车带我去的小区，真是刺激，不过正好，我最喜欢刺激。我再没有文化，也知道不入虎穴、焉得虎子的道理。

料想吴明明也不敢把我怎么样，而且像我这样的侠女，怎么可能丢下阿布不管呢？

不知道为何，当我坐上去往那个小区的出租车，我才开始后悔。既后悔把阿布牵扯到这件事里，又后悔我如此贸然出动。可是不这样我又能如何呢？说白了，我就是在陪吴明明玩。这么一想，我更加沮丧和不安。

说出来你肯定不信，我总能在危险到来之前预感到大事不好，就像吸血鬼能嗅到人血的气息一样，不知道这是不是一种超能力。但是让人泄气的是，我没有一次因为预感而避免闯祸事件的发生，越危险我越好奇，所以每次都铤而走险。好比曾经和蒙胖胖的那次玩牌，其实她摸第一张牌时我就知道阿布大势已去，可是我偏偏不信任自己的感觉。

北京的深秋，天气很吓人。早晨还能看到淡黄色的阳光，现在已经狂风肆虐，仿佛在为我的孤胆气节而呜咽哀鸣，更添了几分肃杀的气氛。

我壮着胆再次来到那个17栋，按响了2301的通话键，没人应我，但大门自动开了。我坐上了电梯，一直到了二十三楼。2301的门敞开着，我狐疑地走进门，等身后的门咔嚓关上，我才知道自己上了当。

没有阿布，更没有吴明明，只有打手黑妹。她冲着我怪笑了一下，就把刚进门的我给绊倒了。

除了束手就擒之外，只有一个词可以形容我此刻的绝境，那就是：送上门来——如果这也算一个词的话。

这是一间空房。墙壁雪白，地板铺满旧报纸，角落里放着一张凳子，对面放着一台小小的电视机。

我刚从地上爬起来，黑妹就一把揪住了我的头发把我往屋角拖，差点把我的脑袋拆下来。

我只能大喊："三八！放开我！"

事先准备好的胶布迫不及待地贴了上来。我就这样被轻轻松松地五花大绑，发根剧痛，全身发麻却挣扎不得。那根绑着我的麻绳绝对可以给相扑选手拔河用。

情急之下，我用力一甩脚，我的高跟鞋飞了出去，正砸中黑妹。

敢动我蒋蓝，等我红了我非找人拔光你的头发！

我用滴血的眼神看着她，不过没有用。这个头脑空空光有一身傻力气的非洲野蛮女此刻正坐在那台电视机上，笑嘻嘻地展示她的白牙，同时对我说："你最好乖乖的，马上给你放个电影。"

这是有预谋的——当然，鬼都看得出。

我本来不想理她那个什么电视，可是电视里随即传来的声音，却把我的视线吸引了过去。

没错，是阿布。

这么冷的天，他的上身居然没有穿衣服，手被反绑在一张椅子上。头顶那盏很刺眼的灯照得他两眼眯成一条缝。

"可不可以把灯关掉？"阿布小声提议。

有个女的——也是个女的，比黑妹长得稍许好看些，但是和黑妹一样的打扮，她二话没说就冲上前去，给了阿布一巴掌。

我的左脸也跟着一起刺痛了一下。

吴明明是不是私下搞了个女子军团？专门训练用三步上篮的姿势打别人耳光？

阿布的头晃了好几晃，很奇怪，他没有反抗，也没喊疼，而是犹豫了很久才古里古怪地说："你们是不是莫醒醒派来的？"

电视放到这里停住了，黑妹再次走近我。她在我面前蹲下，撕下我的胶布，饶有兴趣地问我："莫醒醒是谁？"

什么跟什么啊，这简直是太搞笑了！

我哈哈笑着，笑完后，用力吐了一口口水在她脸上。刚吐出口我就后悔了，因为我实在没有必要放弃如此大好的求生机会。我该喊的是救命！

毕竟只有我出去，才能救阿布。

果然，她用衣袖擦了一把脸，又一次把我的嘴巴封得严严实实，恶狠狠地说：“挑段好戏给你看。”说完，她按了快进键，屏幕迅速滚动，接着定格在一个画面上。

我不敢相信我的眼睛——那是阿布吗？

满头满脸的鲜血，让我几乎认不清楚他的面目。只有脚上那双十年如一日的跑步鞋提醒我，这是那个曾带我满大街飙车，请我喝酒，陪我失落，借过我钱的男人。他曾经在发酒疯时把我的头当作篮球按在胸口，任凭我尖叫也不松开。直到我猛然踢了他一脚，他才发现是我，连声“对不起”都没有说完整，他就蹲在路边大口大口吐起来。

有人掩鼻而过，也有人叹息，更有人小声诅咒。

那段时间正值他和他爸闹决裂，他不顺，我被好几个广告公司放鸽子，也不顺。我们就当街坐着，叼着烟，对着路边一个一个对我们投以不正常目光的人大骂特骂。当然，为了面子，我把头发全弄乱，遮住脸，只露出两个眼睛。我一直都是如此虚荣的一个人。

直到城管追来，我们又飞奔到摩托旁，由他载着我在四环路上飞奔。

人们都说我是凤凰，于是我来到北京，寻找我能栖息的枝头，可是最终，我不仅飞不起来，反而摔得皮开肉绽。

我喜欢站在他的摩托上，展开双臂，让我的长发随风飞舞，那感觉，跟飞一样，我永远记得。

我永远记得，是他带我一起飞。

他曾经是如此浪荡而桀骜的一个爷们，现在他们把他绑在那里，打得浑身是血。可是，他和这件事一点关系都没有，真的没有！没有！

我的眼泪忍不住掉了下来。我知道这样很丢脸，但是我没法控制住我自己。我的嘴被胶带封住，喊也喊不出口，心里的悲伤全转换成愤怒。我发誓，只要我能从这里活着出去，我一定要把吴明明那个女人碎尸万段！

“你们把蒋蓝弄到哪儿去了？”录像还在播放，我看浑身是血又被绑住双手的阿布蹲在地上。忽然他又猛地站起来，冲到那个女人面前，低着头，弓下腰，像一头发怒的牛一样狠狠地顶了一下那女人的肚子，用和从前在酒吧喝多了酒和别人吵架时一模一样的口吻大声喊：“我弄死你们！”

阿布，哦，我英勇无比的偶像，你又回来了？

可是，女人捂着肚子走到他身后，用力一踹他的膝关节。他又一次跪倒在地。

我再也克制不住，呜咽着爬到电视机前，想要砸掉它，砸掉这一幕幕我不想看到的画面。

我终于为自己的行为深深后悔：我后悔来北京，后悔想当明星，后悔把我妈一个人丢在家，后悔跟着那个鬼男人走，后悔为了钱没有把那个狠毒的女人的一切告诉警察，后悔把阿布扯进整件事情。

可是一切都晚了。

在我的泪眼模糊里，我看到被制服的阿布，沾满鲜血的额头一下一下地磕在墙上。他的口中低低呜咽，带着哭腔："蒋蓝，蒋蓝……你在哪儿……你在哪儿……"

他喊的分明是我的名字，而不是莫莫。

我终于赢了！我终于赢了！可为什么我却愿意我永远是一个输家？

阿布，对不起。一百个对不起，一千个对不起，一万个对不起。好似被一根闷棒击醒，我的鼻子剧酸难忍。我百口莫辩，只剩下深深的自责，自责到恨不得这里有一把手枪，可以让我说死就死，一秒钟之后就消失在这个世界上。眼泪全部滴在了肮脏的地板上，变成了一颗一颗蒙着灰尘的小水珠，但我的眼泪，比之前流过的任何一次都干净，我发誓。

"感动了？"黑妹的嘴角带着一丝笑意，嘲讽地看着我，"你也看到了，这哥们装傻。我们都是替别人卖命，看得出来他也是，看他受苦我们也不忍心，谁不是混口饭吃？所以，你就别再让我为难了……"

我示意她揭下我的胶带。她犹豫了一下照做了。

"吴明明给你多少钱？"我问她。

她不回答我。

"救出我朋友，我给你十倍。"我说。

她笑了。"我凭什么信你？再说了，钱往往会把人害死。不该我要的我不要。"

该死的女特务！看来不想点别的办法不行，我逼自己冷静一点，这才对她说："你开一下窗，看看下面是不是停着一辆车。"

“什么车？”她警惕地说。

“我朋友送我来的，我要是老不下去，兴许他会报警。”我威胁完她，静静地往地上一躺，假装在等死。

她很聪明地继续封上我的嘴，独自走到窗前，把窗子拉开一道缝，好奇地往下探望。

我则从地上用力爬起，使的是从阿布那里现学来的一招，冲过去，用脑袋大力撞她的后腰，把她撞得歪歪倒倒。

其实刚才我已经拿定了主意——我要跳楼。

跳下去，才有希望。虽然这希望迟早变成绝望，但是若不跳，必死无疑的人一定是两个，我，还有阿布。

而吴明明，或许一辈子都安然无恙，一辈子花天酒地，享福到老。是有人有这种命的，当我十三岁那年第一次看到蒋皎穿着那身一尘不染的白裙邀请我进她家做客时，我几乎就笃定地相信：谁也逃不过命运的安排。

可是，有没有搞错，当我半个身子都趴到窗口的时候，我才反应过来，这里是二十三楼。

命运有没有可能让一个必红的明星从二十三楼摔下来却毫发无伤呢？

好像有点悬。

就在我和自己做着最后的斗争，想象自己有没有可能做一回蜘蛛侠的时候，客厅的门忽然被人打开了。由于刚才撞得过猛，我的眼睛在很长一段时间里处在充满金星的状态，没等回过神来，身边的黑妹已经倒在了地上。

我看到那个黑婆娘被压在来人的身下，很快就享受了和我一样的待遇，被绳子绑住了手脚，被胶布封住了嘴。然后，像扔破麻袋一样被扔到了墙角。

我没有变成蜘蛛侠，难道，蜘蛛侠来了？

看着黑妹的熊样，我想笑，可是我的嘴也是被封住的，笑不出来。就在这时，我的嘴巴忽然一阵剧痛——胶布被撕开了。接着，来人掏出一把刀把我身后的绳子一把割开，抓起我的胳膊就跑。跑到门口的时候，我忽然想起来什么，冲回电视机旁，取出了 DVD 机子里的那盘碟，这是不能少的证据。我差点就要为自己的聪明鼓掌了。

我们出门后，在我的瞠目结舌中，救我的那个英雄忽然掏出一把钥匙，把门反锁了！

什么情况？

我根本不知道他是谁。他戴着一顶帽子，低得让我看不清他的面目，也来不及看清。我的大脑一片空白，任凭他拉着只穿了一只鞋的我狂奔到电梯前。正巧，电梯早就大开着门等在那里，好像就为了迎接我们一样。在他的牵引下，我脚一软，跌进了电梯。电梯门迅速地关上。

我心里的大石头轰然落地，声音太响太响，以至于我快要耳鸣了。

我早知道，我命不该绝！

我把光着的一只脚放在另一只脚的脚面上才好不容易站稳。我使劲把头发往脑后捋，一边偷偷瞄我身边的大侠。他并不看我，低着头，不知道是在看地面还是看自己的鞋。由于实在是太好奇了，趁他不注意，我一把摘掉了他的帽子。

看清楚的那一刻，我几乎整个人都趴到地上。

虽然我只见过他一次，但那张脸，正是我日日夜夜惦记着、化成灰我都认得的——酒吧男古木奇！

当我再见到这个人时，我只有一个想法，那就是把他杀了，大卸八块，扔到荒郊野外去喂狼狗。或者逼他给阿布下跪磕头，直到他额头出血，一辈子毁容加失去记忆。

不要怪我心狠手辣，我说的都是实话，若不是他，我蒋蓝最多也就是没钱，生活也不至于搞得如此乱七八糟。如果我继续留在那家酒吧做我的酒吧女，没准早就钓上个有钱佬，把我养在金屋里，每天只需要听听音乐、做做面膜、养只小狗、淘宝购物，过得不晓得有多爽呢。

但是……

只恨我没有立刻认出他，不然我死也不会跟他走，我会把他交给黑妹，交给变态的吴明明，救回我的阿布，让他去死！所以，当他把我从电梯里硬拖出来，再把我拖到他的车里去时，我迫不及待地从座位上跃起，当机立断一巴掌就挥了上去。

“我知道你恨我。”可是我并没有打到他。他用力抓住我的胳膊，很知趣地对我说，“你要是想干掉吴明明，救出你的朋友，就跟我走。”

“不。”我说，“你休想再利用我！”

“那就再会。”没想到这臭小子比我还酷，听我这么一说，下巴一扬，意思是：车门在那里。我纵有万般不情愿，也不可能再跳入火坑。我只能装作没看见似的大声问他：“你在耍什么花招？”

“我以为你不感兴趣。”他说着，已经发动了车子。

“不感兴趣也要感兴趣。”我捏了捏我酸疼的肩膀，“我还不想死！”

说罢，我狠狠地踢掉了我脚上的另外一只鞋，抱着冻得麻木的双腿严肃地坐在副驾驶座上。

他仿佛对我另眼相看，侧身看了我一眼，一面开车一面对我说：“你知道不，吴明明一分钱都不会给你，把她逼急了，她只会杀人灭口。所以，不如跟我合作。”

“先告诉我你到底叫什么。”我才不想上他的当。

“我叫古木奇。”他说。

去你的古木奇，要是真名那才叫稀奇！

我朝他摊开手：“身份证。”

“没有。”他说，“一场大火烧了个精光。”

我屏住呼吸，看着他，那一瞬间，我真的很想很想知道他是谁。一场大火，烧个精光，一场大火，烧个精光，一场大火？难道……

我反复回味着这句话，脑子高速运转，终于问出我的问题：“我姐姐死的时候，你是不是在现场？”

他不答我，而是问我：“我要说我是你姐姐的朋友，你相信吗？”

“吴明明害死了我姐姐，所以你要替她报仇？”我说。

“也可以这么说吧。”他点了点头。

“你到底想干什么？”我问他。

“把坏人绳之以法。”他像个法官一样地回答我。

“你不是抢了她的硬盘吗？”我说，“已经有证据，为什么不去告她呢？”

“证据不够。我还需要一些别的东西，让她受到该受的惩罚。”古木奇说，“蒋蓝，从我知道你的第一天起，我就相信你可以帮到我。”

“可是，”我说，“我为什么要帮你呢？”

“很简单，”他说，“因为帮我也是帮你自己。”

好吧，我承认，这一回，我的脑子完全彻底地迷糊了。

现在，我唯一需要的是一双可以温暖我的鞋。我真的觉得很冷，冷得我几乎无法呼吸。古木奇好像完全能读懂我的心思。他开了车里的空调，还有音乐，竟然是我姐蒋皎的歌，应该是她的成名曲《十八岁的那颗流星》。

“十八岁的那一年，我见过一颗流星，它悄悄地对我说，在感情的世界没有永远，我心爱的男孩，他就陪在我身边，轻轻吻着我的脸，说爱我永远不会变……”

我的天哪！难道，他就是在她十八岁的时候陪在她身边说爱她永远不会变的那个男生吗？身体缓过劲来后，我的脑子也渐渐清醒。我指着身后已经看不见的大楼问他：“等等，你怎么会有那里的钥匙？”

“我在那里住过。”他说。

"我姐也在那里住过？"

他看了我一眼，夸道："聪明。"

"真的是你。"我说，"我知道我姐以前喜欢过天中的一个男的，据说倍帅，她为了他整天要死要活的，只可惜我从来都没有见过他。不过，他的名字好像叫什么张漾，不叫古木奇啊？"我一面说一面拿眼角偷偷瞄他。

他不肯答我。

"我姐到底怎么死的？"我问。

他还是不肯答我。

"你帮我救出阿布。"我求他。

"你帮我，我就帮你。"他说，"要知道你现在没得选。"

"好吧。"我在心里对他咬牙切齿的同时问他，"你到底想让我做什么？"

"等会儿，我会慢慢告诉你。"然后他问我，"听说你学过表演？"

"一点点。"我说。

"希望能派上用场。"他说完，哈哈地笑了。那一刻，我顿时明白我姐为什么为他要死要活了，如此有味道的男人，要找到第二个，确实难。

16

圣罗兰的白色雪纺长裙，有着最为独特的蓬松型下摆设计，似薄雾，又似轻纱，却挑剔到需要极细的二号腰才穿得下。除却两根薄而细长的吊带，和胸前那一抹似乎被上帝随意洒上去的水钻之外，再无其他点缀。

好身材的人往往对衣服很挑剔，但她们不知道，最精致的衣服，非要最完美的身材才有资格来穿。

好比这条裙子，设计师要向穿它的人传达的意思是：奢华和低调是同时拥有的，就看你配不配得上它。

这件价值几十万港币的衣服，是吴明明送给蒋皎离开她选择新东家的告别礼物，也是她生前最后一场演唱会的谢幕服装。

我从录像里看到当时的她，只梳了一条平整的马尾，连发圈都是黑色的。她的头发和她的眼睛一样，是纯正的黑色，纯正到让人盯久了会以为自己瞎了。她懵懂无知又充满秘密的气质，让她看起来就像个从密闭了几十年的纸盒子里走出的洛丽塔女孩。她是我的堂姐，曾经是我们家族最大的骄傲，我以为我会跟她一样红，但直到今天，我才明白，走红并不是一件容易的事。

吴明明说得对，她有资本。除了好运，资本也是必不可少的一个前提。

手袋是她的，连高跟鞋也是她的。说话的语气，也要像她。这个我有把握，据说我出生时，是我大妈先抱的我。她一直听着我的哭声没有说话，半天才憋出一句："怎么这么像皎皎？她一哭，我就好像和当年一样痛似的！”

当年大妈难产，蒋皎的出生并不顺利。原以为她从此会一帆风顺，没想到终究还是红颜薄命，空留一声叹息。

古木奇不知道从哪里找来的造型师，一个看上去愣头愣脑的小子，可是他的水平真的是高。当他收拾完我的发型，替我化好妆，让我站在镜子前时，我简直惊呆了。

原来我们居然如此相像。

她有的一切，我都有。我只是缺少好的设计和装扮，缺少一双有力的能把我捧到天上的手，缺少一个机会，缺少一双翅膀。不是吗？

造型师看了我一眼，满意地推开门，拍了拍手。古木奇很快走进来，上上下下地把我打量了一番，然后拍拍造型师的肩，由衷地笑了。

“像吗？”我问他。

他摸着下巴说：“我说了不算，介绍个朋友给你认识，问问她吧。”说完，他朝门外挥挥手，我看到一个卷头发、大眼睛的女生走了进来，冲我微微一笑。

我惊讶得眼珠子都快掉下来了，这不是那个曾经跟我姐一样红的歌手夏米米吗？

她不是死了吗？怎么也活着？

古木奇看看我，再看看那女生，然后说：“我已经替你们约好吴明明，她会在喝得半醉的时候遇见你们，今晚，就看你们的了。”

“放心吧。”那个女孩对古木奇说，“这一次我们赢定了。”

晚上九点半，古木奇开车把我们送到了一家夜总会。据说，那里曾经是我姐开的酒吧，一场大火烧得一塌糊涂后，被人买下来重建并装修，生意还算不错。我们进入最大的一间包厢。古木奇对我们说："我就在外面，放心，不会有事的。"说完，他关上门出去了。偌大的空间里灯光昏暗，只有我和那个不知是真是假的夏米米。我不禁感到有些毛骨悚然，她却忽然开口了，声音温柔而甜美。她说："你比你姐姐还漂亮。"

我声音抖抖地问她："你是夏米米吗？"

"别怕。"她说，"我叫吉吉，是米米的姐姐。"

"哦。"我按住一颗扑腾乱跳的心，"你吓死我了！"

她调皮地笑，说："吓死她才好。"说完，她走到点歌台旁，替我点了一首歌，对我说："该你唱歌了。"

正是那首《十八岁的那颗流星》。

随着音乐响起，我坐到屏幕前高高的吧凳上，唱起了这首曾经被我喜欢也被我遗忘的歌曲。

"……没有人能告诉我，永远啊到底有多远，我们不再相信地久天长的诺言，岁月将遗忘，刻进我们的手掌，眼睛望不到，流水滴不穿，过去过不去，明天不会远……"

我闭上眼，想象着自己站在万人体育场正中央的舞台上，到处是一片荧光棒的海洋，有人举着我的名字做成的巨幅海报随着音乐声摇摆，距离舞台最近的观众则齐声喊我的名字……我从没如此投入而动情地唱过一首歌，也从来都不知道，这般投入而动情的歌声，会将自己打动。我已经分不清屏幕上的她和台下的我。

我感觉我们已经浑然一体，不能分割，我就是她，她就是我……

就在这时，门被推开了。

是她，她终于来了！

我全身上下禁不住起了一身鸡皮疙瘩，可我仍旧坐着没有动。我没有选择，唯有唱下去，不要停……

我感觉得到她在走近我，空气里的每一个分子好像都在颤抖。她确实喝酒了，因为我已经闻到酒精的气味，看来一切都是古木奇安排好的。这一次，她必死无疑！想到这里，我的心更平静了，自始至终没有看她一眼，直到她跌坐在离吧台不远的沙发上。跌坐的同时，她用一半沙哑一半惊讶的嗓音喊我："皎皎？真的是你？"

我把话筒放下，调低音乐，站在吧台上，转过头对她说："Monroe，生日快乐。"

我把这句虽然很有把握却还是练习了无数次的话漫不经心地说出口。Monroe，真不知道吴明明怎么配有这个名字，还梦露，我看梦鬼还差不多。

"皎皎？"她的手颤颤巍巍地伸出来，人也快要从沙发上坐起来，可仿佛还是不敢相信自己的眼睛，又犹豫了。

我又坐回吧凳上，踢掉一只鞋，光着的一只脚踩在吧凳的下架上，问她："你以为我死了，对不对？"

"真的是你？"

"Cut！"我熟练地挥了一个她生前最喜欢的动作，左手一挥，叫她住嘴。

很明显，这一次，她更吃惊了。

“Monroe，我还要怎么了解你呢？”我已经完全变作蒋皎，再不是那个自以为优雅其实一钱不值的蒋蓝。

“你是不是没想到，我就是那个幕后黑手？”

“为什么？”吴明明双手掩面，似乎沉浸在痛苦中，“失去你以后，我日日消沉，我比谁都难过……”

“是吗？”我微笑着，对着角落一伸手说，“你也出来吧。”

夏米米扮相的夏吉吉，比我入戏还深。她走近我，挽起我的手臂，我们看着彼此笑了。

如果一开始吴明明是惊异，那么现在她的表情足以被称作惊骇。我甚至看到她左脸肌肉的抽搐。

“她以为我死了。”夏米米和我站在一起，先看看我，又看着吴明明说，“可惜我也没有。吴小姐，你是不是没有想到？没有想到你的计划彻底失败，没有想到这个圈子里，比你厉害的大有人在。你有这个本事要我生就生，要我死就死。但，有人却有本事叫我起死回生。”

夏米米的姐姐简直比夏米米更适合当明星，一席话说得我的心都凉了一半，毛骨悚然。

吴明明站起来，才走了两步，就大喊起来：“不可能！你不可能没死，你绝对是死了的，我敢保证！”她的心理防线已经崩溃，从口袋里掏出手机，胡乱按了一通，手机又掉在地上。她蹲下身去捡，夏米米一个箭步冲上去，踩住了她的手机。“只要除掉我，蒋皎就会星路畅通；只要除掉我，你就是把蒋皎一手捧红的国内第一金牌制作人，是不是？是不是这样？”

“不是，不是。”吴明明拼命挥动着双手，“不关我的事，你们不要来找我！”

我垂着头，蹲下身说：“是吗？她说得对吗？Monroe，你真的为我这样做过？”

她居然流下了泪水，这让她老态毕露，可我不敢轻举妄动，只等着她揭露谜底。

她断断续续地说：“是，我都是为了你。皎皎，我的心里只有你。那些女人不过是我的玩物，我才不稀罕什么金牌制作人，我只想把你一个人捧红，只想一辈子和你在一起，帮你成功，助你成为世界巨星。到时候你被万人拥戴，也只属于我一个人。皎皎，你配得上的。至于那晚，我不知道你会去。你记得吗？我拦你，你不听我的……”

“什么？”我仍然柔声说，“说下去，我要听。”

“我太爱你，没有别的办法，我确实不能忍受别人比你红。谁要成为你的绊脚石，谁就只有死。许弋那个小子，是的，是我把炸药给了他，让他去威胁你。我没想到他真的会下手，也没想到那炸药会如此厉害……”

夏吉吉说：“你终于承认了，是你害死我的？”

“皎皎，救我。”吴明明已经被吓得神志不清，拼命往我身边靠，“救我，要知道，我做这一切都是为了你！”

我逼近她说：“够了，不要口口声声说为了我。你害死了多少人，你知道吗？”

"不。"她看着我，终于发现，"你不是皎皎，你是蓝蓝？"

"不！"我说，"我是皎皎，被你害死的皎皎。你口口声声说爱我，却把我推下火坑！你看清楚，今天，我是来索命的！"说完，我伸出手，去掐她的脖子。兴许是入戏太深，我竟然不能控制我自己，吴明明躲闪不及，被我掐个半死。就在这时，屋内灯光大亮，我看到古木奇冲了进来，跟在他身后的是一群警察。

我终于慢慢地松开我的双手。

"吴总，杀人偿命。"古木奇说，"要知道我等这一天，已经等了很久了。"

吴明明的脸色变得比烧过的稻草还要灰败。她盯着古木奇看了半天，终于发出一声尖叫："张漾，怎么是你？"

原来，古木奇真的是张漾。

我发誓，我曾经不止一次听蒋皎提起这个名字。原来他真的是陪我姐度过十八岁看流星夜晚的那个男生，原来他真的是天中历史上流传的骨灰级帅哥。不管他是不是真的爱过我姐，我觉得，我姐值了。

只是我呢，那个从我八岁起就一直陪着我的男生，他在哪里？我发誓，我一定要找到他，陪他到八十，我们永远都不分离。

不分离。

尾声

医院。

我终于见到了被警方救出来的阿布。所幸的是，阿布没有受什么内伤，全身上下都被纱布缠着的他，脑子还算清醒——只是没有恢复记忆。

我一走进去，他立刻捧住我的脸，说："蒋蓝，你没事？"还没等我说话，他就一把把我搂在怀里，号啕大哭。

这样的场面着实让人尴尬，不过，我也不知道着了什么魔，一挨到他的肩膀，我也哭了。我俩仿佛竞赛，哭声一个比一个高，全屋子的人都看着我们，连医生都走进来，恶狠狠地对我说："哭什么哭？其他病人还要不要休息？"

"谁规定医院不让哭了？"那个张漾比医生还要凶。凶完后他笑着对我说："没事，你俩继续。"

我被他一吓，哭不出来了。谁知阿布比他更有意思，他擦了擦眼泪，对着医生认真地说："我没死，她高兴。不行吗？"医生完全搞不明白状况，气得大眼瞪着阿布的小眼，摇了摇头，走了。

阿布用缠着纱布的手替我擦眼泪，温和地笑着，然后他忽然抓起我冻得僵硬的手指，说："呀，外面很冷吗，瞧你冻成这样！"

说着，他忽然把我的手紧紧抓住，塞进他的衣领里，还歪着脑袋夹着，生怕我的手滑出来。

我就又想哭了。

阿布，对不起。都是我把责任推脱给你，才把你害成这样。

我想说，但说不出口。温暖从我的指尖一直传达到心底，我无法不贪恋这种感觉，生怕这一切都是梦，生怕自己一开口，就什么都失去了。

泪眼婆娑里，我才想起还有两个人站在床边。张漾，还有夏米米的姐姐夏吉吉。原来她并不是鬈发，而是一头顺直的短发，不化妆的她显得更加的漂亮温柔，让我自卑。噢，她长得真是好看，真有气质。老实说，以前我总觉得气质这个词纯属放屁，直到看到此刻素颜的夏吉吉，我才算知道，原来有气质比漂亮难多了。她一定是张漾的女朋友吧，难怪我姐会输给她。

“恢复记忆真的有那么难吗？”我看着眼前的阿布，情不自禁地自言自语。

夏吉吉拍拍我的肩膀，说：“这你应该问问张漾，他也失去过记忆。”

“是吗？”我用眼神质询张漾，他却笑而不答，好像还有些不好意思。

“爱情的力量是无穷的，看你的啦。”夏吉吉悄悄在我耳边说了这句话。在从前的我听来，一切所谓的爱情的力量、爱情的魔法之类的句子都是一些脑子有包的花痴小女生才相信的鬼话。可这一刻，这句话从夏吉吉的嘴里说出来，却仿佛悄然擂起的一阵战鼓，每一下都敲在我的心上，又疼又酸，又舒服到让我麻痹。

这种感觉如此奇妙，我从未有过。

哪怕是和路理王子的对视。

哪怕是和米砾那个平淡如水的吻。

哪怕是以前的深夜和那些男生彻底醉酒的狂欢。都比不上它的一万分之一。

它就像盛满了酒的啤酒杯，就像摩托转速达到最高时呼啦一下跟着一起飞出去的一颗心。

爱情。是的，爱情真的是种魔法，或者说是化学反应？抱歉，我已经好久没碰过了。所以，要钻研出这句话的丰富含义，还真需要很长的一段时间。

“是真的。”张漾点点头，认真地说，“那时候，小耳朵每天都给我讲一个故事，就算医生说放弃，她也一直都没有放弃过，才会有今天的我。所以，蒋蓝，相信你一定也能做到的。”

“小耳朵？”我说，“是谁？”

“我老婆。”张漾说，“她去日本出差了，不然，一定会来看你的。”

“哦？”我指着夏吉吉，再指着张漾，“原来你是个花心大萝卜！怪不得我姐那时候老跟我说她命苦！”

“你误会啦。”夏吉吉纠正我说，“张漾可是典型的专一的男人，他心里啊，永远都只有他的小耳朵。”

“可是，”我不理解地问他，“你既然爱的不是我姐姐，为什么还要这样千方百计地替她报仇呢？”

张漾说：“那是一场突如其来的灾难，死的人除了你姐姐，还有我唯一的弟弟。清醒后的我，一直希望能找到真相。我去了那个小屋，找到了一些证据，才发现事情不是想象中那么简单。一切都是那个叫吴明明的经纪人搞的鬼，她欠了你姐很多钱，利用我弟弟的单纯和无知，让他犯下大错。她却一直逍遥法外，所以，蒋蓝，这一次真的要谢谢你和吉吉出马，逼她说出真相。”

“区区小事，何足挂齿。”我用了武侠剧里最常用的一句话打发他俩，又沉下脸说，“还好阿布没事，不然我饶不了你。”

“谢谢女侠不杀之恩。”张漾朝我和阿布弯弯腰，把一个厚厚的信封放在阿布的床头，拉着夏吉吉，走出门去。

信封里是两万块钱。上面只有一句话：爱会创造奇迹，祝阿布和蒋蓝幸福。下面的签名是：张漾、小耳朵。

还有一张入场券，是夏吉吉的画展。原来，她竟然是个画家！

这些人和我姐姐之间，一定发生过许许多多的故事吧。那些爱和恨一定也打动了许多人，成就了许多遗憾和美好。不过，这些对我都不重要了，我要关注的，应该是我的将来——或许我应该改走气质路线了！

命运是如此曲折而诡异，我需要给自己一些时间，去慢慢解释我这颗早已尘埃落定又仿佛刚刚苏醒的心。

阿布忽然凑到我跟前，说：“我可不可以问你一个问题。但是，你不许不高兴。”

“问。”我倒是很有兴趣听。

“刚才那个女生，是不是莫醒醒？”

我扑哧一声笑了。然后又忽然严肃地对阿布说：“是！她终于有男朋友了，我再也不担心她把你抢走。”

阿布愣愣地看着我，忽然抓起我另外一只手，塞进他的衣领里，歪着脑袋笑嘻嘻地说：“她怎么把长头发剪了？不过，就算她还是长头发，你仍旧比她漂亮。嘿嘿。”

我把头枕在他肚子上，和他一起笑了。

阿布很快出院，我决定带他回老家。他没有拒绝我，甚至没有问我为什么，就依从了我。我还是喜欢当老大的感觉，这一点可能永远也改不了了。我们坐在回家的火车上，他的情绪好多了，也不说疯话了。

他问我：“我们真的是回老家？”

我点点头。

“如果我还是什么也想不起来，你会不会生气？”他小心翼翼地说。

“那可就难说了。”我吓唬他。

他忽然把手伸过来，握住了我的手，然后长长地吁出了一口气，用一种前所未有的踏实的口吻说：“不过，我认识你，就足够了。你是我的，唯一。”

说完这句，他把我的手牢牢地按在他的胸口，一刻也不松开。

我看着窗外飞驰而过的景色，过去的无数个场景在我眼前闪过：抽自己耳光的我，站在摩托车后座上的我，去应聘三级片的我，在酒吧勾引“古木奇”的我……那一幕幕，如此清晰地浮现在我眼前，仿佛那都是别人的故事，如一缕青烟，飘过便不再作数。

我只是很想我妈我爸，很想西落桥边的风筝，很想天中的大操场和吵吵嚷嚷的女生宿舍，甚至有点想米砾，想那些太久远却真正美好的事和人。

这一次我终于像丢掉了我的蓝色高跟鞋一样，也丢掉了我无处安放的虚荣心。

是这世上所有善良的人和无数次的原谅，教会我不得不相信有爱存在。

原来爱真的可以创造奇迹。是的，从今天起，我信。

私奔的公主，无论旅途多么辛苦，幸好还有随时可以温暖你双手的脖子和说不上有多平淡却一点也不掺假的幸福。

如此说来，还算幸运，是不是呢?

PART 02

莫醒醒

Please be brave

灾难过后，一切重建，宛若新生。

全部都是灰色的，深深的灰色。

深深的灰色的天空，深深的灰色的学校建筑，深深的灰色的教室连廊，深深的灰色的铅笔素描，深深的灰色的我的毛衣。

可当我沉浸在那幅素描作业里的时候，老师忽然走到窗前，一把拉开了美术教室里仅有的一层帷幕似的咖啡色大窗帘。阳光匆匆倾泻在苍白纸张上。于是画里鬈发老人的皮肤和毛发，便迅速被镀上了一层釉质般的金。

我这才悚然惊觉，这是个晴天。

古怪的是，他的眼睛，仍然是深深的灰色，灰得叫人一看，便要沉进去。

我在画的右下角轻轻签上我的名字：Sandglass，然后走出了教室。

这是北京的秋天，我的大一，我一直想要剪掉的长发，我在沉睡中渴望变得安稳的呼吸，我发誓不碰的回忆，还有爱情。

对不起，请不要再来参观我，因为我早已经不是原来的那个我。

——选自莫醒醒的博客“我一直在睡”

1

仿佛是中了某种咒，每天清晨七点，我会准时醒来。

有时候我想强迫自己多睡一会儿，但闭上眼睛，头就会痛。幻觉和我的胃口一样奇怪，你想它来的时候它偏偏不来，你欲赶走它时它却无处不在。我常常想，人的一生是可以被切成很多很多块的，像小说某个重新开始的章节，虽然还是一样的主人公，但瞬间就换了新的天地，不必再提从前一句。这样的人生，充满玄机，有让人跃跃欲试的渴望。只可惜这种玄机和渴望都不是我的兴趣所在，我更希望自己像很多正常的孩子一样安稳长大，没有风吹，没有草动，平凡如一，才是幸运。

是的，我从不怀疑也不躲避这一点，我不正常。当然，我也就完全谈不上幸运。

从白然离开我的那一天，我就深谙：命运的小船随时可能会倾覆，及时抓住一棵稻草，是我不得不掌握的本事。

江辛就是我的稻草之一。

很多时候，我都不知道该如何来形容这个人，就像这一天，他突然出现在校园的操场上。早晨八点半的阳光让他显得更加挺拔威严。他走近我的时候我心里最大的感觉竟是恐惧，我以为我已经可以离他远一些，谁知道他还是可以随时出现在我的视线里。

“醒醒。”他说，“我正要去找你。”

“你怎么来北京了？”我问他。

“来办点事。”他说，“走，我带你去吃早饭。”

我想跟他说我不饿，可奇怪的是我不敢。以前对我爸我不是这样的，我会跟他吵跟他闹哪怕逼到最后两败俱伤也在所不惜。所以，我不知道到底是我变了，还是他就是比我爸更有威慑力，还是虽然他领养了我，可我们根本就不是父女，所以默默顺从是我对他唯一的选择呢！

至少是表面上的顺从。

我低着头跟着他往校门口走去。他微笑着问我：“想吃啥？”

我说：“随便。”

他穿得真是考究，连皮鞋都是范思哲的。其实我很怕和他走在一起，这种感觉，很怪，犹如芒刺在背。如果现在外面停着他的宝马，那我就是跳进黄河也洗不清的坐台妹。我好不容易才按住心头这些奇怪的想法，跟着他来到离学校不远处的永和豆浆。

他给我点了牛肉面，还有一碗热豆浆。北京的深秋，我已经穿上了高领毛衣和很厚的大衣，他吩咐我说：“大衣脱掉，快吃！”

他跟我说话总是这样，没有问句，永远以感叹号结尾。我承认我有不良的心态，常常揣测白然和他在一起时的样子。她一定被他欺负哭过。他是如此强势，和他一起生活的这一年多里，我无时无刻不深有感触。

记忆最深刻的是那一次我犯病，从医院出来后，我赖在街旁最后一个路灯下，紧紧地抱着灯柱不肯回家。我哭着对他说我有病让我去死。那晚夜里十二点，南京的天空飘着多年罕见的大雪，路灯把积雪照得透亮。他抓住我的双手，把我拎起来，重重地扔到他的车上。我要往车外爬，他用安全带绑住我，脚用力地一踩油门，一路发飙，一直把我带到随家仓门口。

南京人都知道随家仓，那是治疗精神病人的地方。

他把车灯打开，指着大门对我说："下去还是回家？我给你五秒钟做决定。"

我的手已经握到车的门把。

"他们不会给你吃的，饿了，你就啃墙壁上的灰。"他一定是在吓我，但当时我却觉得他没有开玩笑。他的眼睛好像有一股慑人的光，吓得我紧紧闭上双眼，在座位上动也不敢动。

最后，我乖乖地跟他回了家。

后来他不再相信医院，请了心理医生来家里给我治疗。那是个很温和的女医生。她简直就不像医生。她不穿白大褂，每次到我家穿得都像是在进行时装表演，除了一些维生素C片，她也不让我吃药，只是陪我聊天、听歌，甚至帮我做很难的数学试卷。我一直觉得那医生迷恋他，因为他坐在屋角的沙发上不说话的时候，那医生就会偷偷拿眼睛瞄他。后来她不再来了，他就用他自创的、闻所未闻的花香疗法替我治病。他买来一屋子的花，把我关在里面，要我闭上眼睛想象一个崭新的世界。再再后来，他又请了老师来教我画画，要我把我脑子里的新世界画出来。不过这点他倒从不逼我，他只要求我画到畅快为止，可我却像着了迷，越来越迷上了画画，并且越画越好，连老师都啧啧称奇，说我天赋惊人。其实我知道，老师是拍他马屁，哪有十八岁仍有艺术天赋的学生？我只是很用功而已。

画画让我忘掉一些东西，那是一定的。

有时候他逼我喝一种味道特别苦的中药，我喝了就想吐，吐得全身虚脱，但吐完之后胃口却奇怪地好起来。他很满意地看着我吃下一大碗饭，还有他做的红烧鱼。吃完后我收拾碗筷到厨房里洗。他开了连接 iPod 的白色音箱听蔡琴的歌。“忘不了，忘不了，忘不了你的错，忘不了你的好……”我不知道他是不是在怀念白然。关于白然的事，我从没提过，也从不敢在他面前提起。我只知道我一次一次在他面前屈服，却也一次一次不得不承认，他的方法，比那些从医院里拿回来的冰冷液体片剂要有用得多。

若没有他，我不可能考上中央美术学院的服装设计系。

人生的前十八年里，我从未想过我的人生会跟“服装设计”这个词联系在一起。那些小阁楼里羞涩的布片和线头，不过是晦涩青春的一种宣泄和逃避。

可是我考上了，他找来全南京辅导高考最厉害的老师替我补习，每堂课花掉他几百块钱。我没有跟他说过谢谢，他反而感谢我聪明，说我没有让他的钱白花。

很奇怪，不是吗？

“学的专业有用吗？什么时候能替我设计一套衣服？”他打断我的沉思。

“什么时候也不能。”我说，“因为你不会看得上。”

“什么话！”他笑，忽然又说，“中午我去接机，你可愿意陪我？”

“接谁？”我问。

“儿子。”他说，“跟他妈在国外五年了，不知道为何，我有点怕一个人跟他见面。”

我很吃惊，早知道他跟他夫人离婚，也知道他有个儿子在国外，却是第一次从他口中听到一个“怕”字。简直就不是他的风格。

“好的。”我说。

居然这么爽快就答应他，简直也不是我的风格。

他有些高兴地从我碗里夹了一块牛肉过去，然后说：“你少吃点肉，女生都以减肥为春秋大业。”

我倒是想吃胖，可惜从来没有成功过。我私下认为，这只是他努力想要表达我和他之间亲近的一种方式。不过我真的很难去亲近他，纵使在高三苦读的那些日子，他坚持不让我住校，每天用车接我放学，然后亲自下厨，替我做各种各样好吃的菜。同学都当我是公主，只有我知道自己是美丽世界里的孤儿，一无所有、伤痕累累却还要强颜欢笑。

不是我不想亲近他，而是他对我来说，其实是仇人加陌生人。

我无法忘掉那张照片上的“天涯海角”，无法忘掉是他让白然魂不守舍地死去，无法忘掉他要她离婚，无法忘掉我的命运都是因为他而变得这样坎坷。我恨他，更恨自己常常忘掉恨他，所以，离开他到北京读大学的时候，对我而言更多的是轻松。

白然写给他的那些信，一封一封，都如刺青般刻在我的脑子里，虽属于上一代却依然和我息息相关的用刀刮也刮不掉的顽固的爱恨情仇。

是白然安排我到他身边的吧，折磨他，让他愧疚不安，让他一辈子也无法忘掉自己犯下的罪行。白然，是吗？是这样吗？

北京机场人来人往，由加拿大飞来的航班晚点，我和他站在那里等。他不说话，表情看上去一如既往不可捉摸。我当然也不会说话。我们枯站了一刻钟。他看看手表，招呼我说："走，去喝点茶。"

机场的普洱价格贵得离谱，味道倒还尚可。他点了雪茄抽，被人制止，于是听话地掐掉。我能感觉到他内心的起伏。不知道父子相见，会不会抱头痛哭？他一定要带上我，估计是有个外人，更容易控制自己的感情。如果我还能见到我的父亲……想到这里，我眼眶忽然有些泛红，于是低下头装作品茶。

"我不是个称职的父亲。"他说。

我很怕他再继续说下去，怕他会提到白然，因为白然，所以伤害某某某，于是我把 iPod 拿出来听。他跟我做了个手势，告诉我他要到外面去抽烟。我忽然烟瘾也有些上来了，我通常抽女士烟，因为它有甜丝丝的薄荷味道。每当我食欲特别旺盛时，我对薄荷味道的迷恋甚至让我想吞食下整根香烟，好在我已经学会了控制自己。有多久没犯病了呢？久得让我自己都不敢相信了。我把手伸进包里，没摸到烟，倒是摸到了爸爸的一只手表，离开家时我什么都没有带走，除了它。它是我连接过去的唯一通道和证明。这块表爸爸戴了很多年，上面有他的特殊的气息和味道。我将它取出，戴在手腕上。为防止大大的表带滑出来，我把毛衣往下拉了拉，这样，便没有人看得见。

除却它，我几乎丢失了所有曾经的记忆。

或者我用词不当，应该不是丢失，而是胆小的我不敢再面对一切。所以我选择跟江辛走，那是我唯一生还的希望，否则，走到哪里都是死路一条。

他给了我新生，可我还是恨他。他容忍我的恨兴许是想还欠白然的债。不知道为什么，我总是在给自己投靠江辛这件事找寻种种“借口”，可越是这样做我越心慌。因为其实连我自己都不清楚，我跟他走究竟是因为我已经无助到走投无路，还是因为内心涌动的复仇血液的暗示。

“复仇”这两个字是我心里时暗时明的火星。从那个冬天的11月29号，爸爸的生日，我发现那个秘密之后，它就一直跃跃欲试地燃烧，随时准备以燎原之势毁灭一切。

人生就是这么怪，反反复复，忙忙碌碌，谁也不知道最后究竟是为了谁。

一小时后我终于见到了他儿子。老实说，我没想到他儿子个子那么高，而且，身形面孔都跟他极为相似。我只看了他一眼，便没有再多看。他拖着一个很大的行李箱出来，长途的旅行让他的脸色显得有些暗沉。他走近，很轻地叫了他一声“爸爸”。

并没有我想象中热烈的拥抱和眼泪。

他把我推上前，开始他的介绍。“这是醒醒，在中央美术学院学服装设计。这是我儿子江爱笛生，他学摄影，在加拿大一家杂志社工作。”

江爱笛生，有这么奇怪的名字吗？

但很快我发现江爱笛生先生本人比他的名字还要奇怪得多。他只是看了我一眼，嘴角牵动算是勉强微笑了一下，就拖着他的大箱子大踏步往前走了。

“我来替你拿吧。”江辛跟上去说。

“我自己就可以了。”江爱笛生用责备的语气对他说，“爸，我都说了，公司会有车来接，你还专程从南京来，累不累啊？”

“你忘了，我告诉过你我在北京也有家了。”他说，“晚上一起吃饭？”

“我也想，可是我约了朋友，还有些事要急着处理。”江爱笛生看看表说，“这样吧，你们先在家等我，时间允许的话我一定去。”

我很多余地跟在后面，自觉地放慢了脚步。机场人来人往，他们父子再说什么我已经听不见了。江爱笛生很快被一个很时尚的女人接走。她和他不仅有拥抱，我还看到他轻轻地吻了她的面颊。

他真正笑了起来，简直就是江辛的翻版。

江辛帮着他把行李放在后备厢，一直看着车开走。他失落的样子让我心里涌起一种说不出的快活感。我觉得我等这种感觉已经有很长时间了。我更觉得，他是故意带我来，要给我这种感觉的。他是要告诉我，他也和白然一样，为那份放纵的爱一直在埋单。

这么一想，我差不多就要为他的处心积虑而愤怒了。

2

这是离我们学校不算远的一处公寓，顶层，十九楼。整个房子不大，两室一厅，约莫也就七八十平方米，但显得很精致。

这应该是江辛为江爱笛生（这个名字怎么这么别扭）安排的住所。以前我并不知道他在北京有这个家。他如此用力地补偿，别人却未必领情，不知道他心里到底是做何感想。但是我发现我在心里还是有些小小地嫉妒那个冷傲的江爱笛生，嫉妒他在国外受良好的教育，有一份体面的工作，还有一个替他安排好一切的老爸。比起我来，他幸运很多。

“醒醒，你过来。”江辛站在阳台上招呼我。我走过去，惊讶地发现那里竟有一个小小的楼梯。向上看去，好像别有洞天的样子。

虽然不似记忆里那个泛着枫叶色光芒的楼梯一样老旧，但我的眼睛还是好似被针尖轻轻刺痛了一下的恍惚。

我数了数台阶，居然也是九级。

“我们上去看看。”江辛说完，径自弯腰上了楼。我跟着他上去。待他扭开门把，我们走了进去，才发现这里竟然是一个小小的阁楼，如记忆里那个纱笼般庇护我的小小处所一模一样，但空间更大，并且，窗子是开在屋顶的流行式样。我第一眼看到，便深深地喜欢上了。而那张床，分明就是我的，只是换了新的床单，还有那书橱，那鞋架，甚至——我的缝纫机。

它们怎么会统统跑到这里来了！

更叫人惊讶的是，当我坐在那张熟悉的床上时，我忽然看到了摆在枕头旁的沙漏！

一年未见，它仍然通体洋溢着柔和的光泽，像曾经停留在我身上的某个眼神。那个我最亲密无间的友人，她其实一直就住在我心里，从来没有离开过。

我如被雷击，摔开那个沙漏，惊讶地退后。

“你怎么了，醒醒？”他说，“不喜欢是吗？”

“你从哪里弄来这些东西？”我恍惚地问。

“当然是你家。”他笑着说，“我请许老师帮忙，从老家运过来的。当初买这个房子，就是看中这个阁楼。我想你会喜欢的吧。”

我失声尖叫：“你告诉她我在北京？你答应过我什么？”

“别激动，醒醒。”他走近我，“要相信，我什么都没有透露。我怎么可能忘掉对你的承诺？”

我的心仿佛一下子撞在一块被晒得滚烫的石头上，倏忽烫得失去知觉，想哭哭不出，只觉得忽然生出一个又一个虚弱的水泡，让我无法控制我自己。

“你讨厌！”我冲着他一面大吼一面往楼下冲，“你知不知道你这样做让人很讨厌，很讨厌！”

“醒醒。”他拦住我，“你要是不喜欢我可以把它们都弄走。我以为你会想家，所以才这样。”

我跌坐在地板上，捂住脸哭泣。

我承认我失态。我也必须承认，我不能看到那个沙漏，它让我崩溃。

“你在这里休息休息。”他说，“醒醒，我还是希望你勇敢地面对过去，因为有过去的人，总比没过去的好。”说完，他退后一步，转身下楼去了。

不知道过了多久，我从地上慢慢地爬起来，走到床边，重新握着那个常在我梦里出现却被我强迫着忘掉的沙漏。曾经有多少个夜晚，我用它抵住我发烧的胃，不许自己下楼去吃东西。曾经有多少次，我希望能再把它握到手里，重温过去的一切。可是当它真正出现在我面前时，我却无力承担这份重逢带给我的猝不及防的悲伤。

冷静些后，我还是有些后悔跟他发火。他刚忍受完儿子的冷淡，又要承受我这个养女的不知好歹。谁给过他体谅呢？从买房到装修，再到把那些家具一一运来，不知道他完成这一切，花了多少时间。或许在我刚拿到录取通知书的时候，或许在我告诉他我决定报考中央美术学院的时候，甚至更早以前，他已经在偷偷筹备着，筹备着在这里给我一个一模一样的家，就像宫崎骏的漫画里那个会自己飞翔的城堡一样。他知道我想家吗？他知道我想念我的小阁楼吗？他知道我所有说不出口的秘密吗？他怎么连我无数次梦见的沙漏都知道？哦，他一定什么都知道，不是吗？

我的仇人，他这么宠我，我该怎么办才好？

我拿起我水晶般的沙漏对着最后一缕从天窗上泻下的阳光，不知道在那里呆坐了多久，直到我听到相机的咔嚓声。

我本能地用沙漏挡住了自己的脸，没想到他还在拍。

我更没想到，拍照的人竟是江爱笛生。他是什么时候来的？

“别动！”他走上前，把我拿着沙漏的手再次举高，并飞快地退到门边，“对，就这样，让我替你拍几张。”

言语间，已经听他咔嚓咔嚓又按下了无数次快门。

我把沙漏放在地上，从地板上跳起来，要去抢他的相机。

“别抢！”他的语气和他父亲一样霸道，“让我给你看，你再决定删不删。”

他端着他的相机，送到我眼前。的确，阁楼天窗里倾泻而出的黄昏日光在他的镜头下美得不可思议。我手里的沙漏更是变成了仿佛钻石般晶莹剔透，而我脸的轮廓也在这种奇异光线下变得格外清晰分明，好像都不再是我。

摄影真是个奇怪的玩意！

“挺好。”他津津有味地看着屏幕说，“我爸的眼光一向不错，你是他的亲生女儿吗？还是某个女人带来的继女？”

看来他对他父亲的状况一无所知。但他这样口无遮拦的说话还是伤害了我，于是我反唇相讥说：“那你是他亲生儿子吗？还是某个女人带给他的养子呢？”

“哈哈。”他笑，“牙尖嘴利的，这点倒是跟他像。”

我不想再理他，把沙漏捡起来，放到我随身带的小包，站起身来下了楼。他很快也跟着我一起下来，不过他也没理我，只是捣鼓他的相机。捣鼓完了，他就自顾自泡了一杯茶，坐在我对面的沙发上，像模像样地喝了起来。其实我也渴了，但他似乎没打算关心同在一个屋檐下的我。是他没在国外学会怎么做一个绅士，还是所谓的摄影师都是这么爱摆架子？我对他的印象坏上加坏，所以更加坐立不安。江辛也不知道去了哪里。

见我四下张望，江爱笛生说："你是找老爹吗？他去楼下超市买点小葱，他要露一手，烧鱼给我们吃。"

"我要回学校了。"我抓起我的包，冷冷地说，"麻烦你告诉他，我晚上有课，先走了。"

"那他会失望的。"他走到厨房，拉开冰箱的门给我看，"你看看他做足了准备，儿女同堂，我想他等这一天一定等了很久了。"

有这么恶毒的儿子吗？

"你闭嘴！"我大声喝断他。

"我知道我是个不讨人喜欢的人，可是我也没想过要被谁喜欢。"江爱笛生坐回沙发，悠闲地品了一口茶说，"我早听说过我老爹有个私生女，他把你如此张扬地带到我面前，我想你也应该明白是什么意思。他老了，需要安全感，需要他的一切都被承认。我回国的时间也不长，也不想那么残忍，就依了他吧。不过我把话先说好，我这人演技一般，请你多担待，要让老人家欣慰，恐怕还是得靠你们女孩子家。你说对不对？"

我真服了他，在国外待这么多年，居然还能顺畅地讲出这么多一语双关、明嘲暗讽的中文句子。

我背起我的包，正要大步走出去，却看到门口正站着手里拎着一小袋葱的江辛。隔着一个防盗门的距离，他面无表情，好像对刚才发生的一切什么也不知晓。我好不容易控制住就要滚滚而下的眼泪，预备不顾一切地往外冲，却被打开门的他拦进屋里。

“吃完晚饭我送你回去。”还是那样不容拒绝的语气，门在他身后合上了，我竟然没有勇气去把它拉开。

从前，拉开门，逃到另外一个地方去，留下一声“砰”作为最严重的警告和叛逆，是我最擅长的本领。可我现在没有施展的余地。

他回过头对我说：“醒醒你跟我来，来厨房里帮帮忙。”

他一定是看到了一切，可是他以无招胜有招，仿若什么都没有发生。要修炼多久的人，方能达到这样万事不惊呢？

“我还是第一次在这里做饭吃。”他说，“会煮饭吗？你先把米淘上。”

尽管心里很不舒服，可是看着江爱笛生那一张比我还要不知好歹的黑脸，我又觉得我不应该在这时候离开。吃饭就吃饭，最好能把他喝的汤下点泻药，不给他点颜色瞧瞧，他还以为我会任他捏扁搓圆，毫无招架之力。

那天的晚饭很丰盛。他的手艺还是那么好，吃了数天学校饭菜的我胃口大开。他不停地替我们夹菜，满意地看我们吃。

江爱笛生说：“我妈一直念着你做的红烧肉。”

江辛笑着：“等她回国，我做给她吃。”

“这要看缘分了。”江爱笛生说，“您忘了？您伤她太深，她发誓永远不回。”

“呵呵。”江辛转了话题，“你妈昨天跟我通电话，说你跟一个洋妞好上了？”

“差不多吧。”江爱笛生说。

“洋妞我就是看不惯，要娶就娶个正正经经的中国老婆。”他叹息着。想不到，他竟然这么传统。

“我妈就比你开明。”江爱笛生说，“她还催我结婚呢。”

江辛不高兴地说：“你妈自己都变洋妞了，当然。”

父子俩短兵相接，话里有话，整场饭局最沉默的是我，一句话也没说。江爱笛生先生偏偏爱惹事，转头问我说：“你母亲大人呢？难道也被逼得远走他国了？”

“笛生！”江辛呵斥他，“住嘴！”

我把碗放下，站起身来，努力微笑着问江爱笛生：“我想知道，如果远走他国和命丧黄泉给你选的话，你会选哪一个？”

江辛看着我，脸色突变。

江爱笛生有些疑惑地盯着我。我知道他在考虑我话里的意思。

“江先生，”我说，“如果你认为今天羞辱我可以替你母亲找回点公道的话，我想告诉你，你实在是找错了对象！”

说完，我把面前的碗轻轻一推，冷静地说：“二位慢用，我先走了！”

没有人追上来。

我却记得他最后的表情。

那是他心碎的表情，也是他自找的心碎。

所以，对不起，我不会对任何人说对不起。我只想保全我自己，保全我的自尊，白然的自尊，我父亲的自尊。

我希望7月17日，成为一个永远的历史。任何人敢要翻起它，就别怪我对他不客气！

3

十二月的第一个周末，我第二次见到江爱笛生。

那天我正好出了一些小状况，一是得了重感冒，咳嗽、流鼻涕难受得要命；二是收到某男生的鲜花。那个男生是设计学院的，除却少有的几次大课我们一个教室之外，平时我跟他见面的机会都很少。他不仅送我花，还给我老土的情书，上面写着：莫醒醒同学，你超凡脱俗，让我心之神往，晚上请你吃饭，赏脸请回电……

我当然不会回电。下午的时候，我把手机关了，把头蒙起来在宿舍里睡大觉，期望能捂出一身汗，让病快些好起来。那天我一反常态做了个美梦。我走入很大的花园，繁花盛开，一朵又一朵，花香迷人极了。天蓝得不可思议，白云一朵一朵地从天上掉下来，掉到我身上，让我全身都觉得痒酥酥的，如此好梦没料到居然被人扰醒，宿舍的门被人敲得震天响。我睡眼惺忪地爬起来，发现是隔壁的一个女生。她大声对我说：“莫醒醒，楼下有人找。”

我走出宿舍门，趴到阳台上看下去，居然看到了江爱笛生。他穿着牛仔裤配衬衣短夹克，还戴了一条围巾，背一个黑色的大包，像刚刚钓完鱼回来。

他怎么来了？讨债还是找骂？

他朝我招手，那姿势和感觉和江辛简直如出一辙。

我回到宿舍，强撑着换了衣服，到楼下的时候他已经候在大门边，对我说："有空吗？想跟你聊聊。"

我正烧得发晕，绯红着一张脸答他："继续寻仇？"

"那天的事，很抱歉。"他说，"是我不好，闹了个不欢而散。"

真不知道是撞了什么邪，难道是被江辛逼来的？那天后我跟江辛只通过一个电话。他告诉我往我卡上存了些钱，并说会在北京住一阵子，希望我有空能回家。

我当然没回去过，那是他跟他儿子江爱笛生的家，跟我没什么关系。

"我是诚心的。"他说，"父亲都跟我谈过了，我了解了一切。"

"好吧。"我说，"你的道歉我接受，没事我就上去了。"

"等等。"他拉住我，"你怎么了？是不是在生病？"

他伸出手自然地握住我，摊开我的手心，放在他的额头上不到一秒，就惊呼道："烧得这么厉害！"

我把没有知觉的手指从他额头上撤回。可没等我调头走开，他又上前一步把手背放到我额头上，摇摇头说："起码四十度，必须去医院。"必须！真是好笑，我自己的身体难道要他负责吗？他未免太操心了，和他爸爸一样。我挣脱他转身往楼上走，他拉住我不放。我们正在拉扯，有人忽然从旁边闯出来，侠士一般大喝一声："放开她！"

是那个送花的男生！

江爱笛生仍旧拉着我不放，那个男生干脆卷起袖子握着拳头怒气冲冲地走了过来。

"哈哈。"江爱笛生一点跟他搏斗的意思都没有，在拳头落在他脸上之前放开了我，拍拍那个男生的肩膀说，"勇士，打架之前请先把病人送去医院。"

"什么？"男生瞪大眼睛看着他，很久才如梦初醒地走到我身边说，"莫醒醒，你生病了？那我们赶紧去医院！"说完，他背对着我，半蹲下去，手还对着我一招一招的，做出一副要背我的样子。

我气得倒退一步，无话可说。在周围经过的女生眼里，一个穿着臃肿的红脸女生，一个半蹲着的男生和另一个抱臂站在一旁的男生，一定是发生了非常值得玩味的故事。

冷风把我本来就沉重的头吹得更加沉重，我实在受不了，转身又要走，没想到江爱笛生也往前一步，于是我一下子撞在他身上，眼冒金星，脚下不由自主地一滑。他趁机拉开我说："看来你不喜欢他，那就由我带你走。"

说着，他出乎我意料地把我一把夹住，搂到他腋下，几乎是押解出了校门。

不得不承认，他的怀抱，在我身体不适的时候，还是有些温暖和妥帖的，而且，还让我有一些不想推开的可耻念头。不过，我最终还是推开了他。他不计较，取下他的围巾对我说："要不我拉着这头，你拉着那头？我怕你摔倒。"刚刚心情有些平复的我又忽然生气了，甩掉他的围巾一个人大步走在前面。

我一直走到校门外。他追上来，用那条围巾紧紧勒住我，一直把我勒到他面前，恶狠狠地说："你还往哪里走？还不乖乖跟我去医院？"

刚才的嬉皮风格转瞬即逝，又恢复恶人形象。

我凭什么要乖乖的？他以为他解释了我就一定会原谅他？他以为他在饭桌上自以为是的刻薄用一句"抱歉"就可以让没有亲人没有朋友、除却认"贼"作父别无他选的莫醒醒听他的？

岂有此理！

仇人的儿子，来扮什么古道热肠？

我用我在冷风中几乎睁不开的血红的眼睛死死盯了他一眼，然后猛地推开他。他始料未及，往后倒退了好几步，手上的围巾也掉在了地上。

我踩着他那无比昂贵的围巾，义无反顾地往前方跑去。

我不知道自己跑了多久，只觉得头脑无法再驱使双腿，手脚冰凉得没有知觉。我终于停在路边，喘了几口气后，我又不得不继续前进。因为我分明看到，他就在几十米开外，和我隔着一个不远不近的距离。而且他看上去丝毫不累，见我停下，还举起手里的围巾对我挥了挥。这个发现让我犹如坠入深海般绝望。

记忆中的某个酷夏时节，阳光蒸发了天地间所有水分，除了疲软的树叶和倔强的我，只剩下身后那个一直坚定跟随的脚步。

西落桥边，他终于走到我跟前，用冰红茶触碰我灼热的胳膊。他满头、满身的汗，仍然笑着对我说："一小时四十七分，原来你是运动健将。"我其实一直没法忘记，没法忘记他的微笑和眉眼，像没法忘记他喂我稀饭时轻轻嘱咐着说："小心烫。"

小心烫，小心烫……

我眼前又恍然浮现起那年南京的冬夜，仿佛周遭又飘起幻觉般的鹅毛大雪。他冲过来，将失去理智的我推出车海。他好像跟我说了句："醒醒，我把一切都还给你了。"

还给你了，还给你了。

幻觉又来了，无法抵挡。耳畔呼呼风声里依稀传来江辛一声比一声严厉的怒吼。"给我回到车上去！回到车上去！"我摇晃着脑袋，好想把一切与爱恨有关的话语和面容都抹尽、挥散，让我忘了我是谁，让我忘了我来时纷乱的脚步。脑袋终于仿佛岩浆侵入般灼热，晕晕乎乎地发涨，我好想一头栽在路边的那棵树下面，死死地睡去……

我醒来时，发现自己在输液。

我的左手臂，被黑色的围巾紧紧缠着，几乎感觉不到冰凉液体的侵入。

头痛已经好了很多，我看了看身边，他不在。输液瓶中的液体已经滴尽。

我自然抬头寻找他的身影，才发觉他正带着护士走来。

"醒得很是时候。"在护士帮我拔针时，他微笑着对我说。这是我第一次看到他的微笑——真正的。输液室里温度高，他自然地把衬衫的纽扣解开几个扣子。我渐渐复苏的嗅觉闻到了他身上淡淡的薄荷味香水的味道。

他也喜欢薄荷？我有些惊讶和不敢相信，可又忍不住努力嗅了嗅。这一嗅不要紧，我的鼻涕不知道怎么回事流了出来，我非常尴尬，手还被护士握着，一时不知道怎么办才好。

他发现了，立刻从口袋里掏出一块深灰色的手帕，轻声对我说："不要动。"他用自己的手帕替我擦掉了和我的心情一样尴尬的我的鼻涕。

他用深灰色的手帕，是深灰色。

而且，那上面无可救药地有一股比空气中更加浓烈的薄荷味道。

他把手帕一卷，随意地放进自己的口袋里。

"跟我回家。"我仍然沉浸在那股恍惚的薄荷香里，他已经用不容置疑的口气这样说道，"过完这个周末，我再送你回学校。"

在薄荷香气的指引下，我终于跟着江爱笛生回了家。

华灯初上的北京城里，除了喧闹的交通和永远有话说的电台节目主持人，一切都是最静默的。

包括出租车里的我。其实我仍然在回想刚才的暴走，为什么他不追上来直接把我打昏再扛走呢？这样他或许赢得更彻底些。

江爱笛生倒是心情不错，与一样聒噪的司机谈论胡同的历史。

多多少少，我对这样的独处感到有些别扭。所以在他掏出钥匙打开房门的时候，我差一点就夺路而逃了。然而，就在他打开门亮起灯的那一刹那，我看到窗内一根细长仿佛晾衣绳的线上，用夹子夹起的照片。

那是我。

我情不自禁地走上前去，扬起头，凝视着那些照片。

他配合地把日光灯灭了，亮起了暖黄色灯。

他在我的身后抱着臂，笑着用赞叹的口吻说：“这是我回国后的第一批力作，哈哈。”

他看上去很自恋，我是从窗户的反光里看到他的表情的。但我没有回答他，也没有回头。

他没有多作停留，而是一边走向厨房一边大声说：“意大利面如何？我会煮得烂烂的，加多多的咖喱，融化你的牙齿。”

我伸出手，毫不犹豫地把那些照片统统摘下来，收好，紧紧地握在手里，然后飞奔到我的阁楼上去。

我仿佛盗窃胜利一般地喘着气，将照片藏在枕头下面，又忍不住把它们拿出来，就着天窗的月光，一张张仔仔细细地看。照片有的被他做旧处理，有的是黑白，无论哪种光线特效下的我，都有一种说不清的、奇异的美。老实说，虽然他的着装风格古里古怪、不成体统，但我却不得不佩服他的摄影技术。可技术再好，他也是个不礼貌的艺术家，不值得尊敬。这样想着，我又心安理得地把照片塞进床头的小柜子里，整了整衣服，仿佛什么也没有发生过似的，往楼下走去。

楼梯只走了一半，他就探头出来，说：“你偷了我的照片？”

我不置可否地转过头去，紧抿着嘴唇。他反而快活地笑了，真是一个十足的缺心眼。

我仍然站在台阶上，他已经端出了两盘色泽诱人的面条，几步走到我身边，大方地对我说：“请坐。”

我在台阶上坐下。

江爱笛生在我左后方坐下，把其中一盘面递给我，又分给我一根银叉，然后又神不知鬼不觉地在我背后披上一件他的大衣。

“满天繁星，不欣赏实在太可惜。”他抬起头，赞叹地说。

那件衣服上有满满的薄荷味道，像一个隐形的圈套，把我牢牢锁在这片和露台相连接的台阶上。

我看向天空，果然，平日鲜见的密密匝匝的星星，大小不一，却都赶在今天，在这个北方城市的天空聚集。颗颗明亮，洁白的光芒仿佛来自切割优良的钻石。

很小时就听过传说，一颗星星陨落，一个人便死去。如果传说是现实，不知在这广袤天空里，代表我的那一颗星，在哪个方向？又能闪烁微弱光泽到何时呢？

唯一可以确定的是，它的身边一定没有别的星星看护，它正孤独地看着我，正如我在苦苦寻找它。

我又陷入痴想，他不客气地把他的叉子伸进我的盘子里，叉起一块洋葱放进嘴里，闭上眼享受了片刻才睁开，用一种无与伦比的口吻赞叹：“不愧是江爱笛生做的，实在是太棒了，快尝尝。”

我叉起一块意大利面放进嘴里，味道差强人意，不知道是不是我失去知觉的味蕾在作祟，我远没有他吃得香甜。

倒是他身上，仍然挥之不去的薄荷香水味，让我略有些失神。不知道为什么，他看上去没有第一次那么嚣张和讨厌，除了一些痕迹太重的假幽默之外，没有特别叫人厌恶的地方。不过，谁知道这是不是另一场有预谋的暗算，无亲无故无人帮的我还是小心为妙。

“你要多做运动，”他说，“这样才会健康。”

“哦。”我说。

“明天我就去川西采风。”他说，“听说那里的冬天别有风韵。”

“哦。”我继续含糊地回答。

“以前看过一个纪录片，弄得我对川西很向往。”他忽然把头凑近说，“要不你陪我去？”

这是一个和坏天气一样让我措手不及的邀约。不过，我当然知道这是一个玩笑，哪有第一天邀请别人，第二天就出发的道理？所以，我下意识地缩了一下脖子，回避了他饶有兴趣的眼神，自顾舔着手中的叉子，就当没听见。

“你的沙漏呢？”他并不介意我的不礼貌，而是忽然笑着问我。

我下意识地回头张望，又看到那扇通向阁楼的门，心里涌起一股安宁的感觉。

“是你的宝贝吧，能不能告诉我它代表着什么？”他问。

“遗忘。”我下意识地吐出这两个字，忽然反应过来在他面前这么说话显得太过矫情，于是又画蛇添足地加上一句，“我瞎说的。”

真要命，还是闭嘴为好。

不知道是不是很少主动去和别人沟通的缘故，我发现自己已经越来越不善言辞。

我还在发愣，他却毫不客气地用他的叉子敲敲我手里的盘子说:“吃掉!”

好相似的父子，我简直被那一模一样的语气吓住了。可这偏偏让我想到和我患着一样绝症的白然，那个竭尽全力把番茄塞进嘴巴里的妇人，那时如果是江辛陪在她身边，她会不会好起来呢?

江爱笛生看着我茫然的表情，无奈地摇了摇头说:“又神游了?你的面凉了，不过，你可以要求我替你再热一下。”

我觉得我快要分不清楚他和他了。但不管是谁，他们对我的好都一样地让我痛苦，让我窒息。我不再吭声，而是飞快地把一盘面吃了个精光。

“咔嚓!”我又听到了熟悉而讨厌的照相机声音。再抬头，他已经跪在最低一节楼梯旁，后背靠着扶手，再次按动了快门。

这次绝对不能再原谅他。我丢掉了手中的叉子，冲下楼梯去夺他的相机。让我意外的是，他并没有逃开，而是笑呵呵地看着攥紧拳头的我。

他大方地把相机递给我，鼓励地说:“砸碎它，来。”

“你以为我不敢?”我大喊。

“咔嚓。”这致命的快门，又在我脸上的表情还来不及收回时响起，一片白光闪烁之后，我的双眼几乎盲掉。我震惊加绝望，气馁地跪倒在地板上。

“对不起。”他俯下身子，将照片调到刚才我狼吞虎咽的那一张上面，在我耳边轻轻说，“谁叫我是摄魂师呢。”

我不得不承认，他拍出了我的魂。枣红色灯光下，我皱起的眉头和仿佛被我虐待的食物，都以鲜明的状态呈现在底片上，被永远定格。

他伸出手轻轻抹掉我嘴边的番茄酱说：“我去洗碗，你去休息。”

那晚我没有回学校，而是睡在小阁楼里。

这个夜晚没有想象中难挨，江爱笛生收拾完厨房之后，把药和开水送到我房门口。敲门声响起，我起身把门打开一道缝。他问道：“要不要我喂你？”

我吓得赶紧接过来，关上了门，就像关上了我又要迫不及待泛滥的记忆。

喂我吃药的男生，是留在我十七岁章节里最后的省略号，从他为我冲进车海那一刻起，故事就永远不会再有续写。

我要惩罚我自己，惩罚，永远不停息地惩罚我自己。

听着江爱笛生下楼的脚步，我才发现自己忘记了把大衣还给他，于是我把它挂在我房里的门把手上，淡淡的薄荷味充满了阁楼。

他没再问我要那些照片，仿佛知道我回来就是要拿走这些照片似的。又或者，他根本就是为了把这些照片送给我，也许他那里已经有无数备份了。这让我一下子泄了气，没有丝毫获胜的感觉，而是非常沮丧，甚至为自己的行为感到些羞愧。但我终究没有把这些照片再还给他。

天窗果然透出清冷月光，在干净的被子上照出一块小小的光斑，但并不可怕，反而出奇地让我感到安全。如果这直射而下的月光，是通往回忆之门的神秘地带，只要站在原地不动，就能置身过去，想要回到何时就能回到何时。那我一定要它带我到八岁之前——西落桥上的蒋蓝把仇恨的口水吐在我身上之前，如果不能回到那时，那绝不踏足时光机器半步。绝不！

我在充斥着薄荷气味的空气里睡了过去。

4

一夜无梦。

醒来的时候看表，已然是九点一刻。

我疑心是我爸的旧表出了问题，再拿出手机看，居然还是九点一刻。

我的心滚过一阵小小的热流。一定是这种感冒药有助眠作用，否则，我怎么可能拥有如此舒服和安定的睡眠呢？小阁楼里没有洗漱的地方，我只简单地梳了头，穿好衣服下楼，才发现江爱笛生已经走了。

桌上留着一张纸条和一把明晃晃的钥匙。纸条上的话是：有空替我来照看一下这里，记得按时吃药。Yours Edison。

他的中文英文，写得都很漂亮。

我握着那枚钥匙，将其小心地放进了我包的内袋。

我并没有打算常来。

从前连家都不愿意回的我，在这个根本就没有“家”可言的偌大北京城，更不可能妄想去拥有什么家的感觉。那不过是谁谁谁的一厢情愿罢了，虽然，他费尽心机要宠我若亲人。

所以，事实上是，自从江爱笛生走后的一个多月，我都没有去过那个房子。我很忙，我开始仿照许多读服装设计的同学那样，跟网上的一些私人服装作坊联系，问她们是否需要人手，同时接一些家教的活，教小学生画画，还有写作文。做家教不是我的兴趣所在，收入也不算高，但是至少可以让我少去碰卡上的那些钱。

并且，这段时间里，学校里开始传出关于我的谣言。那个送花的男生一直在网上查我的消息，掘地三尺，居然查到了天中的论坛，在旧帖子上翻出了一些我的照片。于是，关于我是“拉拉”的消息就这样不胫而走。这样一来，他追不到我并不是他的失败，而是我本人的某种取向有问题。

奇怪的是，我没有愤怒，只是有些许的失望。或许是因为从天中开始，我对各种奇怪的眼光早已习惯，对没有朋友的生活也早已习惯，所以，才会如此安于天命吧。稍许的失望，只在于原本以为在艺术院校里，女生们视野会开阔得多，风言风语没有市场，结果发现并不是这样。流言无论在哪里，都是伤害人最厉害的武器。

稍有空闲的时候，我喜欢到画室里画画，画画不是我的专业，但那间画室让我安宁。厚厚的窗帘一旦拉上，我心里深灰色的秘密就会如同袅袅雾气般被释放出来，让我可以得到暂时安静。偶尔，我也会去校门口那间叫“最初”的画廊看看，那里长年挂着一幅画，叫《一只不会飞的鸟》。我真的很喜欢那幅画，不美的少女，长了鸟的身子，红唇似血，黑发如瀑，用固执的眼神望着夜空。可是店主说这不是真品，所以不卖。不过她告诉我画这幅画的人叫夏吉吉。她在我们学校读过书，而且已经成了一个著名的画家。

我在网上搜索夏吉吉这个名字，果然找到她的很多画。但是关于她个人的介绍几乎为零，真是低调得可以。可我却发疯般地爱上了她的画，到处寻找。我总觉得她的每一幅画都能画到我的心里去。她最擅长水粉淡彩，偶尔画油画。用色时而冷艳奇崛、灼人心魄，时而浅淡勾勒近乎虚无。她一定比谁都深谙孤独的力量，所以，才能画出如此脱俗落寞的景物和人。每一帧饱含孤独和坚韧的画，都像剑一样刺穿我的心脏，痛，却也同时让我得到如释重负般的快乐。遗憾的是她只举办过寥寥几次画展，更不接受访谈，连她的画册都找不到，听说它们只在香港出版过。我只能在网上搜到少许资料，可画册扉页上的句子让我差点泪如雨下。

这个天才的女子说：失去一切都不可怕，怕只怕我们抵抗不过回忆。

冬天是真真正正地来了，我从来都没遭遇过如此冷的冬天，老天恨不得冰冻一切，就连闭着嘴巴在室外走久了，嘴唇都会有粘上的危险。每周有两堂家教的课需要穿越半个北京城，每天下午四点放学后我穿上厚厚的大衣从学校出发，等我再回到学校的时候，已经是夜里十点多钟。我不习惯在学生家里吃饭，于是就在路上随便买点吃的，或者回到宿舍里自己泡面吃。

我带着一种近乎自虐的心情整天忙碌，不许自己觉得自己苦。

寒假快要来临的时候江辛给我打电话，问我何时放假，并说替我安排好机票。我支吾着说学校有一些活动，我可能就不回南京了。谁知道他却说："也好，那我们就干脆在北京过年算了。"

他总是这样一厢情愿，把我当成他的家人。可我却一直幻想着，可以有展翅高飞的那一天，离他远远的，从此再不相见。听上去绝情，却也是我对他对自己的一种偿还。在这些无望的日子里，我还是维持着我的微薄的理想，不想轻言放弃。

"我又往你卡上打了钱。"他说，"冬天的衣物，你自己添置一些。我有点忙，估计快过年了才能去北京。"

"不用费心。"我说，"我很好的。"

"醒醒，"他叹息说，"其实你念大学后我一直不习惯。"

"噢，我要上课了。"我说完这句，有些慌乱地把电话给挂了。我就是听不得他在电话里那样跟我说话，像是我的父亲，我如假包换的亲人。我恨自己会心软，忘掉那些仇恨。不，绝不能让他如此遂心，绝不。

其实那天是周四，我一周里最清闲的一天，既没有课也没有家教。我穿上一个冬天都没有换过的蓝色大衣，收拾好东西，准备去画室打发一个下午。我刚走到画室门口就看到那个男生。他站在那里，死死地低着头，像是在等我，又好像不是。

我绕过他想走进去。他却忽然抬起头大声喊住我："莫醒醒！"

我停下来，看着他。

他脸色很灰，用绝望的声音对我说："你不要怪我，这不是我的初衷。我只是希望能了解你的一切，所以才那么做，却没想到有那么多八卦的人，把事情传得完全走样。你要相信我！"

"我不需要你的解释。"说完，我往画室里走去。

"真的不是我的初衷。"他拖着哭腔对着我的背影喊道，"我发誓！请你一定要原谅我！莫醒醒，你一定要原谅我！"

我没回头，也没有吱声。

他站在教室门口，一直望着我，也不肯走。

深深的灰色的天空，深深的灰色的学校建筑，深深的灰色的教室连廊，深深的灰色的铅笔素描，深深的灰色的我的毛衣。我低头画画，却管不住自己的心，这个美术教室平时很少有人来，在这么冷的天气，又背光，所以静得出奇。不过我相当喜欢它的静，可以让我专心临摹夏吉吉的画。当我在一张白纸上用力地涂抹色彩的时候，我忽然冒出一个奇怪的念头，觉得我的胸前应该有一块彩色的围巾，如果它在一片深灰中像一团五彩的火焰一样跳跃起来，这个冬天可能就不会那么寒冷了。

我是那么惧怕冬天，却偏偏选了这么一个北方的城市来读大学，真是蠢到家了。

或者，我可以替自己设计一条围巾？小阁楼上的缝纫机，我好久没用过了，不知道还好不好使呢？

停下这些想象后，我完全沉浸在画里。直至日头西沉，我才关灯走出画室。天上有细细的雪飘落，我红色的短靴有些漏，雪水冰冷地渗进我的鞋底，绵延不绝的凉意让我禁不住颤抖。我不由自主地加快了脚步，就要拐进女生楼的时候，黑暗里忽然冒出一个身影。我一眼就认出还是那个阴魂不散的男生。他显然喝过酒了，嘴里喷出浓烈的酒味，语无伦次地对我说："莫醒醒，我喜欢你，就是还是喜欢你。我不知道怎么办才好。你告诉我，我怎么办呢？"

他的手搭到我肩上来，我尖叫一声推开他。忽然他跪在我面前，全身痉挛似的抖动了一下，居然吐了起来。伴随着一阵古怪的恶臭，他吐出的秽物顿时溅满我的红色短靴。这一下，他仿佛醒了酒，意识到自己的失态，慌乱地伸出手要替我抹去脚上的污秽。我拼命地摇头，往后退让。他却挪动膝盖步步逼近我，嘴里还在含糊不清地说着："对不起。"双手却又一次不由自主地紧紧抱住了我的腿。深深的绝望和恐惧占据了我的心，我忽然想起家乡的那个小巷，少女时代那个无比惊悚的夜晚。污浊而温热的空气和不堪回首的回忆仿佛变作一只强有力的手，将我狠狠一推，我顿时生出力量，奋力抬脚，向他的脸踢去。他痛苦地捂住自己的脸，一声惨叫，跌倒在肮脏的雪里。他并不爬起来，只是笑，放声大笑。开始有经过的同学涌上来围观。我从地上捡起我的包，冷静地脱掉我的脏靴子，连往垃圾筒里扔的勇气都没有，就光脚踩着冰凉的雪，转身，飞快跑进了女生宿舍楼的门洞里。

那个晚上，我双脚冰冷，再也没暖过。即使用厚厚的棉被把它们包起来，即使灌了热水袋在上面用力揉搓，即使用一瓶瓶热水去泡，那种冰凉彻骨的感觉都一直伴随着我，只要一想起，全身就打一个寒战。宿舍里空无一人，她们都有自己的狂欢。我从包里摸出一根烟来点上，慰藉自己的情绪。当我点燃那支香烟时，打火机的光芒却无形中照亮了那个沙漏。在没有开灯的宿舍，它被红色的火星渲染，闪着颤抖的橘黄色光芒，仿佛一支等待被爱人吹灭的幸福蜡烛，给我奇异的力量。

我掐灭了烟，捏着它，重新躺进了被窝里。

没有一个夜晚，比这个夜晚让我更加想她。那个眼睛大大的、笑起来像个天使一样的女孩。那个用刷子洗刷自己身体的夜晚，她是如此珍视她的纯洁，珍视到连渺小如我的人都恨不得可以保护她。所以，她是幸福的吧。她一定是的吧。只要她的王子可以珍视她的纯洁，守护她的幸福，我丢掉生命都在所不惜，我发誓。

我以为事情会这样过去了，却没想到没过几天，校园里传出新闻，某男生喝多了，提着把刀在校园里要追杀同宿舍的男生，差点把人家的头给砍下来。事情闹得很大，因为见了血，那男生被劝退学。我也被学校找去问话，那次问话持续了一个多小时。

“招惹上这种鲁莽而肤浅的男生，对一个女生来讲并不是一件骄傲的事，所以你的沉默不能说明你的高贵。”

训导主任极尽刻薄之能事，可惜不能让我感动。后来那男生来了，看得出酒醒后的他对此事非常后悔。他只是看了看我，说了句“跟她没任何关系”，就再也不说话了。他的父亲站在他身后，一个看上去老实巴交的农民，不停地跟老师和领导们弯腰求情，说着好听的话。

我的心忽然就疼起来。如果我可以帮他该多好，可惜我自身难保，无能为力。

男生最后还是被开除了，从那以后，我就再也没有见过他。只收到他叫人转给我的一条短信：我不会放过那些八卦猪！

我怜惜他的命运，但这不是我的错，我不会认这个错。

“那个莫醒醒，闷骚型，不能惹。”那天我回宿舍的时候，听到她们这么评价我。

“再说一次！”我把我的包扔到床上，大声对那个东北胖女人说。

她冷冷地看着我，重复道：“闷骚型，咋了？”

我端起桌上一杯不知谁喝的水，直接泼到了她的脸上。她抹了一把脸之后要我道歉，一边嚷嚷着一边来撕扯我的衣服。我个子比她小又比她瘦很多，肉搏当然不是她的对手，很快就被她一下子压到了床上。

我这才见识到学艺术的女生的厉害。

“听说你喜欢女人。”她恶狠狠地压着我，恶毒地说，“这种感觉你是不是很爽啊？”说罢，她还在我脸上摸了一把。

我挣扎着，从我的口袋里摸到一支圆珠笔，对着她的脖子就戳了下去。她干呕一声放开我，捂着脖子起身，往后退了好几步。

算她好运，那是支有盖的笔。

我们打架的时候，宿舍里还有另外两个女生，但她们都没有上来劝阻。喜欢看戏也好，至少我想她们会看懂我的确不能惹，至少不会再有人胆敢来扰乱我的生活。从前的温暾性格，只在人不犯我的前提下，而正是寄人篱下，教会我如何自保求生。

特立独行是我注定的命运，好像夏吉吉画里的那些女子，看上去低进尘埃里，眉间却有别人无法企及的骄傲。

有什么不好呢？

没什么不好。

5

再次见到江爱笛生，是放寒假的前一周。

那天天气很好，我的期末设计作品得到系主任的好评。很慈祥的叶教授在给我们上学期总评课时，当着全系众多才子才女的面请我到她办公室喝茶。不是没有窃窃私语，但我受之无愧。

茶是上等的乌龙。叶教授年纪不轻了，却有很好的身材和一双看上去很精致的手。她对我说："莫醒醒，我看了你的作品，很激动。我个人非常喜欢你的创意，像你这样有灵气的学生不多见。下学期就会有服装大赛，你寒假里好好琢磨琢磨，我等着你给我一个惊喜。"

我点点头，心里不是没有激动的。打心底里，我希望能得到别人的肯定，真挚的肯定总好过冷嘲热讽，才让我在这寂寞的人生中得到细微光明的指引，才有继续前行的勇气。

"我了解了一下你的情况。"她说，"大家好像对你都有些误会，你不必介意。做出成绩的那一天，自然可以笑看天下，你说呢？"

我又点点头。

她是那样聪明，一切点到为止。没说我的家世，没谈我父母双亡，没提那些恶俗的断背和拉拉等字眼，更没说到那个退学的男生。临走的时候，她还邀请我有空的时候到她家，她包饺子给我吃。她的手轻轻放到我肩上来的时候，让我想起了许琳，这个和我一样，注定一生孤单的女人。还记得我跟着江辛离开的时候，她哭得像个泪人，就连我父亲死去的时候，她都没掉过那么多眼泪。我希望她会明白，我残忍地割离掉和她之间的一切，是希望我们彼此都有一个新的开始。

只是不知道我的新生，到底还要付出多少沉重的代价。

教授对我的肯定，多少在我多日阴暗的心里打进了一道小小的阳光。刚好那几天本学期的家教都结束了，结到了费用，我破天荒地准备到街上去逛一逛。我那件蓝色的大衣已经很旧，扣子那里都磨掉了颜色，但因为是爸爸替我买的，所以一直没舍得换。我是个典型的不孝女，父亲死后才懂得自己的不懂事给他造成的灾难。他若不是那么操心，兴许可以命长一些。如果他在天之灵看到今天的女儿，他会点头微笑还是失望地摇头？

特别是当他知道，我现在正跟着他的情敌生活，且这个情敌，仿佛隐形，却强大到他一辈子都没发觉，让他家破人亡，他到底会做何感想？

哦，爸爸，给我指示，我该怎么做？我不是没有想过，一把火，烧掉他的家，烧掉一切；我不是没有想过，给他最恶毒的诅咒，让他下世也不得安生。可是爸爸，我却接受了他的恩赐，你是会怪我，还是会支持我呢？我该如何，才能得知你的心？

就在这纷乱的自责和自问自答里，我绕到一家大型超市，在一楼的布料柜台前停下了脚步。我想起放在江辛家阁楼上的我的小缝纫机，忽然想给自己做一件大衣，还是蓝色的，在这个无人依靠的冬天里，自己心疼一下自己。

我迅速买好一切需要的东西，坐公交车到了那个小区。上了楼，掏出钥匙的时候，我有片刻的犹豫。我讨厌我自己来都来了，却还如此腻腻歪歪，所以还是下定决心扭开了门。

房间里很干净，窗户开着。我看不出江爱笛生是否回来过，当然他要回来也不需向我汇报。

我抱着那一堆东西上了我的小阁楼。我把那块蓝色的呢子布摊到地板上的时候，又一次不可控制地想起了她和他。我最好最花心思的两件作品是给他们的，一条裙子，一个领结，不知道是不是已经被他们藏到抽屉里找不到的角落了呢？不，我知道他们不会。我想他们一定也会小心翼翼地收好，收在一个连他们自己都找不到的地方，这样最好。

我真的很感谢他们，不会提起我，这个总是闯祸，不能带给他们任何幸运的扫帚星朋友。既然他说，把一切都还给我了，相忘于江湖，一定是最好的选择吧。

这样想来，那些不甘和痛楚，仿佛被今天的阳光扫去了一半的阴霾，也变得没那么沉重了。

那天我一直忙到六点多，从设计到裁剪，对我来说还是一个漫长而艰难的过程。我开着我的 iPod，一边听着歌一边忙碌着，想象一件完美的大衣将出自自己的手，有些说不出的小愉快。小阁楼的光慢慢地褪下去，我开着灯又干了一会儿，眼睛变得有些生疼。我揉了揉眼睛和酸疼的胳膊，发现自己有些饿，还有些渴。我下了楼，从阳台绕到客厅，准备给自己倒杯水喝。饮水机里没有热水，就在我灌水准备烧的时候却好像听到某个房间里传来什么声音，难道是谁回来了？我把手里的水壶轻轻放到地上，慢慢地走到客厅里，发现有一间房间的门是关着的。我努力地回忆，我进来的时候它到底是开着还是关着？

还是，进来了小偷？

我有些紧张，大着胆子走近，侧耳听。我发誓在里面听到了声音。可是那声音若有若无，好像是谁在笑。我脑子拼命地转，如果是小偷，我该怎么办？搏斗几乎是不可能，报警呢，谁可以告诉我电话在哪里，我的手机在哪里？

我慌乱地绕过客厅，准备先跑进小阁楼把门关起来再说。我真的是太慌了，脚碰到了茶几腿，袖子顺带着把茶几上的一套茶具稀里哗啦地扫到了地上。我想伸手去接，但一个也没接得住。茶杯一个一个地往地上滚，只听得一声声出奇清脆的连环响声，然后卧室的门哗地打开了，接着，我看到江爱笛生拉开了门。他的眼睛瞪得老大："醒醒，你什么时候来的？"

哦，那一瞬间，我真希望我的眼睛是瞎的。

因为那个江先生除了用一块毛巾裹住他的重要部位之外，其他地方均一览无余。而且，更更重要的是，就在我准备把我的眼珠子挖出来扔掉的时候，忽然又从他的身后冒出一个和他有着同样造型的美女，正在大声地惊呼道："哦，Edison，这……这是谁？"

与其说“对不起”三个字还没说出口，不如说我压根不知道这句道歉合适不合适，门被砰的一声关上了。可怜我绯红的脸和快要爆炸的脑袋。我一边用手试自己额头的体温，一边手忙脚乱地收拾完那些碎杯子，飞快地跑进了我的小阁楼，反锁上了门。

我想我认得那个女人，就是在机场跟他拥抱的那个。

我看着被我扔在地上的 iPod，才反应过来为什么他们进门的时候我一点声音都没有听到。可是，纵然是这样，难道他江爱笛生同志没有发现我就放在门口的那双女鞋吗？还是他认为它一直就在那里？

真是荒唐。

我捂住脸坐在床边，心绪还没安定下来呢，楼梯那里就传来了脚步声。然后我很快就听到了他敲门的声音：“醒醒，开门哪。”

我冷静了半天，这才走过去，看着自己的脚尖，把门拉开了。他不说话，我只好抬头看他。他对我露出非常灿烂的笑容，耸耸肩说了四个自我解嘲的字：“少儿不宜。”

我的脸就红得彻底无可救药了。

“我昨天刚回来，正准备过两天去学校找你呢。”他好像完全忘了刚才的事，朝我招招手说，“来来来，看看我这次去拍的好片，真是太兴奋了。”

海归就是海归，我不服也不行。

但既然人家都这么落落大方，我扭扭捏捏的，像什么样。我弯下腰准备和他一起下楼的时候他却一转身发现了满地的布料，惊讶地问我：“你在干吗？”

“不许看。”我推他下去。

“你在做衣服？”他说，“让我瞧一瞧嘛。”

“不。”我硬把他推下去，顺手把门给关上了。

“你不该看的都看到了，我该看的还不让我看。”他像说绕口令，我听懂后，唯一的冲动就是将他从楼梯上一把推下去。

我和他一起来到客厅，并不见刚才的那个女子。见我四下张望，他主动交代说：“已经走了。”

“对不起。”我说，“我真不是有意的。”

“别告诉我爸。”他用恳求的语气说，“我今晚喝了点酒，所以……”

原来他也怕江辛？这倒是我没有看出来的。我怎么一直都觉得，是江辛怕他呢。

“谢谢你。”他忽然很正经地对我说。

我吓了一跳，完全不明白他为什么要谢我，直到他及时补上一句：“若不是你，我今晚就失身了，哈哈。”

玩笑！还是限制级的！

可是，能不能停止这个话题？

“对了，给你看照片。”他走进刚才那间小屋子，从里面拿出他的手提电脑，一面打开一面对我说，“川西真的是太美了，我最起码还要再去两次才算够，来来来，来看看。”

我完全被画面上的景物震撼了。

秀美和壮丽并存，神话般的川西，我一直以为是神话。现在看到，才觉得果然名不虚传。

威严的横断山脉，像养育着火种一般，把那些纸盒般破旧的小房子珍视地放在自己的脉搏间，好似把自然的生命托付给了她生养的村民。

我情不自禁地按了下一幅。传说中的若尔盖草原，没有夏天那样肥美的水草，可深深浅浅的沼泽和稀疏的草垛，却仿佛一张瑰丽的藏宝图一样吸引人的眼球。

就在我完全被那些照片吸引的时候，他却忽然问我：“对了，你是不是有个好朋友，叫米砂？”

听到这个名字的时候，我差点把他的手提电脑扔到地上去。

“怎么了？”他说，“难道你不认得？”

“你认识米砂？”我问他。

“不认识。”他说。

“那你怎么知道她的名字？”

“你不骂我我就告诉你。”他像个孩子一样提要求。

我屏住呼吸，听他的答案。

“是这样。”他说，“还记得我上次替你拍的那组沙漏的照片吗？因为太喜欢，我把它传到了 POCO 网站我的个人空间里，谁知道喜欢的人很多，谁知道它就上了首页推荐。然后，我在川西的时候，就有一个人加了我的 QQ，问这组照片的情况。她跟我说，她是你的好朋友，她叫米砂。”

“她还说了什么？”

“她还说……”江爱笛生摸了摸后脑勺，“她没说什么，只是传了一首歌给你，要你听一听。”

说完，江爱笛生接过我手里的电脑，找到那首MP3。熟悉的旋律响起来，我就听到了米砂那久远而动人的歌声："送给你的白色沙漏，是一个关于成长的礼物，如果能给你爱和感动，我是多么的幸福，我有过很多的朋友，没有谁像你一样地懂我，是你给我最倔强的勇气，青春才开出绚烂的花朵……"

听到这里，我再也抑制不住我的情绪。我想奔回我的小阁楼，把自己藏起来，可是我只是跑到阳台上，就全身没有了力气。我蹲下，抱着冰冷的自己，不知道该如何是好。

她的歌声还在远远地追过来："沙漏的爱，反反复复，像一首不知疲倦的歌，哼唱着你，美丽的名字，和我们不为人知的痛……"

我想起了她穿着缀有紫色花朵的裙子站在舞台中央，闪亮的大眼睛一直看向我的方向；想起了他的钢琴声，颗颗音符仿佛流动的水珠，润泽了她的嗓音。

他为她伴奏，而我是听众。

直到现在我才明白，原来这一曲离别的挽歌，是为送别我而唱起的。

江爱笛生走到我身后，他也蹲了下来，轻声对我说："醒醒，关于那个沙漏的故事，能不能讲给我听一听呢？"

6

那天晚上，江爱笛生在我的小阁楼里待了一夜。

我做我未完成的衣服，江爱笛生喝很浓的茶。我们一直在说话，我说得多，他听得多。我从白然出事的那一年一直讲到父亲去世的那一天，从我的病讲到他父亲的芳香疗法，从西落桥讲到天中，从阿布讲到蒋蓝，从蒋蓝讲到米砂，从米砂讲到路理，从夏吉吉的画讲到我的服装设计……两年过去了，我这两年所说的话全部加起来似乎都没有这个晚上那么多。我一面做衣服一面讲，直到小阁楼上渐渐渗进微光，外面响起汽车的马达声，而我手里的蓝色大衣已经初见雏形。

我把它拎起来，展示给他看，问他："行吗？"

他从地板上站起来，活动活动四肢，忽然问我："你是不是很恨我爸爸？"

我迟疑了一下，答："是。"

"其实那天在机场，我就看出来了。"江爱笛生说，"好的摄影师，一定要看到人的灵魂里去。"

又来他摄魂的那一套了，我才不信他。

"不过，"他说，"其实我比你更恨他。"

说实话我很惊讶，但我不能判定他是不是在撒谎。他朝我眨眨眼说："今晚都是你在说，换个时间，我也给你讲讲我的故事。"说完，他走上前，把我手里的衣服放到床上说："你困不困？不困的话我请你吃早饭。"

又是意大利面条？我可没食欲。

“我们去永和豆浆。”他说，“从小区出门左拐，只需要走一刻钟，你意下如何？”

“除非我请客。”我说。

我已经很久找不到这样的一个听众，所以无论如何我也应该请他的。我本以为他一定会拒绝，或者跟我提什么AA制，没想到的是，他竟然手放胸前，弯下腰，爽快地说：“不胜荣幸！”

北京六点的清晨，有种无法形容的味道。阳光穿破云层以前，整个城市都仿若笼罩在雾里。兴许是一夜没睡的原因吧，这种似雾似梦的感觉显得更加真实。小区门口的人行道有点窄，慢车道上疾驰的摩托车扬起一片灰尘。江爱笛生伸出手，把我往里面轻轻一拉，用责备的语气说：“小心些。”

他真不愧是江辛的儿子，连说话的声音都这么像。

“告诉你一件事。”他说，“其实我见过你母亲！”

我惊讶地转头看他。

“她很美，皮肤很白，穿军装，扎两个粗粗的辫子，是不是？”

我停下脚步。“真的，你真的见过她？”

“哈哈。”他笑，“那一年我十二岁，我父亲带着我，请她吃饭。我穿的是皮鞋，在饭桌下悄悄地用力踢她，踢了好多下。她一定疼极了，不过她没有告我的状。”

我相信。虽然只是那短短的几封信，我已经完全明白，白然为了江辛，真的什么都可以忍。

江爱笛生说：“我爸是真爱她，当着我的面，给她夹菜，把汤替她盛好。他对我妈，从没有那么耐心过。”

“那又怎么样呢，她最终还是被抛弃的命运。”我说。

“你真这么想吗？”他问我。

“难道不是吗？”我说，“他不要她，她心如死灰，所以才那么奋不顾身地丢弃自己的生命。难道不是吗？”

“醒醒。”江爱笛生站定了，他低下头，看着我的眼睛，然后，很清楚地对我说，“没有和我爸爸的事，你妈妈一定也会救人。我爸那天跟我说，就在她死前十分钟，他还跟她打过电话，答应她慢慢来，不逼她。所以，事情一定不是你想象的那样，你妈妈是英雄，你不应该怀疑她，这对她不公平！”

我扭身飞速地往前走。他在我身后喊：“我说的是事实，你为什么要怕听？”

我走得越来越快。他终于还是快步地追上来，拉住我的胳膊说：“除了逃跑，告诉我，你还有什么别的本事？”

我挥手就想给他一耳光，他却一把捏住我的胳膊，把我的暴力倾向无情地扼杀在摇篮里。

他微笑着，看着挣扎无用的我，说了一句更让我崩溃的话：“喝完热豆浆，我们回家打架，OK？”

他是如此自然，把那里称作“家”，妄图用几句话改写历史，恢复白然在我心中的名誉。

可是万一，他是正确的呢？万一，江辛没撒谎呢？

我到底该怎么办？

我到底该如何在这些爱恨交织的情感里浮浮沉沉，找到真正的出口？

他依然紧紧地握着我的胳膊。我的手不能动弹。我很想伸出脚狠狠地踢他一下，像当年他狠狠地踢白然。可是，面对他的微笑，我却失去了所有的力气。

我这到底是怎么了？

“走啊。”他却猝然放开我说，“再不吃我就要饿得晕过去了。”

永和豆浆，一碗热豆浆，一碗牛肉面。我付了账，他并没跟我争。我匆匆地吃完饭跟他告别，告诉他我要回学校准备考试。他拦了辆的士，先送我去学校，再折道回家。不知道为何他没坐前排，而是跟我一起挤在后座。我又闻到那清新的薄荷香味，一夜未睡的我忽然觉得倦意排山倒海，稍不注意就要沉沉睡去。

之后的一周是考试周，我一面对付考试，一面安排我的旅行。我的钱不多，不能走太远。在网上查询了半天，我决定去北京附近的南戴河独自过春节。夏吉吉油画中的海，几度美到让我窒息。她不用传统的湖蓝色去描绘它，而用大面积的深绿和琥珀色，油彩厚重得近乎斑驳，反而使整幅画面显得更加震荡艳丽，让人恨不得全身心扑入，将其中秘密探个彻底。让你感觉如果不去一次海边，就会终身抱憾。

唯一的问题是：我该如何告诉江辛我的这个决定。学校组织？朋友邀约？什么样的理由才能成为我不在他家里过春节的完美借口？

还记得去年的春节，是我和江辛两个人过的。偌大的一个家，只有我和他两个人。我一面埋头苦读一面想，不知道这么多年的春节，他到底是如何过的？如果没有我，他会不会就是一个人？大年初一的时候许琳打过一个电话给他，大约是想要到家里来串门，被他很干脆地拒绝。之后他并没有跟我解释，他答应我让我跟过去决裂，我才答应跟着他走，这是属于我们二人的承诺，虽然奇怪，却也顺理成章。

那晚，我们两个人吃饺子，看春节联欢晚会。他说的话是平时的好几倍多，看小品时也笑得格外大声，电话线早被他拔掉了，他的手机也没有响。其实他和我一样，害怕触及我那些一碰就会泛滥的孤独和忧伤，可是他越是弥补和假装，越显得他在刻意逃避冷清。

还好我并没空去体验那种孤独，那个春节我一直在苦读，大年初一就开始补习，整个高中，我都没这么拼命地学习过。我当时唯一的理想就是考上大学，离开他，离得越远越好。他很传统，也有些迷信，特意挂在我房门前的红灯笼亮了整整十五天。他给的压岁钱够我买好几套大衣。但这仍然是一个不成体统、寄人篱下的春节。

我和仇人欢聚一堂——多么荒诞可笑。这样的荒唐，今年无论如何再也不能重复了。因为他真正的家人已经回来了——就让真正的家人欢聚一堂，让没有家的人，独自去流浪。

而且，我发现自己也不想面对江爱笛生。特别是在一个荒唐的梦之后，在那个梦里，江爱笛生的扮相和我那次在家里撞见他时一模一样。但是，他的身后没有别的女人。他径直走到我面前，用力搂住我。他的唇放在我耳边，没有说话。醒来后，我的耳朵烧了差不多有一整天。我刮了窗台上没化掉的雪，包在手帕里，反复冰它，依然无效。

我要忽略掉这个人，一定要。

让我措手不及的是，放假那天，江爱笛生居然来接我。

因为不用像别的同学一样赶长途车，所以我基本上没有收拾东西，宿舍里很乱，过期的服装杂志堆成了小山，还有断头的铅笔和用过的素描课作业纸，和不知道从哪个旮旯里揪出来的陈旧丝袜。江爱笛生敲门的时候，我们宿舍的女生都在。他穿了一件脖子里一圈鹅黄色的紫 V 领 T 恤搭配一件中长墨绿色大衣，不知道是哪门子的潮流。就在女生们猜测着他到底是来找谁的时候，他径直走到了我的身边。

“醒醒，”他说，“我来接你。”

东北胖妞拖着她的箱子经过我面前狭小的过道，她故意用肩膀用力地撞我。我躲闪不及，差一点就摔倒，腰撞到外桌子角，痛得我倒吸一口凉气，可是她像没看见，若无其事地拖着箱子继续往前走。

“喂！你等等！”江爱笛生拍了拍她的背。

东北胖妞回头一笑：“有事？”

江爱笛生严肃地说：“你撞了她，应该跟她道歉。”

“是吗？”东北胖妞牙尖嘴利地说，“你随便进入女生宿舍，是不是也该道个歉呢？”

“好，我先说。对不起！现在轮到你了。”江爱笛生面无表情地道歉，仍然不打算放过她。我拉回江爱笛生，这种人的道歉，我还不稀罕。

胖妞哼了一声，终于拉着箱子扬长而去。

"素质问题，还是情敌？"他回转头来对我说话时已经换了种调侃的表情。我紧闭着嘴不说话，他又说："我看你以后不要住校了，就住家里算了，反正也离得不远。"

他是真不知道，我早就历经沙场。和天中那些人比起来，东北胖妞只能算实习级别。我连蒋蓝的行李都敢往外摔，更何况她？我只是懒得跟她较量而已，不然她的脖子就要随时给我小心点。

我承认我也变得恶毒。但如果不这样，我该如何自保呢？

"就这么点行李吗？"他看着我手里的包说，"我爸非让我来，我还差点租个车。"

这对父子真夸张。

一只小包，一台电脑，是我全部的家当，他把它们都拿在手里，不让我碰。我跟他默默地往校外走去，一面走一面思考着如何告诉他我要去海边的事。我们坐上出租车，我还没来得及开口，他先说话了："醒醒，我有一个惊喜想要给你。"

"什么？"我说。

"有个大礼物，在家里。"他神秘地说，"你猜是什么？"

我把头扭到窗外："懒得猜。"

他也不说话了。但事实上，一路上我都在猜会是什么。除了阿布的风筝和纸飞机，我好像从来都没收到过男生的礼物，更不能揣测一个男生会给我带来什么样的惊喜。或许，是一个大大的恶作剧也说不定。海归的人都不爱按牌理出牌。为防止进门就兜头丢过来的一个大蛋糕或者别的什么长毛怪物的刺激，我还是小心为好。

反正我不抱有任何期望，所以也绝不会有任何失望可言。

不过我已经暗下决心，如果是昂贵的礼物，我是绝不会接受的。

我们下了车，走进小区，电梯上了十七层。他一直没说话，只是保持神秘的微笑。就要扭开门把的时候他问我："真的不猜了？给你三次机会，猜中有奖。"

"礼物？"我向他确认。

"是啊。"他说。

"好吧。"我说，"夏吉吉的画册？"他知道我喜欢夏吉吉的画，那晚聊天的时候，我曾不止一次提到过。

他摇摇头。

"新大衣？"他看过我做的大衣，觉得样式尚可，但布料不精致，所以整体效果不算太好。

他再摇头，叹息说："想象力普通。"

我泄气了："不猜了！"

他却得意地扭开门，大声喊着："大变活人！"

他在跟谁说话？我伸长脖子往里张望……

是她！

我无法相信自己的眼睛，却不得不相信——她的短发留长了，围着一条粉蓝色的围巾，端坐在餐桌前，只是那微笑，还是那样一如当年，丝毫未变。

我站在原地举棋不定，不知道该向前还是该退后，不知道该哭泣还是该微笑，不知道该沉默还是大声喊出她的名字。

因为这个人她不是别人，她是，我的米砂。

7

我的米砂，就这样如同从天而降般出现在我面前。

她不再是短头发的她，而是留了一头有些微卷的长发。

我很想知道此时在她眼里的我，是不是也和从前完全不一样？

“醒醒，你回来啦，我正在给你做好吃的呢！”她背对我穿着围裙，用一根松松的皮筋把头发束得高高的，脖子后的皮肤仍然光滑如初。她仍然那么干练活泼，阳光好像都变成了她的附属。

她连愣一下的时间都没有等，更不要提震惊或尴尬，就好像这些年只是几天之间，她不过是放了一个短短的假，又回到我的身边。

唯有她那头又蓄起的微微卷曲的长发，提醒我她也已经从十七岁玻璃般的时光里抽离出来好一段日子了。

我暗暗地想，不知道我在她的眼里，是不是也跟从前一点都不一样了呢？

江爱笛生看上去比我兴奋许多倍。他拍手说：“哈哈，要不要厨艺 PK？我的意大利面一流哦。”

米砂不客气地说："醒醒喜欢吃中餐。"

"那我乐得轻松！"江爱笛生说完，拍拍手，心安理得地坐到沙发上，看起他的电视来。电视上在唱京剧，他居然跟着哼，完全不着调，像个十足的老头。

我自己一直无法替自己的脸找到一个合适的表情。

于是我只能就着角落里的椅子坐下，隔着一扇玻璃门看米砂在这个对她而言完全陌生的厨房里欢快地忙碌。还忽然想起高二那年的暑假，我跟她在麦当劳重逢后，她带我去她的家。她学了整整一个暑假的烹饪，只为看到我吃得下她为我做的食物。

我还记得她用她那双美丽的眼睛含着泪看着我，冲着我大声喊："他居然没有治好你，为什么为什么，你怎么可以这样不争气！"

她口中的"他"，是她自己的王子。是的，她把王子都借给了我，我却还不知道争气。

我不愿回忆起任何一次发病的经历，因为每一次回忆，都仿佛重新考验一次我的心脏和曾被蹂躏得遍体鳞伤的胃。但唯独那一次例外，因为她一直紧握着我的手，让我第一次直视自己丑陋的病态，第一次试着撕开百转千回的伪装，学会勇敢去面对。我以为，只要永远握着那只不会丢下我的手，有那个一直提醒我Please be brave（请勇敢）的沙漏，有她和他一直温暖支持的目光，我总有一天会站起来，拥有一颗平凡却光明的心，可以像她一样。

我还记得我和她哭泣着拥抱跪倒在沙发前，那一次我以为我们永远不会分开。我以为年少的梦，是一朵永不凋零的花。我以为我们对彼此的爱会支撑着彼此走过一切。可是，这些全都是以为，连同那些玻璃般透明纯粹的岁月一起，在她的王子为了我冲进车海的时候被统统碾成碎屑，灰飞烟灭。

米砂，我亲爱的，我赔不起你，只能负罪潜逃。

我永远地消失，才是你们幸福的唯一指盼，不是吗？

所以，你还来干什么呢？你还找我干什么呢？我真的好恨你，恨你又一次出现在我面前，恨你依旧毫不介意甚至单纯如初的眼神。我该如何告诉你，我选择和我的仇人生活在一起就是为了在惩罚他的同时更加狠狠地惩罚我自己。我早已经不是原来的那个善良纯净的我。我的心里正默默种着复仇的肮脏种子，为了讨生活而苦苦营役。

我活该，不值得同情。我不配做你的好朋友，再也不配！

我更恨那个自作多情、自以为是的江爱笛生。他以为他是救世主还是我肚里的虫子？他又有什么资格把我的消息告诉米砂呢？

最好笑的是，他把错误当成了礼物，把我苦心逃避的过往重新扯回到眼前。

所以，上帝，请给我一张遗忘的面具，让我可以忘记我来时走过多少迷途和那些在半途伸过来的温暖双手，让我可以和我的米砂，仿佛陌路。

当那盘橙黄色的土豆饼再次放在我面前时，我终于说服自己心里回忆的小恶魔，没有让氤氲的热气得逞，而是把凳子挪开了一点点。

米砂从厨房里走出来，摘下围裙，大大地伸了一个懒腰。

她伸懒腰的样子，还和从前一样，闭着眼睛好像在静静等待什么好消息，鼻子仿佛一个晒软的小橘子那样，有浅浅的皱纹。

“尝尝哦，”米砂说，“还有别的菜。”

“还好，不是太饿。”我笑着把那盘土豆饼往前推了又推。

江爱笛生把电视关了，凑过来闻了闻香，赞叹说：“哇，真是香。米砂，你的手艺比我棒，我认输。”

那语气，好像他和米砂，已经是认识多年的好朋友一般。

他非要这么好客不可吗？这里有他什么事？我看他除了知道瞎积极，就再没什么别的招可使了。

米砂把那盘土豆饼端起来，好像从前那样轻快地走过来，蹲在我身边，把盘子托得高高的。那有着雏菊和茉莉花混合芳香的女孩，属于她的气味没有改变，属于她的眼神也没有变。现在，她仍然侧着头，耐心地对我笑，恍惚变回那个下午刚刚和我抱头痛哭还未曾来得及抹去泪水的她。

她把盘子一直举到我面前，抓起我面前的筷子说：“醒醒，来，快先尝尝这个，看我的手艺进步没有？这是土豆饼，你还记得吗？高二的时候，你去我家……”

“米砂……”我心里一抖，随即把眼神移到别处打断她，“对不起。”

“哦。”米砂愣了一下，站起身来，她看了看我，微笑着说，“哦哦，对啊，没关系没关系，过去的不要说啦，那我们说说现在。醒醒，你身上的大衣是你自己做的吧，什么时候有空，替我也做一件吧。”

我狠狠地盯了间谍江一眼。他正接过米砂手里的土豆饼，好像完全不关心我和米砂在说什么。

“哦。”我从喉咙里挤出小小的声音来。

天地良心，我真的不是要对米砂冷漠，这不是我的初衷。我只是不知道该跟她说些什么，说什么好像都不对。我们已经离开太久，我逼自己忘掉她太久。于是当她再次出现在我面前的时候，我的心就像夏吉吉画里的海，涌动起一股又一股的暗流，这些汹涌的暗流偷掉我的言语，逼退我的勇气，锁住我的心，也锁住了我的嘴唇。

就在这稍显怪异的气氛里，江爱笛生看看米砂，再看看我，冒出了一句惊天动地的话：“你们俩的样子，还真像是一对久别重逢的情侣。”

说完，他自顾自地哈哈大笑起来。

他一定觉得自己很幽默。可是我和米砂谁都没有笑。哦！不对，米砂一直是微笑着的，好像心里一直放着一桩美事，不舍得与任何人分享一样。米砂放了筷子，依然微笑地看着我说：“我去把汤端出来，应该好了。”

看着米砂起身，我也离开餐桌，慌乱地从我的包里摸出烟放在唇间，想抽一根。但关键时候打火机却不知道着了什么魔，怎么都打不开。江爱笛生从他的口袋里掏出打火机谄媚地要替我点燃它。米砂正好端着汤出来。她飞快地把汤往桌上一放，上前一步，从江爱笛生的手里夺下了那个火机。我以为她要替我点，谁知道，她却伸出另一只手，把我的烟从嘴里轻巧地拿了下来。

“醒醒，来，先喝汤。”她还是那种招牌式的微笑。

我迅速拿出另外一支烟，叼在嘴里。

“我叫你别抽了。”她对我的行为一点也不生气，只是又从我唇上拿下了我的烟，温和地劝说我，“来嘛，试试，贵妃枸杞汤哦，最养颜的汤，我的绝活。”

“把烟还我。”我命令她。

“不。”她倔强地微笑着，依然是那么温和的语气，“我不许你抽烟。”

江爱笛生没有说话，他一定对我和她都充满了好奇，所以，他一直睁着眼睛好奇地充满兴趣地看着我和米砂。可我却再也不能忍耐了。她到底要我怎么样呢？她为什么不对我发火，为什么不骂我？她为什么还是那样充满耐心，不厌其烦，好像一个上紧发条的老式闹钟一样，即使被人摔到地上、锁进衣橱甚至丢进垃圾桶里，还是要继续叫嚣下去，哪怕只剩下一颗破碎的机芯，还是不能忘记自己的任务是叫醒它的拥有者？可是难道她不知道，我根本不值得她如此，她又何必千里迢迢来蹚莫醒醒这趟浑水呢？她何必管我死活呢！

我如果再不逃开，我怕就要控制不住自己掐牢米砂的脖子质问。于是我背起包，飞快地转身，跑过阳台，跑上了我的小阁楼。

我把门锁了起来，像以前每次我心里的恶魔逼我自己发狂的时候那样。

过了一会儿，我听到了米砂敲门的声音。

“开门好吗？”她说。

我坐在那里没动。

“能听见我说话吗？”米砂说，“要是能，我就不进去了，我们隔着一扇门说话，也挺好的啊。”

我当然能听到她说话，我甚至巴不得能听得更清晰一些，但是我没有吱声。通过侧耳聆听，我感觉她在外面的台阶上坐下了，我悄悄走到门前，蹲下身侧耳听。我心里的两个我终于开始拼命地挣扎。我回望了一眼天窗，阳光那么淡，淡到好像在散发它最后一丝光辉似的，大风在天窗的边缘徘徊，发出嗞嗞的声音，像刚刚从沙漠肆虐归来。哦，米砂，你千万不要冻到。噢，米砂，你还坐在这里做什么呢？莫醒醒是个无情无义的家伙，你赶紧走吧，永远都不要再理她。走吧，离开吧，这是你唯一该做的，唯一。

我慢慢退回了床沿，从包里拿出了我的沙漏，紧紧地握在手里。

“你不让我进去也没有关系啊。”米砂说，“其实你回来的时候，我已经参观过你的阁楼了，江伯伯对你好，我也很开心的。你知道吗，醒醒，你不在的这些日子，真的发生了好多好多事。我一直想啊，哪一天有机会，我一定要跟你说上三天三夜呢。不过不能说那么久也没有关系，我只说一些就好。你知道吗，我那天又去了天中，那里一点都没有变，不过好像都没有人认得我了，也没有人指着我说我就是那个拉拉了，嘿嘿。对了，米砾那个臭小子变了好多哦，他现在有责任心了，还有了女朋友，那个女孩你也认得的，是你初中时的同学，叫什么蒙胖胖的。可是蒙胖胖现在看上去一点儿也不胖了，真的很漂亮的。米砾跟她在一起以后，变得有责任心多了。对了，还有路理。你知道吗？路理也有女朋友了哦。现在的男孩子，都不甘寂寞，讨厌得很呢……”

她终于提到他了！可是什么什么，什么叫有女朋友了？我屏住呼吸听她继续说下去。

“不过我觉得路理的女朋友不够漂亮。像他那样的，那么帅，那么有前途，一定要找个够漂亮的才行，如果没有你漂亮，就要有我漂亮；如果没有我漂亮，至少也要有蒋蓝漂亮吧；可是他的女朋友真的很普通，所以我就有一点点失望呢。醒醒，你在不在听啊？”

他竟然没跟她好！他竟然敢有新的女朋友！

我的眼泪再也忍不住了，拼命地流拼命地流，连用袖子擦都来不及。我紧紧握着手里的沙漏，恨不得可以一下子捏碎它。我该怎么办呢？我跪下来，顺着光滑的地板，用膝盖一直滑到门边，手都握住了门把，可是心里的另一个我又占了上风：不不不不，她这么了解我，她一定是知道我心里怎么想，所以才故意这么说的吧。米砂，你这么美好，这么漂亮，这么善良，谁要是不要你，那他不是超级大笨蛋加混蛋大猪头吗？

路理不是那样的人，我清楚。于是，我用力擦了擦脸，对准一丝丝冷风钻进来的门缝，硬着心肠，对一直坐在门外的米砂说：“你走吧！请原谅我，我真的不想再想起那些过去了。”

她好像没听见，只是自顾自地说下去：“这一次，真的要好好谢谢江爱笛生先生，要不是他的照片，醒醒，我可能就会一直找不到你了。你一定知道一个你最亲近的人忽然被丢进茫茫人海的感觉吧？我知道你知道的，对不对？我就是那样丢失了我的么么。所以，其实，我真的好恨你啊，恨你那么狠心那么绝情。你说走就走，连路理躺在医院里你都没去看一眼，不过，好在他没事……可是，当我看到那张照片，你拿着那个沙漏时的表情，当我终于找到你的时候，我就一点也不恨你了。真的，你隔着一扇门跟我说话我也不恨你了。因为我真的没想到我还可以看到你，再给你做土豆饼，还可以把这些后来发生的事情告诉你，还可以看到你活得这么好。这样我就开心了。真的，我就好开心了。”

哦，老天，我的眼泪，我该如何拯救我的眼泪？

米砂，求求你，别说了，好不好？我求求你。

我心里的祈祷好像透过这扇薄薄的门，传递给了她。过了好几秒钟，她终于恢复了轻快的语气，说：“醒醒，再见哦，我要走了。你要记得，不许抽烟，要乖。”

说完这句话，我听到了下楼的脚步声。

哦，不！米砂，不要走！当我流着泪，轻轻地，像个小偷一样地拉开门把的时候，只看到她从阳台的转角处消失的背影。

我再也不能控制我自己，握着沙漏冲下了楼梯。

幸好，我还来得及。

在江爱笛生惊讶的眼光中，我终于和我的米砂紧紧地拥抱在一起。我逃避了那么多年，也等待了那么多年，我唯一的好友，我们差一点永远失散。我腾出手来，用带着我体温的沙漏去温暖她冻得发紫的脸颊。她还是那样，带着永远不会老去的微笑，大眼睛里盛满了柔和的光泽和爱。

我问她："你要去哪里？"

她轻轻地说："加拿大。今晚的飞机。"

8

米砂的航班是晚上九点。算上她赶去机场的时间，我和她，最多还有短短的十分钟来道别。我望了一眼墙上的壁钟，从未觉得时间如此珍贵，希望这每一分钟都可以换成一年，甚至十年，一百年。

"我们办了全家移民，本来在这之前，我一直在犹豫，是一个人留在国内，还是跟他们一块走。终于还是下了决心。"米砂的微笑还是那样动人，"走前能看到你，醒醒，我真的很开心。"

"对不……"

我话没说完，她已经捂住了我的嘴，不让我继续说下去。她的手像一副冰凉的口罩，能罩住我的言语却罩不住我愧疚的心。想起我刚才对她的态度，我简直恨不得狠狠扇自己一记耳光才好。

"我知道的，醒醒。"她说，"你什么都不用说了，我比谁都明白你。"

"那你和他……"

米砂微笑着摇了摇头，然后说："我想，总可以释怀的吧。"

也好！如果他连米砂这么美好的女孩都放弃，如果他连她对他的爱和付出都可以忘记，只能说，他根本不值得米砂留恋。只是，米砂，你一定要远走他国才能做到释怀吗？逃避一定有用吗？如果像我一样，即使那么努力去忘记，却偏偏要记得，只会更加痛苦啊。

我又一次因为我们彼此相似的命运而感同身受，情不自禁地酸了鼻子。见我们难分难舍，江爱笛生拍拍他的手掌建议道："我有个好主意，其实我们可以把米砂送到机场的。"

哦，谢谢他。此时，也只有他的脑子会比较清楚一些。我和米砂的智商，确实都显得不太够用。

也许是她在我小阁楼的外面坐了太久的缘故，她的手冰冷得仿佛水银，脸颊却因为寒冷而变得通红。出租车上，江爱笛生坐在前面，我和米砂坐在后面。我们靠得很近。我把她的一只手牢牢握在我的两只手中间，过一会儿又换另外一只。从前她总是这样替我暖手，现在换作我这样做，从没有一刻比为她取暖的那一刻更让我发自肺腑地快乐。言语在此时显得很多余，唯有默默传递的体温能说明一切。这体温让我仿佛回到了十七岁，回到了天中，回到了那个不太安分却因为有她而生动的宿舍，回到那些躺在一张床上永远有说不完的知心话的夜晚。

还是江爱笛生打破了沉默："米砂啊，你为什么也选择加拿大啊。那里我很熟，需不需要帅哥，我可以介绍一打给你？"

"帅哥不要。"米砂跟他开玩笑，"我倒是需要钱，你借吗？"

"借。"江爱笛生说，"别说钱了，美女要是借我的命，我也得双手奉上啊。"

他果然是我见过的男生中最会拍马屁的，甚至要超过米砂的哥哥米砾。米砾讨女生欢心总是不得要领，可我看江爱笛生倒是在行得多。这么一想，我心里倒怪怪地有些不舒服。我也不知道这种不舒服从何而来，但这种不知从何而来的不舒服让我的心里更加不舒服，简直不知道该怎么形容才好。

“算了算了。”米砂打断了我的痴想，说，“我不跟你借钱，更不要你的命，你就替我把醒醒照顾好，我就对你感恩戴德了。”

“照顾是理所当然的。”江爱笛生说，“不过你也得提醒她，让她以后少欺负我。”

我冤枉地反问：“我欺负你？”

“是啊。”他理直气壮地说，“吃个饭被你骂得半死，‘嘿咻’的时候被你撞见，一个晚上也不许我睡觉，这难道不算欺负？”

这个不知廉耻的家伙！居然说得出如此不要脸的话来！我真恨不得找块强力胶布把他的嘴死死地封起来，让他这辈子、下辈子、下下辈子都变成一个彻彻底底的哑巴！

真不知道米砂为什么还能笑成那样！

车子终于还是到达了首都机场，下了出租车我竟意外地看到了米砾。噢，他好像长高了许多，戴了顶今年流行的卡车帽，还是那么时髦。他冲过来就喊：“米二啊米二，你要再不出现，米诺凡就要把首都国际机场给掀了。”

米砂握着我的手，把我推到米砾面前。

米砾这才认出我来，他的眼珠子瞪得老大，好像我是个外星人一样，用非常怀疑非常诡异的声音向我发问说：“莫醒醒？你没死？”

“你胡说八道什么呀！”米砂笑着，把他推出老远。

米砾站稳脚跟，忽然又看到我身后的江爱笛生。他伸出一根手指头，指指我，再指指他，一副了然于胸的样子。我就知道他一定是想歪了。

“不错。”他靠近我一步，小声评价，“比那个瘸子好多了。”

我不明白他在说什么，却见站在我身边的米砂的脸色陡然地变了。她大声地对米砾说：“快走吧，快走吧，老爹在哪里？我就跟他请了六个小时的假，北京堵得要死，我还做了一顿饭，我还真是超级无敌雷厉风行风卷残云……”

“米砂，”我拉住她，“米砾说什么？”

“没什么呀。”米砂瞪着大眼睛忽闪忽闪地看着我，“他整天胡说八道你又不是不知道。”

我把头转向米砾，恳求地问他：“米砾，可以告诉我吗，谁是瘸子？”

米砾又伸出了他的那根手指，嘴张成半圆，像个弱智儿童一样地指了指我，再指了指米砂，终于吐出一句话：“那个，米砂说得对，我胡说八道的啊。”

米砂看看表说：“我很快就要登机了。看来，我们又要分别了。真是遗憾呢。”说罢，她走到我身边，用手捧起我的脸，珍惜地揉了两下。

“你这一去，何时回呢？”我的眼眶又不争气地红了。

米砂拿眼角瞪米砾说：“不知道呢，这次我爸痛下决心，把我和他双双送走，都是为了他，我看他要是再见不到那个蒙胖胖，他就要得狂犬病了，见谁都咬。”

“别赖我！”米砾说，“明明是你自己情场失意，哭着闹着要出国。我只不过是担心你没我搞不定，所以才舍命陪君子的呀。”

“呸！”米砂伸手打他。

米砾被她打得龇牙咧嘴也不躲。米砂又伸手去捏他的脸颊。他狂叫起来：“喂，我就要见到我老婆了，你却要我毁容，道不道德啊？”米砂听了，又去捏他的另一边脸颊，这回米砾不让了，撒腿就跑。兄妹俩的感情，看上去比在天中读书的时候不知道要好上多少倍。

江爱笛生拉着我走上前，对米砂说：“走吧，送你们去候机室。”

“不用了。”我和米砂异口同声。

我们相视而笑。从彼此的眼睛里，我轻易读出了她和我一样的心思：就让分离在这里提前上演吧。总归是痛一场，又何苦非要挨到最后的一秒呢。我和米砂拥抱着说再见。已经跑进候机厅的米砾回过头来正好看见，于是做了个呕吐的表情把头迅速地扭了回去，好像我们干的是什么见不得人的事。

经过这么久，其实他还是那个原来的他。神神道道，倒也可爱。蒙小妍？我还能想起那个女生，总是爱歪着头，有点微胖，整日嘟着可爱的小嘴，眼睛亮亮的。看来，米砾已经不再痴迷蒋蓝了。这么想着我又有些惆怅：难道所有年少的爱情都是如此易碎和变幻莫测吗？

缘分是如此奇特的事情，好像那首老歌唱的那样："走吧，走吧，人总要学会自己长大。"如此想来，米砂也会长大，会告别旧爱，会开始她新的生活，会认识新的王子。噢，挺好，真没什么不好。

"Be brave! 永远不忘记！"米砂在我耳边说完这句话，猝然放开我，然后，她转过身没有再看我一眼，跟着米砾快步跑进了候机厅。

我根本就没法管得住自己，眼泪一直流一直流，直到看不清她的背影。

江爱笛生站得靠我近了一些。他把手放到我肩上来，感慨地说："原来两个小姑娘好起来，是这么不要命的。"

我把他的手拿下去，他又放上来，我再拿下去，他又放上来。我狼狈地一边流着泪一边生气地看着他。他更生气地看着我，大声喊："怎么，给你点安慰不行啊！"

说完，他掏出一张纸巾，像抹桌子一样，粗暴地擦掉了我的泪。他的动作真的很大，疼得我要命，可奇怪的是，我心里的感觉却一下子好了很多。

"走，咱们回家。"说完，他牵着我的手，一直把我牵到出租车站台。

从没有过男生这样牵我的手，那感觉很奇怪，好像他一松开，我就全然忘记了那感觉，很想再让他牵起，才能想起那种感觉一样。这想法让我有些难为情，但确实如此，就像从没有过一个男生，像他那样把我一把搂到怀里走路。我只能确定，江爱笛生，他跟我以前认识的每一个男生都不同。

晚上八九点的北京，正是逢路必堵的时候。他一定是没睡好，在堵车的时候居然睡着了。我仍然想念米砂，想着我们好不容易再见，我却那样对待她，才见了不到半天她又去了那么远的地方，这么想着想着我就忍不住又开始哭起来。眼泪无声地滴下，我懒得伸手去擦，要是前排的司机看见了，不知道会做何感想。

车走走停停，回到家里的时候，已经快十点了。我付完账，轻轻地推他。他忽然惊醒，揉揉眼，对我说："我正做梦呢。梦见你喂我吃瓜子！"

这是什么鬼梦！

"快下车啊。"我催他。

他下了车，看着绝尘而去的出租车忽然反应过来："车费付了？"

"没。"我没好气地应他。

"呀，北京有这等好事。"他追上我，"哦！不对，你付的？"

我还没答他，就看到一个身影飞速地闪到我们面前，一个穿着一身红装的女子尖着嗓子拦住了他："Edison，我们又见面了！"

哪路神仙？

看来他交际真是广！

"你谁呀？"他好像也是一头雾水。

"Judy 呀，十四楼的 Judy 啊。"女孩说，"你记性真差！"

"哦！"他终于想起来了，"你今天打扮得像圣诞老人，我还真没认出。"

“三里屯，去吗？”Judy说，“我约了朋友。”

“不去了。”他一把拉住正要往前走的我，“我也约了女朋友，没空。”

“Ok，Byebye！”她看了我一眼，朝他妩媚地一笑，走了。

“谁？”我不自觉地问他，奇怪他怎么会在这里有熟人。

“电梯里见过两次。”他不好意思地说，“搭了几句话，哈哈。”

“到底谁是你女朋友？”我问他。

他听我这么一说，往身后看看，又转回头来看看天，再装模作样地看看地，最后才看看我说：“你说呢？”

“我说你可以去死了。”说完，我抛下他往前走。他一直跟在我后面，不作声。他这么老实，我疑心他会有什么恶作剧，赶紧回头看一下。他果然在使坏，半蹲在那里，捡了块小石头想要砸我的腿。被我发现，手没使上劲，石头只滚出半米多远，停在我和他中间的路面上。

他嘿嘿笑着站起来，主动交代说：“这招是我在上大学时为了跟女生搭讪学会的，百发百中，女生都怕狗。”

“省省吧。”我说，“我不怕狗的。”

“那你怕什么？”他好奇地问。

我没回答，不过脑子里已经在本能地思考他的问题。我到底怕什么？我的病，我的过去，白然，那些可耻的回忆，背叛，还是仅仅是孤单？

他站在我身后，按下了电梯按钮，叹息了一声，这才对我说：“你说在梦里，为什么要喂我吃瓜子，你难道不知道我最讨厌吃瓜子的吗？”

拿梦说事，算是人话吗！如果电梯门能说开就开，我绝对直接拉开门走人了。

好不容易到了十七楼，电梯门开了，他很绅士地让我先行，我也毫不客气地走到前面，谁知道刚拐弯到大门口，就吓得我失声尖叫起来。

门口蹲着一个人。她一定已经蹲了很久了，看她的样子，都快要睡着了。见到我们，她抬起头来，红肿的眼睛从披肩长发中露出来，眯缝着看着江爱笛生和我，发出梦呓般的声音。“Edison，我在等你。你为什么不接我的电话？”

哦，我的天。

机场女，电梯小姐，想不到江爱笛生先生回国不过短短数日，就已经惹下如此多的情债。我知趣地打开门，打算去我的小阁楼把自己藏起来。面对一个为情所伤随时有可能失去理智的女人，我觉得我还是躲得远一些比较好。谁知道江爱笛生却根本没有让那女人进屋的意思，而是蹲下身像安抚一只流浪的小狗一样拍拍她的头顶，礼貌而生疏地说：“那天我喝多了，我很抱歉。今晚我还有点事，你先回吧。”

“Edison，”女人恳求他说，“我们找个地方聊聊好不好？”

江爱笛生回头看了看我，还是坚决地拒绝了。“我都说了，今晚有事，改天吧，对不起。”说完，他走进屋，把门给关上了。

“你太狠心了吧。”我望了望紧闭的大门。

“我是为她好。”他在沙发上坐下来，恬不知耻地对我说，“我对感情的事情是很认真的，不会胡来的。”

不会胡来，这样的鬼话，也只有真的风流鬼才说得出了。我对他乱成一团麻的私生活没有兴趣，正准备上我的小阁楼，他却又喊住我说:“莫醒醒，你给我站住！”

“有事吗？”我问他。

“当然有啊。”他说，“没事我干吗叫你？”

我等着他说事，不知道他又要耍什么花样。他却从沙发上站了起来，用温柔到吓死人的声音对我说:“你今晚没吃东西，米砂做的土豆饼被我吃光了。我把美容汤给你热热，你先喝着。我来给你下碗面条吧，这回，是中式的。”

我发誓，那一刻，我真希望我在喝水，这样就可以毫不客气地把一口水喷到他那张欠扁的脸上了。

9

小阁楼的网线，是早就预备好的，在写字台边，大约有五米多长，可以直接拖到床上去。

我的苹果手提电脑，是我考上大学后江辛送给我的礼物。

“学设计的学生一定要有台苹果。”他把它递到我面前的时候对我说，“配置一般，你先拿去用，以后学成了，自己再买台更高级的。”

他总这样，小心翼翼地照顾我的自尊。或许是因为他知道照顾我自尊的同时，也照顾到自己的道理吧。其实后来我上网查询了，他给我买的，算得上是苹果本本里的顶级款。

学费他替我交了，生活费他一次性打入我卡中，每到换季的时候，还不忘记再补上一笔，至于后来他补了多少我已经不知道了，因为我很少去碰那张卡，除非是万不得已，如果真的遇到万不得已的情况，我也会小心地记录下来。

其实我没想过要偿还他，如果这都要偿还，那我就该心安理得地把他所有的家当据为己有，再赶他出门——不，即使这样也赔不了妈妈的命。但我确实又在不知不觉中做着偿还的准备，真是纠结得可以。江爱笛生跟我要 MSN，我说我没有。我不是骗他，我真的没有，没有 MSN，没有 QQ，只有一个多日不用的电子信箱。

我没有朋友，连手机都是多余，要这些玩意何用?

但是今晚，我准备申请一个 MSN，因为我需要和米砂保持联系，知道她的情况。我把电脑抱到床上，打开电脑上了网。我先去了一个论坛，联系海边的一个小屋，是属于一对年轻人的，他们要到南方去度春节，愿意低价把小屋租借给从南方去北方度假的情侣，如果可以换租，那是最好的。

网上贴了一些小屋的照片，看上去很不错。这个世界总是有很多愿意维持着浪漫的天真的人，他们有自己特立独行自得其乐的生活方式，你纵然学不来，却也可以羡慕。

或者，偶尔尝试下也未尝不可。特别是，在你无处可去的时候。

我先前就找过他们，他们说还是希望能找到换租的人。没想到今晚他们却很爽快地答应了我。估计是没有南方人愿意去那个鬼地方过春节。我跟他们说我会尽快把租金汇过去，也希望他们能把钥匙快递给我。然后我开始研究如何申请 MSN，在这之前我上了一下我以前的 QQ，我是隐身登录的，但 QQ 上那个叫阿布的头像还是让我的心砰地响了一声，像被枪击中。初中时某个寂寞的暑假，好像一直都在跟阿布聊天。总是羞于和人面对面表达的我以为找到了最好的倾吐方式，却没想到，这样做会给以后的自己和他都带来一些麻烦。阿布，我想不起他的真名来了，但是我却清晰地记得他做给我的纸风筝、纸飞机，是我在男生那里收到的最初的馈赠，而我，居然已经忘了这个人那么久。

看来，忘记过去也并不是那么难，只是，时间还不够长而已吧。

我关掉 QQ，开始研究从没用过的 MSN。整个申请的过程还算顺利，江爱笛生的中式面条却似乎不太顺利，直到我已经下载了新版的 MSN 软件并成功登录之后，这个人都在底下没有发出任何动静。

说不定是改了主意，开门跟那个女的去夜店了呢，他一向不按牌理出牌，怎么都可以理解。

我又想起米砂来，长途的飞行一定把她累晕了。她如果没找到我，走的时候会不会非常遗憾呢？这么一想我又忽然想起江爱迪生提到过的 POCO 网站。我用百度搜索到这个网站，打开首页，居然一下子就看到了我自己的照片！哦，那是我吗？那好像是我，又好像不是我，经过处理的数码相片比起他洗出来的又要好看上不知道多少倍。我信手点击，进入了他的个人网页，才发现，他居然拍了那么多的照片，而每一张都是那么好看，比起他拍的景物来，我更喜欢他拍的人。无论是老年人，还是儿童，还是正值青春的少年，或是艳装的模特，在他的镜头里，都显得别有风味，传达出强烈的人物本身的个性气息，好像照片里的人忽然活了起来一般。我想起他说的“摄魂”一说，不由得对他心生敬佩。但很快我又把这种敬佩从我心里硬生生地压了下去。凭什么，我不应该对他产生这种感觉的。

一个游山玩水花天酒地的公子哥，会拍几张照，有什么了不起?

我要是有好的设备，没准也能拍出来，哼哼。

我有些渴，起身下楼倒水。我真的以为他不在家了，所以我没有换衣服，我穿着一件粉色的旧睡衣，全棉质地，也是和江辛一起生活之后，我自己给自己做的。没有缝纫机，我就用手缝。有些仿照和服，但又不完全是日本款，还参照了唐装的样式。我穿着它更多的是当居家服，但我发现，在途经小阁楼的楼梯直到露台的地方，这样的穿着还是显得单薄了。

待我瑟瑟发抖地走进厨房餐厅时，我愣住了。他在家，而且正焦头烂额地在布置餐桌。

不知道他从哪里变出来一张铺着粉色桌布的小桌子，上面放着两只高脚杯。最夸张的是，桌子的中央还有白色蜡烛台。江爱笛生手抱着一瓶红酒从里屋走出来，看到我，也不惊讶，反而大方地说:“哈哈，不能给你一个惊喜了，不过也没关系，来得正是时候。请坐。”

他居然把夜宵搞得如此隆重!

我惊讶得说不出话来，仍然愣愣地站着。

他忽然想起什么似的，又走进厨房，端出两盘所谓的中式面——在我看来，那厚厚的肉酱，实在和意粉没有区别。除此之外，他居然还做了一盘看上去很精致的沙拉。

他放下面条和沙拉，走到我身边。我又一次闻到了他身上的薄荷香味。哦，不！这一次，好像是从他唇齿间发出的。正在我质疑香味的来源时，他已经替我拉开了椅子，凑到我耳边说:“你这样穿很好看，难道，又是你自己做的衣服?”说完，他把手轻轻搭在我的肩膀上，打算把我请进座位。

我几乎是在他把手搭在我肩膀上那一刹那幡然醒悟过来的——多么可笑！我这是在接受仇人儿子的“浪漫”邀约吗？这颠三倒四的纨绔子弟，自以为在国外读过几年书就可以当着我的面冷酷拒绝一个旧情人又整些骗小女生的把戏来讨好我。他把我当成什么人了?

“我不饿。”说完这话，我果断地捏着自己的杯子，打算冲上小阁楼，却被他一把抓住说:“不许跑!”

他捏住我的胳膊，我动弹不了，差不多就要在他的霸道里直接窒息过去了。

“有点基本的礼貌好吗?”他放开我,“看在我做了这么长时间的分上，赏个脸尝两口也不行吗?”

他又恢复了惯常的嬉皮笑脸，把我往餐桌前一推：“给我坐下！”

我坐下了，他也在对面坐下。他把我们的酒杯里都倒上了酒，端起来对我说：“Cheers，醒醒。”

我端起酒杯轻闻那酒味，跟父亲常年喝的酒完全不同。我生命中曾经有过一次醉酒的经历，那一次我被蒋蓝冤枉偷钱，我喝光了爸爸喝剩的二锅头，唱了差不多一整晚的歌，在路理面前丢尽了脸。从那以后，我就发誓再也不碰酒了。

“不会醉的。”我的心思又被他看穿，“度数低，还能美容，试试？”说完，他面对着我，微笑着啜了一小口。

“可是，”我说，“我不喝酒的。”

“从没喝过吗？”他很好奇，不过他并没有逼我，而是拿了个小盘子，替我盛上一些沙拉说，“那么尝尝这个吧。”

我接过来，用筷子勉为其难地夹了一口放进嘴里。新鲜的蔬菜配上沙拉酱，坦白地说，味道还不错。

“比我老爹手艺如何？”他问。

我点了点头。

“那你觉得我人比我老爹如何？”我不知道他为什么会忽然发出这样的问句，这简直是太莫名其妙了！

“我跟他不一样。”他仿佛是在向我表白什么，又像是在自言自语——但其实他只是在用心端详他举起的叉子上的一个黄瓜丁，“我是一个很专一的人，没有那些花花肠子。”

如果我没记错的话，这已经是他今晚第二次表白自己的“忠贞”了吧。这些话在我听来，就好像《武林外传》里的白展堂——已经偷了无数东西的江洋大盗不停地向别人解释“我不是小偷，我从来不偷东西”，并发誓要将大盗捉拿归案一样好笑。我就带着这种颇具讽刺的心情吃完了一盘沙拉。然后听到他委屈地说：“为什么，你就不肯给我一句评价呢？”

“沙拉不错，谢谢你。”说完，我走到厨房给自己倒了一杯水，然后就回到了我自己的小阁楼。

我根本就没喝酒啊，可为什么红酒的那股香味，却好像一直在我身边萦绕，挥之不去呢？

我坐到我的小床上，手提电脑被我一碰，重新亮了起来。我又看到那张照片，他替我拍的，我从没有发现过一个如此美丽的自己，吓得我把电脑给关掉了。

我躺到床上，还没有睡着的时候，忽然听到有人敲门，我知道是他。

可是，他到底要做什么？

他喊：“醒醒！你睡着了吗？”

我没应他，不管他要做什么，我都不想开门。我希望我不出声，他会以为我睡着了，然后自觉地离开。

“我知道你没睡着。”他大声说，“看来你的爱好是隔着一扇门聊天，也不错啊，我也可以接受的。”

我真怀疑他是不是喝多了，说话的语气，听上去好像有些轻飘飘的。我当然更不敢开门了，只好光脚走到门边，小心翼翼地对他说：“我要睡了，你也休息去吧。”

“很好的月光，不看好可惜。”他说。

会可惜才怪。上回是星星，这回是月光，请问他还能想出别的有点创意的鬼话吗？这么冷的冬天，我敢保证天上什么都不会有。

“我跟你讲讲我妈妈，你愿意听吗？”也不管我愿不愿意听，他已经滔滔不绝地讲了下去，“我妈，怎么说呢，她谈不上是美女，但是在我的心里，她就是最美最美的仙子。从小，我就跟我妈感情好。我妈宠我，她个性也很强，知道我爸跟你妈的事情后，就带着我出国去投靠我一个说不上近亲的小姨去了。我们刚出国那时可穷了，我妈不想靠小姨和小姨父，为了不让我吃苦，让我受到好的教育，每天要打好几份工，累得半死。我睡着了，她就坐在那里偷偷地哭，但她从来都没求过我爸半分。后来小姨和小姨父离婚分家，我们连住的地方都没有了，还被当成无业游民关在警察局里。那时我也懂事了些，实在是看不下去我妈受苦，就偷偷写信给我爸。这样我爸又跟我们联系上了，也开始给我提供费用了，但我妈却因为这件事狠狠揍了我一顿。再后来，我大学毕业了，我学会了摄影，学会了挣钱，我拼命工作，回家的次数也少了。有一次我拍的照片得了一个商业大奖，得了五万美元。我好高兴地跑回家，把钱都交给我妈的时候，才从小姨那里知道我妈得了一种怪病——臆想症，你听过这种病吗？很怪的。她脑子里总是会想一些不存在的事情，整天胡说八道。我哪有什么洋妞女朋友？我为了养家每天忙得昏天黑地，有空和女孩子搭个讪就不错了。我老不谈恋爱，我妈就急啊，整天幻想着我跟这个在一起跟那个在一起，把我当成汤姆·克鲁斯了。后来我找医生替我妈治病，虽然控制住了，但医生说只要受刺激，她一定会再发病。所以，我就很恨我爸。我常想，天下哪有什么仙女呀，让他连我和我妈都愿意放弃，而且，我和我妈在国外这么久，他除了寄钱都不知道过去看一看，过问都很少，连过年都没有一个电话。这种男人根本不算男人，我不仅恨他，还看不起他。但是，醒醒，最近我却忽然不恨他了，你想知道为什么吗？”

说到这里，他忽然停住了。然后他轻笑着说：“我知道，你一定想知道，对不对？你把门打开，我来告诉你，好不好？”

我情不自禁地拉开了门。

我这才发现真的有月光，像丝绒一样，倾泻在小阁楼外的每一级楼梯上。

难道这一切都是梦？

就在这如梦似幻的情景中，他缓缓站起身来，出乎我意料一把把我拥到怀里。他把我抱得那么紧那么紧，我的骨头简直都要碎了。仿若一个世纪过去了，我才听到他在我耳边轻声说：“那是因为我见到了你，我想，你一定跟你妈妈长得特别特别像。我想，如果我是当年的他，也一定会犯同样的错误的。所以，醒醒，其实我刚才说那么多，真正想说的话却只有一句，那就是：我爱上你了。就这么简单。”

我的世界，瞬间变成了一个玻璃球，绚丽夺目却注定找不到任何出口。

10

你有没有试过在同一天里把同一首歌听上几十遍呢？

我有试过。

那是夏吉吉在她一幅画的简短的说明里提到的一首歌。我花了好几个小时才将它百度到我的 iPod 里。这是一首很老的歌了，我甚至不知道歌手是谁，她忧伤的嗓子，反复地唱："秋天的海不知道，夏天过去了，弄潮的人，它不会再来，不会再来……"

大年三十的夜里，我孤单地住在这个海边的小屋，这是我在网上找了很久才找到的一处小屋，不到十个平方，只有简单的设施。屋主是两个大学生，他们去了南方过年，愿意把这里租借给我。我只带了简单的行李，甚至连电脑都没带，离过年还差三天。这里离海很近，夜里的时候能听到隐约的涛声，步行十几分钟就能到达海边。冬天的海边寂寞而冷清，但是适合我。我支起小型的画架，幻想自己能比夏吉吉更有天分。但我知道，画画不是我的目的。我只是需要寻求一种方式来将自己放逐，不然，我就会活生生地死在自己各种各样奇怪的念头里。

我不能死。我不能重复白然的路。我要活着，失败却依然鲜活地活着，这是必须的。

这又有什么不好？在这座说不上坏的避难所里，只需根据大海呼吸的节奏来判断晨昏，时间对我而言一文不值。我愿忘掉那个人在我耳边的表白，我愿将那一切都当作一场梦，梦醒后，一切成空，而我却不许自己有丝毫遗憾。

怎么可能会爱他?

一切只是幻觉。

这一天退潮后的大海，风平浪静得出奇，好像也到遥远的彼岸赶去凑人间的热闹。若不是感觉到大海的异常，我几乎都忘了，这一天是2008年的除夕。我人生中第二十个年头的开端。我仍在听那首歌，顺便翻阅随身带着的一本绘画册子。天色逐渐昏暗下来，我将桌面上的沙漏倒置，新一轮的九十九秒上演。可就在我刚刚起身准备为自己倒一杯水的时候，我忽然感到了地面的震动，继而是雷鸣，雨水说落便落，砸在木屋的四面墙壁上，好像无数等待救援的敲门者。我急忙赶去查看窗户的插销是否完好，就在这时，我听到了远处大海咆哮的声音，好像许多人一起在小声说话，中间又夹杂着某个人的尖叫和笑。它们千军万马，一起唱着歌跳着舞欢快地往小屋的方向赶来，好像为了去赴远处的一场盛大歌舞剧演出。

我的心跳在这几天里第一次快到了极点。我忽然想到了一个可怕的词——海啸?

难道会发生在今夜?

不过我并不是很怕，如果是，就来吧。我从没想过躲得过命运的所有安排。

我握紧桌上的沙漏，想回到床上去休息一下。我用沙漏抵住几天来第一次觉得饥饿的胃部，挣扎着从挂在床头的包里取出我的食物——两袋干面包和一包压缩饼干。

我差不多才撕开面包的包装袋，整座小屋就忽然陷入了黑暗。

一道白得近乎透明的闪电，在窗外不远的海边划破天空，继而是轰然的雷声。演出就要开始了吗？所以雨水敲起了密集的鼓点，而雷鸣变成了鞭炮。连大海都要开始它隐秘的新年狂欢了。

紧接着，小屋停电了。

我闭上眼睛，缓缓钻进被子里去，把我的沙漏抱在胸前，仍然饥饿难耐。我的心里升起一种极不祥的预感。胃里那个小小的恶魔，又要来找我了。不，我不能吃东西，已经过去了那么久，我已经忘记那个病那么久，无论如何，都不能让它再复发。我把沙漏放在我温热的肚皮上，逼自己睡觉。

然而电闪雷鸣的狂欢仍然没有结束，轰隆隆的声音响绝天空。整个国家的人在这一天都要拼死相聚在一起，只有我不必。我把 iPod 的音量调到最大，它却偏偏在最不该没电的时候没电，也弃我而去。我不想去查看熔断丝，就凭我可怜的物理知识，压根搞不定它。我选择继续在黑暗里坐下去，幻想假如我在这里死去，多少天后才会被人发觉。

或是一辈子消失，不被记得和发现。

若要报复，谁说这不是最畅快彻底的一种？他以为他可以用下半辈子的讨好来偿还上半辈子的罪孽，我却用死亡来宣告他一生的失败。这怎能不算是一个英勇的抉择呢？

我为我高兴。我把温热的沙漏放在枕头旁，在黑暗里凝视它看不见的身躯：米砂，你会不会，也为我高兴呢？

泪水终于流下来。我这多灾多难的短暂一生，爱也爱得怯弱，恨也恨得糊涂。那些爱我和我爱的人，又有几人得到了好的结局？

若不是我的参与，他们的人生不会是这样。路理不会抛弃米砂，爸爸不会抛弃许琳，或许，连生病都不必……

最最重要的是，我忽然明白，即使在白然和江辛的这件事情上——如果我没有被生出来，那现在的他们也未必过得不幸福。所以后来的那些无辜的人，更不会因为我的降生而受尽不该受的折磨。

我这是怎么了呢？说好了要休眠的记忆，仅仅是因为一点风雨的发作就又以喷薄的姿势攀上了我的心头，连遏制都无从下手。

我终于无法自持地坐起身，开始狼吞虎咽。

与其说我害怕自己发病，不如说，我的身体其实已经渴望这畅快的发泄已久。我终于可以在这个世界上找到一个被遗忘的角落旁若无人地大嚼大咽，再也不必顾及谁谁谁的一句喝令就停下，再也不必治好我自己。

让那些该死的芳香疗法和美味佳肴见鬼去吧，让那些过去的人、过去的事全都见鬼去吧！在这孤单的大年三十的夜晚，谁也不能阻止我破坏性的食欲。我是莫醒醒，我是病孩子，请容我虐待自己，否则，总有一天我会变本加厉地让你们承受我的痛苦。

所以，不是笨蛋的，都离我远些，越远越好！

我很快吃完了两包面包，又从床上起身，去寻找别的食物。我把事先储备好的一些冷冻罐头打开，取出里面的火腿肉来吃。打开罐头的时候，拇指因为用力过度而被割伤，流出血来。疼痛对于此刻的我来说完全是可以被忽略的。我一边吮吸着自己绵绵不绝的鲜血，又将大块的火腿塞进嘴巴里。

窗外依然狂风呼啸，我盼望这场暴风雨来得更猛烈些，最好将我自这间屋子里卷出，一直卷到大海的深处，被一块巨石压入深深的海底……

我真的不知道我的幻觉持续了多久，直到我吃完所有的食物。

我反应过来有人敲门的时候，暴风雨似乎已经过去了一半。

周围仍然漆黑一片，那重重的敲门声仿佛要硬生生在一棵老槐树上凿出一个缺口。我惊慌失措地从地上爬起来，走到门边大声喊：“谁？”

“醒醒！开门！”我的脑子里轰然一阵巨响，才明白过来——是他！

他怎么来了！

我把潮湿的门锁旋开，门外站着一个怪物。

他穿着堪比怪兽的大雨衣，大喊一声：“找死老子了，我就知道你在这里！”就在我目瞪口呆的时候，他不由分说推开我走进屋里来。

门在他身后被飓风关上。他脱了笨重的雨衣，把随身带的大包掼在桌子上，扭亮了胸前挂着的手电筒，先朝我身上照过来。当时的我并不知道自己正穿着血渍油渍混为一体的乱七八糟的睡衣，因为长时间跪在地上找寻罐头吃，连脸颊也是肮脏的。

他握着手电筒逼近我。我因为害怕一直后退，直到退到门边。他逼近我的脸，逼到不能再近的地步，手电一直刺着我的眼睛，刺得我流出了眼泪。在他就要和我脸贴脸前的最后一秒，他灭了它。

然后他叹了一口气，不由分说地一把横抱起了我。

我纵然再白痴，也要放声大叫。

他压根没有阻止我，而是把我往床上一扔，将那只沙漏塞在我的手里，又将床上的被子用一只手抓起，将坐着发抖的我整个人捆住。又从他的大包里翻出一件奇大无比的军大衣，继续给棉被外套上了一层。

刹那间，我已经变成了一只巨大的粽子。

“放开我。”我无力地说。

他凶狠地捏我的下巴，捏得很用力，几乎捏碎。他咬牙切齿地说:“给我闭嘴！”

“我发誓如果正月初一之前找不到你，我就跳海。”他的声音在渐渐弱下去的涛声中显得特别恐怖，不过他很快恢复了平常的语调,“不过，是在我确定能找到你的情况下我才做出了这个决定。哈哈。”

我在他放肆的笑声里惊恐得说不出话。他迅速地脱了自己湿透的雨靴，脱了鞋袜，像扔炸弹一样把自己身上的衣服鞋袜扔得远远的。然后，他一屁股坐到了床上。不知为何，我脑子里浮现的全部是那天小房间的门打开的一瞬间他半裸的样子，还有他身后那个女人……我禁不住打了一个寒战。再睁开眼，他正在往我的方向一点点逼近，仿佛挑衅的豹子，就连他微烫的呼吸我都嗅得到。

我全身上下每一根寒毛都觉得寒冷，一股前所未有的害怕的感觉包围了我，很快击败了我的故作镇定，比之从前对阿布，甚至那个醉酒呕吐的男生，这一次的我简直害怕上不知多少倍。或许，我从骨子里就把他当作了真正的对手、敌人、危险人物。我相信，他绝对有这个能力吃了我。

绝对。

我当时的样子一定可笑至极，绿色军大衣紧紧绷在胳膊上，上身动弹不得，摇摇欲坠，好像一个不倒翁，根本没法挪动，更别提跳下床。这一回我闻不到他身上的薄荷味了，只有海水霸道而陌生的腥味伴随着他的鼻息阵阵传来，让我此时瑟瑟发抖的胃泛起一股酸水，几乎呕吐。

可就在他的鼻尖几乎点到我的鼻尖的一刹那，他忽然像一截被锯断了的树木，直直地倒在了床上。

他说："累死我了，快睡吧。"

我该哭还是该笑？

一座停电的随时有可能被暴风雨倾覆的海边小屋，一个电闪雷鸣的夜晚，旧病复发如同被绑架的我，身边躺着一个虎视眈眈的"风流鬼"。我的处境真不是一般的糟糕。

一开始我以为他是在装睡，于是我歪在冰凉的床头等他自动醒来，替我除去绑架我的大衣。直到我朦朦胧胧一觉醒来，直到我听到他比潮汐起落还要均匀的鼾声，我才知道大事不妙——他居然真的睡着了？

一种说不上是委屈还是生气的感觉涌上了心尖。哦，我这是怎么了？

他找了我很久很久，很累很累，一定是这样的，不是吗？

我望向窗外，海那边的东方已经泛起了鱼肚白，被棉衣层层包裹的我，一点也不冷，但是他只穿了一件薄毛衣和保暖裤，两只赤裸的脚正对着窗口透进来的光，不知道是在水里泡了太久，还是光照的原因，泛着白光。这是我第一次注意观察男生的脚，真是大，大得像鲸鱼尾巴。哦，不，我太夸张了……

或许是因为太困，也或许是因为一夜的挣扎，让我的脑子极度不清醒，半梦半醒间我轻轻地含糊地喊了一声他的名字："江爱笛生。"

一秒钟内，他突然坐了起来，好像自动复活的木乃伊一样，用非常清晰洪亮的嗓音说道："谁叫我？"我吃惊地醒了。他一转头看到我，说了一句让我想撞墙的话："你怎么还穿着我的大衣？"

我欲哭无泪地看着他。他却呵呵地笑了起来，一边笑一边说："几点了，我真的睡着了？哈哈，你坐在这里看了我一夜，舍不得叫醒我，可你至少要给我盖条毯子是不是？"

对他这一系列不要脸的提问，我提不起任何回答的兴趣。他坐到我身边，替我把扣得结结实实的大衣一点一点解开。终于除去束缚的我，却不能一下子适应，好似被抛在地上的空旷的易拉罐，一颗心滚出去老远，拾都拾不回来。

我莫名其妙地哭了。

是真的莫名其妙，连我自己都搞不清楚原因的哭泣，眼泪仿佛储备在那里已经许多年，就等着这个莫名其妙的时刻，不需要命令就汹涌而出。

好像从一个天大的冤案里得到清白的那种委屈，又好像一个持续了多年的梦想终于变成了现实的那种感动，我就这样在我的终极仇人面前小声啜泣，然后发展成号啕。

我恨过白然，恨过爸爸，恨过米砾，恨过蒋蓝，恨过江辛，甚至恨过米砂，恨过一切值得恨的人。但是到头来，我发现我最恨的人是他——江爱笛生。

没错，他是我的终极仇人。

他可恨到让我想一鼓作气去恨他却时时恨不起来，可恨到我想把他碎尸万段却不敢看他那双摄人灵魂的眼睛，可恨到我只能用哭声来表达我的怯弱。

他拨开我一直捂着眼睛的两只手，用他两只巨大的手掌盖住我的两个脸颊，把我的整个脸都托起来。我想要拨开他的手，才发现我根本没这个力气。他用大拇指按住我的嘴角，轻轻向上一提。我的嘴角不自觉地上扬。他便咧着嘴笑着配音道："笑！"然后，他的大拇指又倏忽往下移动，我的嘴角也变得下垂，他也皱着眉头凄惨地说："哭！"就在他大拇指的移动间，他不停地说着："笑！哭！笑！哭……"我的脸就这样在他双手的蹂躏下变成了一块时笑时哭的橡皮泥。

有这样安慰人的吗？

最后，他终于停止了他疯狂的行为，伸出一只手替我抹掉了所有的泪水。他的动作真轻，温柔到我就要睡过去，然后，满不在乎地把我的眼泪擦在他的衣服上。

什么也没问我，什么也没多说，他很快地穿好衣服，又把那件大衣替我披上。我又变成了臃肿的粽子。我不知道他葫芦里卖的什么药，又紧张起来。他从枕头下面摸出了我的沙漏，塞进我的手心里，二话不说就把我扛了起来。

我如梦初醒，奋力捶他的背，双脚在空中乱踢，喊着："放我下来！"

可他压根就像没听见一样，大摇大摆地踢开小屋的门，在我的屁股上拍了两下，意气风发地说："走，我们看日出去！"

那十几分钟的路程，我一直在跟他商量：

"放我下来好不好？"

"早知道带相机来，拍拍大年初一的日出。"

"求你……放我下来好吗？"

"海边有没有烤架？我们去整两根烤玉米吧？"

……

"放我……下来……不然，我就要晕倒了……"直到倒挂如同一尾鱼干的我用沙漏无力地敲着他的背，微弱地喊出我唯一的祈求时，他终于停下来，把我放在地上。

我在地上刚刚站稳，他就又一次命令道："到我背上来。"

我怯怯地和他对视，鬼使神差一般，我又一次听话地爬上了他的背。穿着胶鞋的江爱笛生深一脚浅一脚地踩着湿漉漉脏兮兮的沙土，不知道有多费劲，可他偏偏越走越快，最后发展成奔跑。

我生怕摔下来，忍不住小声尖叫的同时，还死死掐着他的脖子。我越掐越紧，自己都没有在意，直到他忽然停下来，双手一滑。我随着他，一起跌倒在雨水混合泥沙的海滩边。

我看着他满脸通红的表情，又怀疑又紧张，不敢轻举妄动。

忽然觉得有些刺眼，我看向海的那边——那轮橘黄色的太阳，正从云幕的深处，探出一个耀眼的弧。

“日出……快看！”我不顾一身泥水，眼睛仍然看着太阳的方向，双手拼命摇着江爱笛生。

他也不再演戏。我们两个泥人一起爬起来，坐在又脏又潮湿的海滩边上，忘记了严寒和饥饿，痴痴地看着太阳的升起。在我出生后的第二十个年头的第一天，我第一次目睹日出，原来太阳是有生命的。我看得到它颤抖地努力，颤抖地上升……如此华丽，如此幸福的日出。是的，幸福。我第一次如此确认我的心情，幸福原来是饱满的热气球，是让整个身体轻盈得想要飞起来的那样确定的感觉。我情不自禁地看向身边的江爱笛生。他也看着我。他的眼睛里盛满了金色的光辉——我想，此时的我也跟他一样吧？

他又伸出他脏兮兮的手，替我抚去泪水。

究竟是幻觉还是真的？他明明冻了一夜，可是两次替我擦去泪水的手却是这样真切的暖和。

他忽然叹息了一声，说：“我想吻你，但我不敢。”

我气得不行，脸红得不行，一急之下，把头埋入了他的怀中，低声说：“谁知道你跟多少个女人在海边看过日出！”

他忽然又像着魔一般仰天大笑起来。不知道为什么，认真打量过他这副穿着胶鞋、一身烂泥的落魄模样，再比照那个欠下无数风流债的加拿大摄影师 Edison 先生，我也生气地笑了。他忽然用他的手掬起一点脏水，淋到我的头发上，然后又双手齐下，把我的头发弄得无比凌乱。

最后他从地上抓起一把泥沙拍在他的脸颊上，郑重地说："好了，我现在和你一样丑了，你如果还有什么不放心的，我就真的跳海算了。"

说完，他认命地闭上双眼，舒展四肢，像一个"大"字那样，直挺挺地倒在了冰冷泥泞的冬日海滩上。不过他很快又支起身子，对着我说了一句话："你为我吃醋，我觉得很兴奋，哈哈哈。"说完这一句，他又迅速地倒地。

这一次，我也学着他的样子，把我的沙漏放在胸前，直挺挺地倒在了地上。有那身大衣做垫背，原来也没有那么冷。

太阳在离我们最近的地方露出慈祥的笑脸。它洒下的光辉太耀目，我只得乖乖地闭上了眼。远处隐约的海涛声中，似乎还夹杂着鞭炮和爆竹的响声，送来了童年时吃过的炸糖饺子的香甜气味。

"你的眼泪到此为止，你的过去到此为止。"恍惚间，他好像把我的手包在自己的手心里，梦呓一般地说，"以后你要是再敢哭，我就把你吊起来打！"

风来了，海涌起浪花。他的话来过，又消失在我耳边。我不敢用力去分辨是真是假。我怕一分辨，一切都会消失。

因为这一秒的幸福，无论真假，都太奢侈。

11

大年初一下午两点多钟，我和他坐上了开往北京的大巴。

雪停了，阳光穿破云层洒向大地。在这一年中的头一天，一切都好像变了模样。一夜未睡的我好似不知道疲倦，津津有味地看着窗外飞驰而过的景色。他把我的头扭过去，接着把我搂进怀里，粗声粗气地说:“你给我睡会儿！”

我低声求他:“我们的事，暂时不要告诉你爸爸好吗？”

“什么事？”他装傻，一脸呆相地看着我。

我气得伸手就去捏他的脸，就像早上他蹂躏我的脸一样好好地蹂躏他一回，让他尝尝那种又痛又气又好笑的滋味。他却把我的手紧紧一捏说:“好老婆是不打老公的，晓得不？”

“不要脸！”我骂。

他把我搂得紧一些，下巴抵着我的头发，叹息一声说:“不要脸就不要脸吧，人都给你了，我还留着一张脸何用呢？”

噢，对付这种无耻到将军级别的人，我看我还是睡觉的好。于是我不再理他，趴在他怀里装作老老实实地睡着了，可是没过一会儿，我又实在忍不住抬起头来问他:“对了，你是怎么找到我的？”

“想知道？”他问我。

我点头。

“想知道就让我亲一下。”他笑笑地看着我。可是还没等我表示拒绝和不满，他的唇已经温热地按在了我的额头。我的心像一坨冰忽然遇到了一壶热水，来不及反应就已经全面化开来，漾起一颗一颗的小水珠，痒得要命地舒服。

“睡吧，宝贝。”他说，“我也困了。”

“告诉我。”我不放过他。

“笨丫头。”估计不公布答案我会睡不着，他只好对我坦白，“你把装钥匙的那个快递的信封扔在小阁楼的垃圾桶里，被我捡到了。然后，我又开了你的电脑，查了你的历史记录……”

“好啊，你！”我生气地指着他。

“要怪就怪米砂。”他说，“是她教我这招的，她说她当年也玩过离家出走，别人就是用这招找到她的。”

“你把这事告诉米砂了？”我不满，“你怎么可以让她担心？”

“是你让她担心，你还赖我身上？”他说，“看来回去真要吊起来打，不然你不会醒悟自己做了多么不应该的一件事。”

“你爸呢？”我问，“他是不是很生气？”

“当然。”江爱笛生说，“他早放话了，等你回家，一定要惩罚你。”

我把头抬起来，紧张地看着他。

“把你罚给我当老婆！”他说完，哈哈大笑，引得前座后座都侧目，我才发现自己又被讨厌的他捉弄了。不过这时我却没心情跟他算这个账，我坐直身子，用恳求的语气很认真地回到正题：“可不可以，可不可以不告诉你爸呢？”

他用一根手指压在我的唇上，微笑着告诉我说：“你就不必操心这个了，以后的事，都由我来处理，好吗？”

我在他的眼睛里找到了一种信任，它迅速地变成一种安全感，继而转换成一种深深的睡意，于是我闭上眼睛，重新倒入他的怀里。这一次，我很快就进入了梦乡。

我没想到，江辛会来长途车站接我们。当江爱笛生拉着我下车后，他对我并没有任何责备，只是说："我叫好车了，我们回家吧。"

江辛走在前面，我和江爱笛生走在后面。他一直紧紧地握着我的手，不许我松开。好在一路上，江辛都没有回头。上车的时候，他忙着跟司机说话，也没有发现任何不妥。江爱笛生偷偷朝我眨眼，我把眼光放到窗外，不敢看他。生怕江辛会从后视镜里看出任何秘密，然后打开车门大声叫我滚。

可是他到底是会叫我滚呢还是让江爱笛生滚？我还是觉得后者的可能性比较大，可是那会比叫我滚更让我难受。

我的预感一向准确，他不会同意我和江爱笛生相爱，无论从哪个角度，他都不会同意。可是"相爱"这个伟大的词，对我来说还真是有些难以消化呢。

回到家里，才发现江辛已经做了一大桌的好菜等着。门口的小红灯笼又被他挂上了，茶几上还放了一束新鲜的百合。窗明几净，一切安好。

"昨晚我一个人过三十。"他说，"为了表示惩罚，今晚你们一人陪我喝两杯。"

"对，非醉不可。"江爱笛生大力地拍拍我的肩说，"瞧你那脏样，快去泡个热水澡，我们等你。"

“呵呵。”江辛对我说，“笛生这次算是将功补过了，这一走，他比我还着急，为了得到你的消息，连垃圾堆都翻遍了。”

什么叫将功补过？

江辛说：“放心吧，我都跟他说了，要是他再敢趁我不在的时候把你气走，我就直接把他赶出家门。”

啊？原来如此。

原来他替我承担了所有的过错，我真不知道该说什么好了。

洗澡的时候，我好像不是我了。我给全身打上洁白的沐浴露，然后忘记了我要干什么。我捏着浴球从淋浴房里走出来，看到卫生间里的那面大镜子，我伸出手去把上面的雾气抹掉一层，看到了我自己涨得绯红的脸颊。到底是因为蒸汽还是因为什么？

我发现自己真的是很幸福呀，以前一直把“幸福”这个词想得很遥不可及，现在才知道其实它降临的时候也是这样让人猝不及防。这样想着我又傻乎乎地笑了，我用沾满泡沫的手捂着嘴巴，一直笑到我全身发抖才想起来这是在洗澡。我连忙又钻进淋浴房里，脚一滑，脚趾不小心碰到了墙上的瓷砖，又麻又痛，我才清醒过来。

难道，幸福非要这么傻不可吗？以前我没有发现我是这样缺根筋的人啊。

可是，当我洗完澡从卫生间里走出来时，却发现气氛有些不对。他们父子俩正坐在沙发上，面对面地抽烟。连拿烟的姿势都那么像。难道，他把什么都告诉他了？我拿眼睛偷偷瞄江爱笛生，他却好像没看见我似的。哦，天，他到底是如何跟他说的呢？正这样想着，我又看见江爱笛生站起身来，仿佛要跟我说什么。我连忙装作没看见，抱着我的一堆衣服，把它们放进阳台上的洗衣机里，转身对他们说："我去休息一会儿，晚饭不必叫我吃了。"

我压根没有管他们听见没有，也没打算听应声，就迅速低头往楼梯上走去。看来，我又只好用我唯一的本事"逃离"来面对这一切了。

"醒醒你过来。"江辛喊住了我，我回头，只见他拍拍沙发，示意我坐到他身边去。

我已经感觉到了暴风雨就要来临的前兆，但江爱笛生也在向我招手。他看着我的眼神充满了鼓励，给了我无穷的勇气。是啊，我在怕什么呢？我不该怕什么的，不是吗？

可是我还没走到江辛身边，他的声音就已经残酷地响起。他说："我不会允许你们在一起。"

我，不会，允许你们在一起。

"爸！"江爱笛生已经愤怒地站起来，冲着他大喊，"你没这个权利！"

"是吗？"江辛慢悠悠地答，"那我倒要看看我到底有没有！"

大约也是知道他父亲的本事，江爱笛生的面孔一下子变得很灰败，不过这种灰败只维持了几秒钟，当他的眼光转过来落到我身上的时候，活力和希望又神奇地回到了他的脸上。他走上来，用力扯过我，把我推到他父亲面前："醒醒，告诉他你的心里话，告诉他！"

可是，叫我说什么好呢？我爱上了你的儿子，你儿子也爱上了我，请成全我们吧。这样的话，叫我怎么说得出口呢？

我真恨江爱笛生，明明知道江辛的性格，为什么他不能够慢慢来，为什么非要这么着急让他知道一切呢？

“你对感情的事情认真过吗？”江辛说，“你听听你妈怎么说的，女朋友天天都在换，不务正业，吊儿郎当，成什么体统！”

“我哪有换！”江爱笛生说，“我妈那都是臆想的！她有臆想症你知道不知道？”

“你太过分了！”江辛气得把烟狠狠掐灭，也站了起来，“你自己不三不四，还说你妈有臆想症！”

“你才过分！”江爱笛生的声音比江辛还要大上一倍，“你管过我多少呢？了解我多少呢？我说什么你都不信！还用自以为是的老眼光来看我，连不三不四都拿来形容自己的儿子，更丢脸的是你！”

“你……”江辛指着江爱笛生，好半天才说出一句话，“这件事到此为止，明天我就带醒醒回南京！”

“那我就带她回加拿大，看她跟谁走！”

父子俩吵得不可开交，眼看战火越烧越旺，我只好把江爱笛生拉到一边，悄悄对他说：“你去里屋，好不好？”

“你跟我走。”他一把揽住我，用力之猛，差点让我全身散架。

我好不容易挣扎开，推了他一下，说：“你先进去，我来跟他说。”

“好吧。”他终于妥协，“不过你一定得告诉那个古怪的老头，我是认真的。”说完，他又挑衅地看了江辛一眼，好像随时等待他的挑战一样。

好不容易把江爱笛生劝进里屋，我回头看江辛。他坐在沙发上，一言不发，看来此事对他的打击真是不小。我走近他，在他身边坐下。他伸出手，抚摸了一下我的头发说："醒醒，你要相信，我是为了你好。"

"江伯伯。"我叫他，记忆里，这是我第一次这样叫他吧。不过，我的表情很自然，自然到令我自己都惊讶，难道是因为我曾好几次呼之欲出差点这样称呼他的缘故？

我停顿了一下，才问："你真的爱过我妈妈吗？"

几乎是毫不犹豫地，他就点了头。原来他没有想要回避，也不想在我面前伪装。我的心里略微震动，居然有些许感动。

"爱情是什么？"我问他。

他想了一下回答我说："就是爱一个人，全心全意，不考虑任何回报。"

"可是，"我说，"你知道她有家，有老公，为什么还要逼她离婚呢？"

江辛不是一般地惊讶。他转头看我，差点直接从沙发上站起来。

没等他说话，我继续说了下去："十七岁的某一天晚上，我看到了我妈妈写给你的一些没有寄出的信，还有你们的合影。从那一天起，我就恨你，恨死你了。我觉得，你就是一个恶魔，是你，夺走了我妈妈的生命，还有我们全家的幸福。所以，当你出现在我面前的时候，我真恨不得把你撕成碎片。失去爸爸后，我选择跟你走，其实最主要的原因也是希望能有机会报复，我想看到你家破人亡，看到你所有的付出都不被承认……我的心里，真的是这样想的。可是，当我自己遇到真正的爱情的时候，我才知道它是那样神奇，排山倒海，不可理喻，无法自控，就好像地震，天地都不复存在了……我有些语无伦次，但你一定懂的，是吗？就像我到现在才明白那时候的你和她，因为相爱却不能在一起，一定一定会有许多无奈和辛酸。江伯伯，说句实话，我也不知道我和笛生以后到底会怎么样，但是，请相信我，在我眼里，他真的很好。我很喜欢他，他也很喜欢我。给我们一次机会，让我和他试一试，好不好呢？就算是试一试，也好过就此放手，终身遗憾，你说对不对呢？”

其实说这些的时候，我几乎没有停顿，完全是想到什么就说什么。我觉得自己好像一条深海游鱼，不知何故，浮在了最浅层的海水里，每一下呼吸都那么艰难，鱼尾搅动水面，我满脑子都听见哗哗的水声，却什么也看不见……

说完这些，我没敢抬头看江辛。我没有把握，他会不会被我打动，然而，就在这时候，里屋的门被一下子打开了，只见江爱笛生像个炮弹一样从里屋弹出来，大喊着：“醒醒，你说得太好了，我爱你，你真是太有才了！”

说完，他当着他父亲的面，用力地放肆地毫无顾忌地将目瞪口呆的我紧紧地拥入了怀中。

12

大年初四，江爱笛生陪我回了老家。

南山的墓地，距离上一次来，也已经有两年了。我依然记得，上一次回来是她的忌日，夏天，漫天飘着细碎的雨丝。以至于重新踏上这条散落着花瓣碎片和枯败枝叶的小径的时候，我仍依稀记得那微凉的雨水密密匝匝落在脸上的感觉。

只是，那时和我一起祭奠白然的他，如今正在等待我的祭奠。

他和她相隔不远，我先去看她。

十二年不变的相片，除却泛黄，完好无损。她仍然是亘古不变的笑容，清澈而多情的眼神，可眉宇间那股无可救药的忧伤却若隐若现。直到今日我才蓦然发现，原来江爱笛生拍的我之所以独特，只是因为把我拍得好像她，或许正是因为这张照片的影响，我才觉得仿佛对照片里的自己似曾相识一样。原来我从未忘记她的模样，原来记忆永远不会背叛自己的心，原来我一直都是她的小小女儿。

噢，你见到他了吗？在那个世界，你们有机会好好相爱了吗？即使你从未抚摸我，牵过我的手，妈妈。你恨我如同恨你自己，爱我也如同爱你自己，不是吗？

而他，仍旧是不变的宽容眼神，皱纹舒展开来，乐呵呵地看着我，看着来看他的所有人。我窝囊的爸爸，善良的爸爸，他仍宽容我吗？宽容我在他刚刚下葬后就匆匆离开这里远走他乡，连他去世后的第一个清明时都未曾来他墓前给他磕过头。他宽容我不是吗？他仍然在笑，在原谅，像他这辈子一直做的那样。像从未离去，依然会在某个清晨端给我一杯牛奶，然后温和地对我说："醒醒，周末爸爸给你做鱼吃。"

我终于撒开江爱笛生一直紧紧攥着我的手，跪在他的墓前。

这迟到了多少天的"对不起"，远在天堂的你可能听到，可能了解？

子欲孝，亲不在。树欲静，风不止。

天下可有别的事，比这更加悲恸无奈？

江爱笛生不知道何时也默默跪在我身后。他重新牵住我的手，温暖的体温传递过来。他对着他们用宣誓一样的声音说道："请放心，我一定会照顾好醒醒，今生今世，都不再让她受一丁点委屈。"冷风刮在我布满泪水的脸上，一阵阵刺骨的痛后是满心的感动和幸福。

哦，我的双亲，这是你们赐予我的幸福吗？是你们的安排吗？如果真的是，我会更加义无反顾，好好珍惜。

不知道过了多久，身后传来脚步声，我和江爱笛生同时回头，看到的竟然是许琳和路理。

江爱笛生扶我站起来。我用衣袖擦掉泪水，许琳悲喜交加地看着我，许久才说："回来了？回来了就好。"

她身后的路理，手里抱着两束白色的不知道名字的花朵，对我点点头，微笑。

这微笑，连眼角都上扬的落拓温暖的微笑，一如从前。就在他笑的那一刹那，我几乎已经肯定：他没有变，他仍然是从前的他。可是，为什么……为什么他不和米砂在一起，为什么他会有新的女朋友……有太多的为什么我想质问他，可江爱笛生却一直握紧我的手，让我没法走上前。

路理一直微笑地看着我，那眼神里有祝福，有惊讶，还有些别的什么，我却不能一次读出。他只是笑，一句话都没跟我说。

我的眼光又落到许琳的身上。只不过才两年的时间，原来人也会变得如此之快。她那头两年前烫的卷发如今已经不是很时兴，可是看得出来，她并没有换新的发型。她仍然穿着两年前的旧衣服，一件简单的灰色大衣。真的像人们常说的那样，四十岁后的女人，一年一个样吗？不，我不信。我仍然记得那个夏天她穿着漂亮的粉绿色裙子，抹着橙色的唇膏，带着一个话剧团的女孩子们在舞台上笑靥如花的样子。那才是真正的她——有爱情，有秘密，有希望，有成功。

可是如今呢？生离死别，或许才是催人变老的致命毒药吧。

路理一只手拿着花，从我父亲的墓前往白然的墓地走去。那一瞬间，我仿佛被雷击中。他的腿……

我分明看到，只是短短的距离，他的步伐就异于常人，甚至要许琳伸手去扶他。只是短短的一秒钟，我想明白了——

米砾口中的瘸子，就是路理！

我捂住嘴退后了一步。我想上前，却又踌躇，最终没有。

只一秒我就完全明白了，他是因为救我才这样，所以米砂才不告诉我，不是吗？他是因为瘸了，才不希望连累米砂。一定是！不是吗？

我站在原地，恨不得用土把自己全身埋起来，豆大的眼泪随着胸腔的起伏一颗颗落下。我无法自控地两腿瘫软。

不明白情况的江爱笛生搂住我的腰，着急地问："醒醒你没事吧，要不要先回去？"

我再也无法说出话，连以手掩面的力气都没有。也没有跟他们说再见，就让江爱笛生扶着我，匆匆离开了南山。

天依然下着小雨。我无力地躺在出租车里，看着窗户上细细的水雾，渐渐模糊了一切景物。我无法从刚才的震惊里恢复。江爱笛生一直握着我的手，不停地说话：

"你是不是发烧？"

"我们去医院好不好？"

"你到底有没有事？"

我虚弱得说不出一句话。我把头放在他的膝盖上，泪水仍然不停地流着，一定弄湿了他的裤子。他用手遮着我的眼睛，泪水就从他的指缝里源源不断地流了出来。

可不可以把我的腿换给他？可不可以？

我想还给他，还他们幸福。我说过，只要米砂幸福，我愿意倾尽所有。可是上天，你为什么偏偏不让我如愿？是我的任性，毁掉了这一切，是吗？可是我却活得比他们好，还心安理得地享受着所谓爱情的幸福。哦，我的天，我算什么东西？

回到宾馆以后，江爱笛生一刻也不离地守着我。

他皱着眉头用一块热毛巾给我擦脸，一边擦一边用他自以为是的语气说："原来以为琼瑶的片子是骗人的，现在才晓得，女孩子的眼泪真的可以这么多！多到这么恐怖！”

这是我第一次觉得他的笑话一点也不好笑。而且不知道为什么，在他给我擦完脸之后，或许是因为一冷一热太过刺激，一股恶心的感觉涌上心头。

我推开他冲进了卫生间。我吐得昏天黑地。吐的时候，我没有忘记锁上门。我不想让他看到我丑陋的呕吐的样子，不想和他一起揭开伤疤查看皮肉。他一定不会懂，一定不要懂。他一定不要来参观。

他一直耐心地敲着门，说：“喂喂，你有事没事，你放我进去。不然我要翻脸了。我要砸门了。”

我把门拉开一道缝，对他说：“可不可以让我一个人待一会儿呢？”

“不可以。”他说着就要拉开门进来，幸好我早就有准备，用脚死死地抵住了门的下沿。

“好吧。”他疼爱地看着我，用一根手指在我的额头上轻轻地抚摸了一下，说，“那我过半小时再来看你，好吗？”

我点点头。

他恋恋不舍地离开了卫生间的门。

我自己将秽物处理干净，然后拨通了许琳的电话。谢天谢地，她的号码还是原来那一个。她很快接了，并跟我说：“听说你们住宾馆，我正打算把你家钥匙送过去。”

“为什么不告诉我？”我问她。

她犹豫了好一会儿才答：“因为路理不让。”

“我要见他。”我说。

“他走了。”许琳说，“看过你妈妈之后，他就走掉了。”

“啊？”我说，“他去了哪里？”

“说是跟家人一起出去度假。”许琳说，“他给你留了一封信，等见面的时候，我拿过去给你。”

他留了一封信。他见到我就走。他一定恨死我了，是吗？他不会原谅我的，是吗？

我挂了电话，眼泪又要下来了，当我拉开卫生间门的时候却惊讶地发现他靠在门边。他双手插在口袋里，好像等待已久。见我开门，他轻笑了一声，然后用一种无比古怪的口气对我说：“你的眼泪，都是为那小子流的，对吗？”

我觉得，我没有任何解释的力气。

“你想清楚了，我和他，你只能选一个。”

这是他留给我的最后一句话。

13

江爱笛生走了。整整七天时间，一直杳无音讯。

这些天，许琳陪我住在家里。这个家，比以前还要干净整洁。阳台上，甚至放着几个开着小朵花的盆栽。

“都是很便宜的品种。”许阿姨淡淡地说，“过年了，家里应该多点喜气的。”

这里的一切都完好如初，除却样式老旧了些，起码还能再住上十年二十年。谁都不会相信，整整两年的时间，除了许琳，谁也不会来这里吧？她一定十分思念他不是吗？这家里的每一个角落，她用抹布抚过的时候，是不是都流过眼泪？

我忽然想起什么，一回眸，果然看到了它——相片被重新裱好，仍旧放在那个摇摇欲坠的铁钩上。

从前我没有一刻不在盼望它会突然松落，这仿佛符咒一样的相片会自己掉下来，碎成一地。

后来是我亲手砸碎了它，可是如今再看，这上面那两个人都已经离开人世，而那个顽固的锈钩，却仿佛一只冬眠了许多年的甲虫，仍旧是第一次被我诅咒时的那副模样——不死不老，十年如一日。

人的生命，居然比一只锈钩的寿命更无从叫人把握，叫我如何能不更加发疯一般想念他呢？

是的，发疯一般。

我关起门来，不理任何事。日日坐在家中，除却守着一台电话机和一台永远不见他上网的电脑，我几乎做不动任何事，只是用家里的旧料子给许琳做了一件春天穿的大衣。

我不管她需不需要，喜不喜欢，我只是想要送件礼物给她。

这不是一种偿还，事到如今我才真的明白，偿还根本就是一种错误的逻辑——你还我我还你，如果这本是应该的，那世界上岂不是不会再有恨和亏欠，事事都会皆大欢喜吗？

不，正因为人人都认为偿还理所应当，却又不肯承认自己亏欠别人，所以才有如此多的人间悲剧。

并且，我越来越相信，只有思念才可以让一个人迅速变老变憔悴——如许琳，如我。我只是不再恨她，如果不是我对她那样有偏见和怨恨，怎么看，她都是爸爸最适合的妻子，不是吗？爸爸去世这么久，她仍然孤身一人，时时来这里看护打扫，甚至给这座已经死去的屋子带来植物。我能想象，她一定对着他的相片说过话，也一定骂过他。

生死如一的爱，才是真正的爱，多么珍贵而难得。这样一想，那江辛和白然又何尝不是呢？白然用死亡捍卫了她的爱情，而我的“仇人养父”，他难道没有因此付出代价吗？远在国外的疯妻，重蹈自己当年覆辙的儿子，哪一桩事不会深深刺激他的心，让他日日夜夜承受这份沉重的爱带来的愧疚和自责呢？

造化就像个拿着一把剪刀的顽童，剪断了这条线，又给那个打上了沉重的死结，然后他拍拍手自顾自玩去了，全然不管这乱成一团的线条已经解都解不开，扯也扯不断了。谁能告诉我，我该怎么办？

路理写给我的信，我已经反复看了很多遍：

醒醒：

你好。今天的相遇，没能跟你好好叙旧，真是遗憾。不过能看到你，已经很开心了。我更开心的是，你有你的王子在守护你了。

一切都比我们想象中的好，不是吗？

不过，如果以后他欺负你，你一定要告诉我。虽然我是个瘸子，但可别小瞧了我的力气，我打架可是一等一地厉害，你应该记得的，呵呵。

别说对不起。我不见你，就是因为我不想听到，不想听到你说“对不起”。我的命本就是你妈妈用生命换回来的，能活着已经是幸运，更何况，上帝既然要我活着，一定是要委我重任，挫折和痛苦都是考验——你说是不是呢？所以，我压根没有颓废，你如果来同情我，我可是会真的生气的。

至于米砂，我是真的骗了她。我没有跟别人谈恋爱。你猜得没有错，我是怕连累她。可是我更怕她因为跟我在一起而得不到幸福。所以，我愿意等。等到有一天我有这个能力证明，米砂跟着瘸腿路理也会一样幸福。虽然他再也不是那个英俊潇洒的王子，但是他是一个真正的男人。

可以给自己的爱人带来幸福的真正的男人。这比什么王子不王子的，重要多了，不是吗？

我们需要时间来长大，更需要时间来变得强大。

那样的结局才是她、我、你，我们所有人满意的，你说呢？

路理亲笔

我恍然觉得，现在的他，才真正配得上“王子”的称号。他比那些平凡的男生不凡那么多倍，最重要的一点，我到今天才发觉——是勇气。

他有勇气去等，去创造，去改变一切。所以，才有他的优秀，才有他的坚强。所以他走在我们所有人前面，成为一种标志和榜样。

莫醒醒也可以，难道不是吗？我把路理的信一个字一个字敲出来，Mail给米砂，同时附上我自己的一封：

亲爱的米砂：

今天，仍旧没有他的消息。已经是第八天了。我还是坐立不安。一会儿把他给我照的照片贴满了墙面，一会儿又撕了下来，小心地收好。我在家里走来走去，反复看他的每一篇日志和POCO上的照片，睡着了就想起大年夜的海边。幸福如此不真实，难道它真的没来过吗？还是对莫醒醒来说，本不该奢望什么幸福呢？

今天江辛打电话来，他嘱咐我早点回去。他还说江爱笛生就是这样喜怒无常，总有一天会回来，让我根本不用理会他。他虽然嘴上没说，可是我总觉得，他其实是默默支持我们的。否则，他一定会像以前一样二话不说，一把就把我揪回南京或者北京了。可是这次他没有。

他一定明白那种赴汤蹈火的爱，睁眼是他，闭眼也是他，烈火焚身，除了在一起别无选择。可是，他怎么可以这样误会我呢？爱情难道不是该互相信任的吗？我有勇气和江辛对峙争取我的幸福，却没有勇气向他承认过去的过错，甚至对他撒谎。我是不是又犯了一个天大的错误？

我现在才明白，我所有的错都因为逃避而起。我人生中的前二十年里，每一天都在逃避，可逃到最后却什么也没有逃掉，反而更委屈。

所以，米砂，我真的明白了，爱情如此自私，又如此无私。自私到绝对不允许一丝丝背叛，又无私到因为害怕连累对方而主动退出，可却用一辈子去默默等待——哪怕相伴的只有回忆而已。

路理对你，也是如此的吧？

所以米砂，不管我们走到哪里，我们是不是都不应该放手呢？

醒醒

写完这封信，我一头倒在床上，睡着了。

第二天我醒得很早，我决定上街走走。

春天的脚步已经接近了吧。我梳了辫子，化了一些淡妆，走出门的时候，甚至错觉般嗅到了迎春花的味道。

童年的迎春花雨，像一场金黄色的梦。那时的伙伴们每当幼儿园放学时一起走过西落桥，总有调皮的那几个，拼命摇着桥墩上伸展过来的那一簇簇黄花，沾满花粉的迎春花就这样扑簌簌落下，宛如雪花，掉在小姑娘们的辫子上和花衣服上，惹得阵阵欢笑。每当这时候，阿布就像一个威武的保镖，同时扶住我和蒋蓝的肩膀，飞快地带着我们从花丛下走过。

他严肃地警告我们："花粉会招来蜜蜂。"

往事已矣，谁可去追？

不知不觉，我又走上了去往西落桥的路。拆迁以后的那里，变作一个大垃圾场。两年后的现在，不知那里又变作了什么样？

小小的西落桥，又一次重现在我眼前。破旧的桥身，狭窄的桥面，待我走近时，却不得不停下脚步。

“此处施工，敬请绕行。”

红色的大字，油漆已经剥落，仿佛为了配合这个新年的喜庆气氛。

可是——此处施工，敬请绕行。

仿佛一扇记忆之门，正在面对我悄悄关闭。看来，我连重新踏上它感受物是人非的机会都没有了。我转回身，低下头离开。不知命运女神此刻想要告知我的秘密是什么。

谁都没有重来一次的机会吗？

那些甜蜜和悲伤，幸福和幻觉，全都不能重新经历。

走出去没多远，我忽然发现一家小小的风筝店。这才是二月的光景，居然就已经开门营业了，好勤劳的店主。门口的架子上，挂满了五颜六色的风筝，有大雁、金鱼、燕子……我的目光停留在燕子上。

蓝色和粉色相间的翅膀，淡黄色的半月形眼珠——这和记忆里那最初的礼物，居然是如此相似。

我情不自禁地走上前，细细端详那个风筝，一边随口问道：“多少钱？”

“二十块，买一个试试？”我心里一动，看向那个老板。

是阿布！

真的是他！

我吃惊地望着他。他仍然在笑，接过我手里的风筝，一边抚摸一边说：“喜欢哪个，我替你拿！”

我仍旧迟疑地看着他。我敢确定是他。可是，难道，他认不出我了？

我就要失声喊出口：“阿布——”可是声音被里间一个更嘹亮的声音盖过：“老公！”

我循声望去，几乎失声尖叫。

那居然是——蒋蓝！

我发誓我没有认错，虽然那头如瀑布般的鬈发被挽成一根大大的麻花辫子，垂在胸前。她穿一件米色的短风衣，双手居然戴着白色的袖套。但是那副从小到大从未改变过的有些娇媚又有些倔强的眉眼，我一辈子也不会忘记。

她也看到了我。我们在彼此震惊的目光里，更加确认了彼此。她的眉眼变成了笑意，几步走上前来，她挽着阿布的胳膊说：“莫莫——她，她就是莫莫啊！”

阿布上下打量我：“莫莫……”

蒋蓝用嗔怪而带着爱意的眼神看了他一眼，然后她麻利地卷起袖子，从里屋搬来两张小凳子，用袖套擦了擦，对我说：“有时间吗，坐下聊聊？”看得出，面对我，她还是有些尴尬的，但她已然是贤惠的家庭主妇，一脸的殷实和热忱。一刹那间，我居然想不起她任何的不好，只有那个西落桥边一蹦一跳的蓝裙子小公主的背影，仍然在我的瞳仁里充满生机地跳跃着，甚至越走越远。

谁能告诉我，不过是短短的两年的时间，到底可以改变多少人，多少事？

谁能告诉我，十二年以后，是谁安排的这一场西落桥边的相逢？桥已毁，人犹在。命运顽童的剪刀游戏，你到底把生命的谜底藏在何处呢？

“他不记得过去了。”蒋蓝看着阿布忙碌的背影说，“不过，不记得也好，是吗？”

我的眼泪，它又要不听话地来。还好，我忍住了。

离开风筝店的时候，已经是黄昏。夕阳里，阿布送燕子风筝给我，往事历历在目，只是他身边的蒋蓝公主已经学会了发自肺腑的微笑，而不是冷冷地别过头去。

认识她这么久，这是我第一次觉得她美丽，而不是傻气十足地漂亮。

上天真是宠待他们。不是吗？

我把燕子风筝背在背上，一路走回家。我幻想自己长出燕子的翅膀，可以飞啊飞，不停地飞翔，直到追到他的方向。

回到家中，打开电脑，我看到米砂的回信，说是信，其实就是一张卡，卡上一个男孩一个女孩，都笑得如此灿烂。米砂只在上面说了一句话：真正的爱情永远都不会彼此失散。

真正的爱情永远不会彼此失散。说得多好！

我把它写在他替我拍的照片后面，装进我的日记本里，连同那个风筝，一起收进了大大的行李箱。

临走时，我把那件大衣摆放在客厅里的沙发上，希望许琳会喜欢。这是我替我的父亲偿还给她的一点点爱，当然也是我给她的，希望她会笑纳。

江辛来车站接的我。关于江爱笛生，他一个字都没有说。

看来，他也没有他的消息。

南京的家还是那样宽敞、明亮。我跟在江辛后面，就在我进门的一刹那，我差一点晕倒在地。

我看到了一个巨大无比的水晶沙漏，几乎快要顶到天花板的高度，两人合抱才能圈住的宽度。白色沙砾，正源源不断地缓缓滴出。江爱笛生胡子拉碴，穿着一身黑色的衣服，像一个从天而降的能工巧匠，得意地用手指弹了一下通体晶亮的沙漏，抱着臂对我说:“怎么样，酷不酷？”

我僵在那里，动也动不了。

他抚摸着沙漏，笑眯眯地说:“这是我送你的定情信物。发火砸不碎，想丢丢不了，结实到让你没法摆脱。你以后必须走到哪带到哪，见人就说是我送的，听见没有？”

如果不是因为持续的思念几乎耗尽我所有的力气，我一定会打破他的头。

“这是我用十五天的时间，找到我的三个做美工的朋友，花了七十个小时做出来的。不过，工资是老爸赞助的，不然我就要倾家荡产。哈哈。”

什么？江辛？

这是一场阴谋！

“过来。”他招呼我，“走近了，来看看你喜欢不喜欢？”

我慢慢地走近，没靠近沙漏，却已经被他拥入怀中。

“想我吧？”他问我。

“不……”我说。

“撒谎。”他笑，“别怪我，其实呢，我就是要让你想我。只有这样，你才会死心塌地地相信，你真的爱上了江爱笛生。那个人是我，不是别人。就这么简单。你以后跟定我了，就这么简单。”

“就这么简单”，我现在是多么喜欢听到他说这句话。从前对我而言是那样复杂和晦涩的世界，让我一直惶恐逃避却四处碰壁，每一步都走得气喘吁吁，不胜重负。可是现在，一切变得就这么简单，只要有他在。他带着我飞速逃离所有伤痕累累的曾经，让我终于可以微笑着离开过去，像风筝，飞向很蓝的天。

我想我永远都不会忘记，在我二十岁这年的春天，一个巨大的白色沙漏载着一份简单的幸福住进我的生命里，纠缠我多年的顽疾就这样不治而愈。如同青春岁月的最后一场海啸，灾难过后，一切重建，宛如新生。

我们如此幸运。

番外·微雪

1

冬天最后一场雪降临的夜晚，是我高三下学期开学的第一天。

我在凌晨就听到雪花跌落地面的声音，拉开窗户，果然看到一片荧光的白。

起身下楼，发现米砾竟比我早起，正在收拾他的东西，他没有让李姨帮忙，看上去很有条理的样子。他终于脱下了他的那些奇装异服，把稍显小的校服别扭地套在身上。

那是天中的校服，我也有过两套，只是，我再也没有穿它的机会了。穿上校服的米砾看上去挺高兴，他在客厅中央的白色地板上滑行，又立住，展示了他连续的绚丽转圈，手托额头，居然背诵了一句校训："天一中，展风流。发展中显个性，团结中争创新。"

李姨正在拖地，只顾着看他表演，自己差点踩到拖把上摔倒。我也跟着没好气地笑了。米诺凡在楼梯上大声地喊我们快点把东西准备好，米砾趁他没注意朝楼上翻白眼，然后溜到我面前悄悄对我说："米二，我有个天大的秘密，你想不想知道？"

米砾是个没什么秘密的人，所以他所谓的天大的秘密实在是引起了我的八卦之心，于是我很配合地看着他，等他公布答案。他朝楼上看了看，又朝往厨房走去的李姨的背影看了看，这才凑到我耳边小声地说："昨晚我偷听到米老爷打电话，好像是说高考太苦了，要把我们弄出国。"

什么？

"说说而已。"米砾有些紧张，又有些兴奋，笑嘻嘻地搓着手，没出息到了极点。

"抓紧点，送你们报完到，我还有重要的事。"米诺凡一面说一面拎着一条金光闪闪的领带从楼上走下来。

他走到我面前，捏着手中那条有些过分扎眼的领带，对我说："这是一个生意上的朋友送的。今天要和他见面，不扎这条不行。我只会一个打法，你上次替我打的那个叫什么结来着？你再替我打一遍吧。"

"温莎结。"我纠正他。他昂着脖子，把自己的衣领竖起来，等我替他把领带围上去。

我记得那打法，且永远不会忘记。

我只不过三下五除二，很快就打好了领带。

我仍然记得，上一次替他打领带，是我十三岁那一年。因为前一天家里的领带都送到店里去做护理，只剩下一条宽领带和一条平时上班用的领带。他又临时决定去参加一个酒会，急得直冒火，打电话逼他的秘书十分钟之内出现在他面前并替他打好领带。

是我自告奋勇地解决了所有问题。

只是他不知道，这种打法，是么么教我的。在我五岁还是六岁那一年，我们一个下午坐在一起，玩打领带的游戏。

她竟然教给我六种打法，到现在我都全部记得。

或许我遗传了他的偏执，我一直坚定地认为：总有一些事，是米诺凡所不必知道也不能理解的。

无论如何，我们的关系有所改善，除却一桩问题——他发誓永远不和我达成一致，那就是关于我的感情。这是一个让米诺凡永远头疼永远想不明白的问题，用他的话来说：从拉拉到瘸子，米砂你是不是故意要让我这个当爸爸的疯掉才罢休？

天地良心，我怎么可能谈得上“故意”。

这一天，米诺凡是先送我，再送的米砾，他的宝马730开到天中还有人多看一眼，开到我们这所所谓的“贵族学校”就属于正常级别。车子在校门口停下来，他们一人替我拖一个箱子，非要送我到宿舍。老帅男系着一条洋气十足的领带，小帅男穿着闪亮的天中校服，自然一路吸引无数的目光。

米砾犯骚，故意过来搂住我的肩，一步三晃。我脸红脖子粗地推开他，他哈哈大笑说：“好心没好报，我这样做是要让老爹放心，告知天下咱米二早名花有主，让这所学校里的男生从心碎到心死，你也就安全了。”

“万事靠自觉。”米诺凡说完，意味深长地看了我一眼。我不夸张，那一眼真是意味深长，好像抓住我什么犯罪证据一般让我气短。

“老爹。”我心里不爽，于是恶作剧地爆料，“米砾在谈恋爱。”

“你胡说！”米砾扯着嗓子吼。

“他爱上洋妞，不信你查话单，越洋电话可不是一般地贵。”

“胡说，我都打网络电话，很便宜的！”米砾喊完才发现上了我的当，拖着箱子追着我打。我转身，看到米诺凡竟然在笑。

儿子恋爱，他笑成这样。我恋爱，他就伤神伤肝，这算哪门子事？

真不公平！

“米二，我要跟你比赛！”米砾走的时候，忽然回身，头从我宿舍大门口歪过来，朝我眨了眨眼。

“什么？”我没听明白，追到门口。

他没有解释，而是飞身跑掉，甚至一个箭步冲到了米诺凡前面，只不过很快刹住脚步，又回过头来。我们的眼神有刹那交会，那是一种很奇怪的感觉，在我和他之间，本应该常常要有却总是没有的，应该属于双胞胎的奇怪体验。

此米砾已经完全非彼米砾，他是要好好干一场了，我明白。

我还是替米诺凡感到高兴的。一儿一女，有一个争气的就好。这么一来，我又被自己自暴自弃的想法给吓了一大跳，我怎么可以这样，绝对不可以这样！

米砂没有认过输的，不是吗？

我环顾四周，这里的一切都和天中大不相同。宿舍很大，而且一间只住两个人，同屋的女生没来，我一个人待在那里发了很久的呆。然后，我决定去做一件事。

一件我想了很久要做，但是一直都没有去做的事——去见他。

我要救自己于恍惚之中，这是必须的。

米诺凡，请你一定要原谅我。

半年了，我仍然记得最后一次见面。在明亮的麦当劳落地窗前，他仍然给我点果汁，他自己喝可乐。我不作声地吸光了一整杯果汁，才犹犹豫豫地对他说："我已经答应了爸爸，高考前，都不和你联系。"

"好。"他仍然穿白色的T恤，答应得那么干脆。那一刻，我不是没有感动的。我原以为他至少会询问原因，而我就可以把事先准备好的理由和盘托出。

两情若是久长时，又岂在朝朝暮暮?

我甚至写好了这样勇敢又有些不知廉耻的诗句，准备趁他不注意，偷偷塞进他的口袋。可他居然如此信任我，连原因都不问。所以，我又有些要了命的遗憾。噢，真是患得患失。

因为腿伤的原因，他并没有考上北京电影学院。他在本地上了一所普通的大学，他读的专业，是听上去很神气的工商管理。但是谁都知道，在那样一所什么都不是的大学，学习这个华而不实的专业，对他的将来意味着什么。

不过，他似乎并不怎么遗憾。他很认真地对我说："天将降大任于斯人，必先苦其心智。"那时未读高三的我，居然就天真地相信了他的话。

可是，待我读到高三，才得知，他读的专业，按理说无法接纳肢体残疾的学生。可见他能进这个专业并不容易。

天中的论坛里，有许多无聊又花痴的女生，把他叫作“拜伦王子”。她们在第一时间报道他的行踪，分析他的生活，甚至仍然关心他的情感现状。

不过更花痴的是我，我特地去学校图书馆借阅《拜伦传》，花了整整一天的时间去研究这本枯燥的巨著。

十九世纪的诗人拜伦天生残疾，因此变得愤世嫉俗放荡不羁。

多么可笑，他压根不是这种人。我还了书，回到教室，心却飞到外面。我还是关心他的一切，希望天天和他发短信或者打电话，但我真的不联系他，他也就真的不联系我。我有些不爽，一有空小心眼就往上冒。

我希望他思念我，像我思念他。

只是他果真就此消失在我的视线里和遐想里，连二十四小时开着的手机，都不曾接到过他一个电话。

我便也赌气地过了这半年。

他居然如此遵守诺言，我却不知道该高兴还是难过。

鞭长莫及。

整个高三上学年，是以从未有过的飞快速度从我耳畔倏忽消失的。

直到我在期末考试的语文试卷上看到这个词语，题目是辨别下列成语的写法是否正确。

鞭长莫及，鞭长莫及。

我想起曾在醒醒家的阁楼里和她一人一只耳机同听过的歌

曲，应该是那个从天中走出去的名歌星，她用好听得无法形容的嗓音唱道：你在很远的地方，思念它鞭长莫及，我在漆黑的夜里，听过的每一首歌曲，说的都是啊，关于爱情的道理。

往事从已经忘掉旋律的歌里固执地飘出，我握着深蓝色自来水笔的右手指尖忽然如同被针刺到，感到仿佛幻觉的一阵痛。自来水笔从手中掉落，一下子滚到地上。我慌忙去捡，可又不慎从座位上摔了下来，简直狼狈至极。

整个考场里的男生女生，都发出了轻轻的笑声。

我站起身，急得满脸通红。陌生的老师走到我身边，替我捡起地上的笔。

我猛然一回头，视野里白茫茫一片。

这里谁也没有。

哦，我忘了，这里不是天中。这里没有醒醒，没有米砾，也没有他。没有人关注我的喜怒哀乐，即使丢人，又何所惧？这里只是我的高三语文考试考场，我面临一个叫作“鞭长莫及”的词语，忽然灵魂出窍，记忆差一点就决堤涌出。还好我控制得体，才不至于差点未能完成全场考试。

感谢那一刻，让我深深地明白，原来人根本无法和自己的记忆说道别就道别。雪藏在心里的往事，反而更容易生根发芽。对于他而言，也应该是这样，如果他真能彻底忘掉我，是不是代表以前的一切都只是属于我米砂一个人的幻觉呢？

所以，我这次去找他，除了单纯的说不出口的想念之外，还有点按捺不住的算账意味。另外，如果米砾说的那个“天大的秘密”是真的，那我们还有多少时间去后悔或者怀念呢？

而现在，他就站在我的面前。

他刚刚从食堂出来，像是变瘦了些，头发却更短了。下巴上似乎还有点胡楂没有刮干净，还是他故意如此？他穿着一件黑色羽绒服，略显臃肿。都说男生到了大学就会变得邋遢，路理也是这样？

我有点沮丧。

不过我发誓，看到他的第一眼，我所有的不快和怨恨都被他看着我的眼神融化了。谢天谢地，他没有认不出我。他好像一点也不感到意外，只是微笑着，用略略提高的声调说：“你来了？”

那一刻，我的眼角有些湿润，但我不想让他发觉，于是很用力地笑着走过去，说：“是。你没有惊讶，难道我没有变得更漂亮？”我努力开着蹩脚的玩笑，情不自禁走上前替他接过他手中褪色的小猪饭盒。

他没有阻止我，而是默默跟在我身后，却不上来和我并排走。

我故意走得慢些，他好像走得更慢了。

我忽然又恨起来。我对他的想念，他其实一直就心知肚明吗？还是他真的只把我的到来，当作一次普通朋友的造访，因此，不值得大惊失色，不值得兴师动众？

这些小气兮兮的想法，我自己也知道很没有道理，可是，它们就像雪花一般在我的头脑里上下翻飞，让我一句话也说不出来。

我们走着的这条路，是他们学校最主要的一条通道，道路两旁栽着的梧桐树，现在都掉了叶子。一切都是那么灰扑扑，让人打不起精神。我们的身边，也不时有拿着饭盒的学生经过，有的人甚至会大声跟他打招呼，开玩笑地叫他："嘿！路导！"

看来，他在这所学校里，也是一个小小的名人呢。

"路导？"我轻声地、几乎是无意地重复着这两个字。

他笑了，居然有些腼腆："现在这所学校，也有个话剧社。我刚导了一个话剧，反响还不错。"

是吗？也有一个话剧社？看来他的记性并不差，也许这只能说明，他想起我的时间，太少太少了。

"大学生活一定很有意思吧。"我看着自己慢慢移动的脚尖说，"你还和以前一样忙碌，一样受欢迎。"

他却没有接腔。

"下雪了。"他忽然说，"你冷吗，米砂？"

我万万没有想到，这半年里我们的分别，并没有使这重逢的场面显得更加难得和感动。至少，我在路理的脸上，没有看到这种狂喜。又或许，是我太拘谨了？

我下意识地点点头。很奇怪，已经是春天，天空居然又毫无征兆地飘起了小雪。我只穿着一件羊毛的薄大衣，开始感到一阵刺骨的寒冷。

他伸出手，轻轻地把我衣服上连着的帽子拉了上来，覆住我的头顶。我们又一次靠得很近，他仍然那么懂得照顾我，连拉帽子的动作都那么轻，末了还轻轻掸掉了我额前刘海上的雪粒。我有些羞涩地张望了一下左右，幸好并无人注意我们。我这才想起来，这是在大学里。我们并不需要害怕什么，不是吗？是啊，等我读了大学，我就可以和他拉着手去公园，去电影院，甚至去天中，我们再也不怕被人看到。

真是太棒了，不是吗？

想到这个，那些相思的苦简直算不上什么了。

他好像注意到了我兴奋的表情，提议说："去我那里坐坐？"我想也不想就开心地点点头，然后，我一下子拉紧了他的左手。

有一刹那，他的笑容凝结在脸上。

但我宁愿认为这是幻觉，因为最终，他没有推开我，而是反抓住我的手，轻轻地，牵着我走出了校园。

就好像高二暑假时，他曾在夜晚这样牵着我的手和我一起散步一样。

我庆幸我没有问他为何不住宿舍。那种上床下架的该死的宿舍构造，我实在是太了解了。关于他的腿，我从不在他面前主动提起。时间久了以后，我能做到瞟也不瞟一眼。

甚至很多时候他提起，我也绕开这个话题。

不知道为什么，每次一说起这个话题，我的心就好像被小虫子咬掉了一小块，忽然要命地疼。

如果我都这样疼，何况他呢？

他住的地方，其实离学校不远。我们一起走过一条七歪八拐的小巷，在一栋小居民楼的一层，他掏出钥匙，打开了门。

他掏钥匙的时候，也顺便松开了我的手。我的手上仍然留着他手的余温，这一次，我机灵了不少。在他打开门之后，我就轻快地跳进屋内，自己给自己先搬出一张椅子来，就放在他的写字台前另一张椅子旁边，准备坐下。

他费力地跨进门槛，顺便带上门。

我转移视线，环顾着四周。这间小小的屋子，收拾得一尘不染。干净的写字台上放着一台老式的电话，我好奇地凑近看看，一边问：“你还用原来的手机号吗？”

“嗯。”他点点头，似乎因为我忽然搅乱了他私人空间的平静气场，显得有些不安。我不管那么多，继续四下打量，让我诧异的是，在整洁的书桌上，除了电话、书、碟片和他的DV，居然还摆着一只烟灰缸！那只烟灰缸里，居然还剩着几个抽完的烟蒂！他居然学会抽烟了？

“那，不是我的。”注意到我的惊讶，他有些尴尬地急步走近，伸手把那只烟缸推到了一排书的后面。

“哦。”我轻声说。

“不知道你要来。”他有些尴尬地说，“我这里没准备饮料，只好喝白开水。”

“不喝。”我摇着头说，“我不渴。”

“对了，我有巧克力。”他弯下腰，开始在柜子里寻找。

唉，难道在他的心目中，我是这样一个要吃要喝的小朋友吗？还是，我只是一个客人，他必须要维持这种礼貌？

敲门声就在这时候响了起来。

“我去开门！”我几乎是跳起来。

我的第一个念头居然是：莫非米诺凡一直在跟踪我？

事实证明了我是神经过敏。门外站着的，是一个女孩。

我是迟疑了一秒才断定她是个女孩，因为她穿着宽松的灰绿色格子的大衣，剪着比男孩还要短的短发。只需要一秒钟我便判断出，她和我不是一个类型的。她皮肤虽然很白，可身材比我还要高一点，蹬一双蓝色帆布鞋，有些男孩子的帅气。

特别是她的一双眼睛，居然有点像孙燕姿。和她一比，我那一直没空修理的长发，倒显得老气横秋起来。

“路理，来客人了？”她一说话，声音却出奇地细弱，完全和她的长相不相符，一双大眼睛弯成两片细长的柳叶，温柔得让我想咬一下自己的舌头。我看着她径直走到房间一角的饮水机旁，轻车熟路地拿起一只纸杯，弯腰接水。

“喝杯水？”她端起杯子，对我伸出长长的胳膊。

我摇摇头。其实，我是觉得有些渴，但是看她对这个地方的熟悉，还有那种自然而然把自己当作女主人的神气，都让我的心里，有些小小的不爽。

“你是米砂吧？”她忽然叫出我的名字，吓了我一跳。

看得出，路理也有些诧异。

“你们认识？”他问。

“哪有。”这个女孩自己仰头喝了一口杯中水，在我给自己搬的椅子上坐下，缓缓道来，“因为，我去过你以前高中的论坛，在你们学校的论坛上看见了你和这位米砂小姐合演音乐剧的剧照。仅此而已。”

说完，她一仰头，把杯中的水喝尽，又用亮晶晶的眼睛看我。

不知为什么，我不喜欢她看我的眼神，于是很别扭地别过头去。

她没有强求，连尴尬的时间都没有，就低头在随身背的大大的帆布包里翻弄起来，掏出来一卷裹得严严实实的塑料袋，对路理说："我给你送带子来了。"她没有等路理接，就把带子随手放在了书桌上，这样一来，她就看到了书桌上那个烟灰缸。

她端起它，口中轻轻地哎呀了一声，一脚踩在桌子底下那个脚踏式垃圾筒的开关上，把它倒了进去。

这一连串的动作说明了两点：第一，那是她留下的烟蒂；第二，她对这里不是一般熟悉。

我不知道，我心里的想法已经偷偷侵占了我的表情，以至于那女孩转身来看着我时，表情有些抱歉。

"我叫陈果，是路理的助手，认识你很高兴。"她诚心诚意地对我微笑，我这才发现自己的脸色很难看。

我伸出手，慌乱地握住了她伸出的手："你好，我是米砂。"我好似背书一般说。

"陈果，"路理终于说，"你要不要再坐一下？我把我们拍的东西给米砂看看。"谢天谢地，虽然他说"我们"，但是他还是要赶她走。我的心里忽然一下子冒出这莫名其妙的无礼想法，连我自己也不敢相信。

"不了。"她仿佛洞悉了我的思想，果断地站起身来，把自己的帆布包重新背好，摆着手说，"你们老朋友慢慢聊，再见。"

那句"再见"一定是同我说的吧，不然为何她对我挥手道别。

最叫我心悸的是，她好像是故意露出一截胳膊，那上面有一个小小的文身，等等，是只蟹子，我注意到了。

路理是巨蟹座的！

我也伸出手，大脑一片空白地对她挥了两三下，看着她在门口低头点燃一支烟，匆匆离去。

她终于走了，转瞬之间，这间小屋里，又只剩下我和路理两人。

我的心里立刻升起一团一团的怀疑和千万个为什么，但我把它们通通压了下去。我望着门口很久，才终于练出一个完美的微笑。

我似乎能听见自己不安的呼吸，可我庆幸我笑着。“她是个不错的女孩……”我嘟嘟囔囔地说，不知道自己为什么会突然说起这个话题，“作为导演的助手，一定是很称职的哦……”

“米砂！”他打断我。

我猛地抬起眼睛看他，可是，我看不清他的眼睛。不，这不是因为我们之间已经变得陌生，而是因为，那双眼睛里，此刻忽然涌起那么多那么复杂的感情，有疼爱，有不舍，有拒绝，还有那么那么多，我们都不愿面对的回忆。

“米砂，谢谢你。”他说，“也谢谢你来看我。”他一边说，一边走到门口去。“雪已经停了，你快走吧，我还有点别的事要去忙。”

你快走吧。

原来我和那个叫陈果的，是一样被赶走的命运！我没有拒绝，也没有表示反对，我当然更不会蠢到留下来看“我们”拍的那些片子。于是，我低下头，轻轻地噢了一声，拿着我的包，走出了他的家。

米砂，谢谢你来看我。

在离开他家的时候，他的这句话，就像一枚重锤，反反复复地敲打着我脆弱的神经，不得安息。

全世界，是不是只有我能懂得这句话是什么意思？

在那个我宁愿付出生命中一半的时间来换取它的消失的那个下午，在醒醒的爸爸去世的那个下午，当他跟在狂奔的醒醒身后，冲向外面的车流时，我下意识地紧紧地抓住了他的手。在那电光石火的一瞬，我爆发出了惊人的力气，他居然无法挣脱。

“米砂！”他回过头，低声地对我吼了一句。那一刻，我看到他的眼睛，就好像刚才一样，混合着厚重得难以言喻的情感。是责备？是恳求？还是早已经了然于心的告别？而我，终是怔怔地松开了他的手，然后耳中便响起尖锐的刹车声、女生的尖叫声，还有许琳老师大惊失色的哭喊声。

那一刻，时间停滞。

时隔数月后的今天，我仍然不敢问自己，如果让我再次选择，在好朋友和最爱的男生中间，我会选择谁？我又应该选择谁？

最正确的选择，应该是我自己冲向醒醒，让所有的伤口和痛楚都冲着我来，不是吗？

在那只小小的沙漏底上，那么清晰地刻着 Please be brave，这是她对我唯一的期望。十八年来，我一直一直朝着她的期望努力，但是，当真正的考验到来时，我却不够勇敢。

醒醒，你也是因为这个，才不肯原谅我的，是吗？

雪真的已经停了。可是，我抱着双肩走在路上的时候，还是冷得发抖。

“嗨！等一等！”我忽然听见背后有人叫我，“米砂，请等一下！”

我回过头，果然就是刚才那个叫陈果的女生。

离开了那个令人窒息的小屋子，冷风让我冷静了不少。她站在我对面，不知道为什么，到了室外，她的五官看上去平凡了许多。我放下戒备，问：“有事吗？”

她把烟头掐灭，说：“你还回来找他干吗呢？”

这样突兀的问题！按我从前的脾气，我决不会继续维持礼貌。但此刻，我却有意沉下心，没有发作，而是回答：“不关你的事。”

“我等在这里，本来是想对你解释，”她回避我的问题，“可是看你刚才推门出来的表情，我猜得出，你们似乎分手了？或者，你压根还不是他的女朋友——至少不算，对不对？”

她的微笑能力不比我差，看得出来，显然长于此道，可惜她比我个子高，看我的表情就胜一筹。再加上，她接下来做了一个出格至极的举动——伸出手来，摸了摸我的头顶。

我愣在那里。然后我听见她缓慢而清晰地说：“米砂，你还在读高三，对吧？成绩很好是不是？将来准备考到北京抑或上海？你是指望用你家的宝马车载着他去美国装最新科技的假肢吗？或是干脆立志当个外科医生，如果不成功就和他天涯海角私奔去呢？你果真舍得连前程也不要了？还是让你本来就不完整的家再缺上一块呢？难道你不知道，自他断腿的那刻起，你们已经天涯永隔了？谁迁就谁，不是一种残忍呢？假装看不到，就会自己消失吗？有些问题视而不见，心里就会永远安宁吗？或许那样想的人，只是你米砂吧。”

她一口气说完这些话，几乎没有停顿，可是字字珠玑。

煌煌白日，我如被一支利剑刺穿脊背，呆呆怔在原地。

她知道的，何止一点点！谁告诉她这些？最可恨的是，我连骂她都不能。因为，所有的这些话，她说得没有一丁点错。

关于我的生活，我的一切，她了解得如此清楚，显然是做足了功课。而这些信息我相信网上不可能查到，一定是路理说给她听的，不是吗？

不可能！我使劲地摇摇头。而陈果显得有些语重心长地叹了口气：“米砂，话我已经说得很清楚，虽然我知道你们之间可能曾经有过不错的感情，但是，如果你真的好心，就远离他，不要让过去的一切打扰到他，OK？”

我脸色苍白地问：“是打扰吗？”

她果断地点头。

“是他说的吗？”

她再果断地点头，然后说：“他说了，要忘掉过去所有的一切，从零开始，他刚刚有了信心，请你不要那么残忍，再用你所谓的爱心将他拉回沉重的过去。你说呢？”

她的语气不再像刚才那么尖锐，我甚至听出一点点请求的味道，也听出了爱的味道，她是为他在请求我，不是吗？她没有参与他的过去，她爱上他只因为他是今天的他，所以，她真的比我更有资格，不是吗？

手臂上的文身，和舞台上的女主角康晓暮，到底哪个更加难以磨灭一些？

我低下我的头，转过身，失败地离去。

骄傲的米砂，你必须承认这种失败，不是吗？

2

不知道从何时起，我渐渐喜欢上没有月亮的晚上，在宿舍里，点着一盏不算亮的台灯，伴一两只蚊虫的低鸣，复习到困乏至极，然后沉沉睡去。这样的夜多半是没有梦的，即使有，也短暂而模糊，可以忽略不计。

人心里一旦平静，目标就变得专一，时间就会过得飞快。那年的冬天像作文里的一个小逗号，一顿即逝，转眼就是春天。这是个人心惶惶的春季，我们居住的小城开始流行一种疾病，轻者感冒、发烧，重者住院甚至死亡。米诺凡不再让我和米砾住校，规定我们每天必须回家，吃维生素C片，喝白醋，饭前把手洗了又洗。不知道是不是受了传染病的刺激，他变得异常婆妈，相同的话重复起来没完没了。有天半夜起风，他还来替我盖被子，在我们父与女的记忆书里好像从来就没有过这样温情的一章，我转过身装睡，却心潮起伏差不多快天亮才闭眼。这还不算什么，让我跌破眼镜的事情一件接一件——

先说那晚，我和米砾正在书房的电脑上查资料，忽然听到敲门声。

我和米砾转过头，本来就虚掩着的门口，一只脚已经透露身份的米诺凡正故作骄矜地等待着，然后，他仅仅把脑袋探进来——挂着一脸“全心全意为子女服务”的太太牌抽油烟机式笑容，对我和米砾说：“晚上有球赛，赶紧下来吃东西。”

说罢，他的脑袋在门口一闪就飘走了。留下握着一支自动铅笔放也不是、不放也不是的米砾，用惊叹且不容置疑的语气说：“他，恋爱了？”

在米砾的脑子里，恋爱是改变人最有效的武器。

事情还没有结束。

等米砾和我一前一后地走下楼梯，迫不及待地走进厨房时，才是米砾夸张综合征真正发作的时候。

当他轻轻推开厨房里的玻璃门，吓得身体后倾，连跳三步，就和当年他看到米诺凡拎回一双他最喜欢的球星限量款篮球鞋时的样子如出一辙。

我迟疑地迈进厨房，只见米诺凡先生，围着李姨的碎花围裙，手里端着一个大大的瓷钵，面带微笑。他用一种热情洋溢的语气招呼我们说：“来，尝尝我做的木瓜莲子羹！”

“哦。”我应着，坐在惊魂未定的米砾身边。虽然没有像他一样表现出来，但我的心里早已经排山倒海。木瓜莲子羹！如果我没有记错的话，那是么么最爱吃的甜品，夏天的时候，她穿一件图案已经模糊但绝对是真丝材料的短裙子，把木瓜莲子羹从冰箱里取出来，埋下头深深地一嗅，对我说：“要不要跟我一起尝尝？”

对甜食向来反感的我，每次都会情不自禁地应允。

在吃的过程中，她会问我：“甜吗？”我都摇头，因为，真的不甜，她从来不放糖，木瓜本身的香味替代了甜腻的冰糖，却让我喜欢到心里去。

现在想来，她在我心里这么多年仍然经久不衰的魅力，多半是来源于她天然的宽容心吧。她待我若成年人般尊重，从来不哄不骗，征询也从不霸道。所以，她才留下那样的句子给我，而不是叫我要懂事、学乖。

她只是叫我勇敢，如此而已。

米诺凡做的木瓜莲子羹没有勾起我对那碗冰凉透彻的莲子羹本身的眷恋和回忆，它是热的，且放了冰糖。

它们不具备一模一样的口味和默契。但这一切，不妨碍我吃一口进嘴里，眼泪已经在眼眶里打转。

我说：“我去洗手。”然后我放下勺子，逃离了厨房。

我没有让眼泪流出来，我只是在洗手间里照了照镜子，对自己挤出一个微笑。

没错，我长得和她如此相像。有生以来，我第一次这样假设：如果，她真的死了，那么她的灵魂会在这座房子里陪伴我们吗？她会低下头，深深地嗅一嗅米诺凡做的木瓜莲子羹，然后对我说：“米砂，甜吗？”

她会吗？

我洗了很长时间的手。

我是如此憎恨回忆，没猜错的话，我和它一定有仇，每一个和“回忆”有关的细节，像毒素一样缓缓释放，流至全身血液，躲也没法躲的痛。最要命的是，这种痛只能自我消化，不能让别人看出半分，或许这就是倔强的代价，我天生如此，活该受罪。么么，你也是这样的一个人吗？如果真的是性格决定命运，我会不会和你一样，从此一辈子就栽在那些心狠手辣的人手里呢。

是的，心狠手辣，米诺凡是，他也是。

或许，男人都是。

我洗完手，走回餐桌旁坐下。饭前吃甜品，而且是这一道，不知道米诺凡葫芦里卖的到底是什么药。米砾已经又弄了一碗在喝，一面喝，一面玩他的好记星。他最近对英语口语迷到爆，上厕所时还灵魂出窍，在同一屋檐下居然还打我手机问我“wash room”和“toilet”有啥区别，虽然他还是那个以“烧钱”和“臭屁”为关键词的米砾，但是爱情真伟大，让我没想法。他就要见到他的蒙小妍，我却离某某男越来越远。比起拿腔拿调的英文来，还是中文更有意思得多，所谓风水轮流转、有人欢喜有人愁、世事难料、三十年河东三十年河西，说的统统都是这个意思吧。

饭前，米诺凡以很轻松的语气宣布了一件在我们看来天大的事：“移民的事办得差不多了，至于高考，我是这样想的，考不考都随便你们。”

在我和米砾面面相觑的刹那，整个世界都变成了轻飘飘的海市蜃楼。

我的耳朵嗡嗡乱响，如果我没有听错，如果这句话真的是米诺凡说的，我觉得今天的他简直就是向过去的那个他啪啪啪毫不留情地打了无数个大耳光。要知道，米诺凡对我和米砾一向是严格要求到天理难容的地步，怎么可能任由我们到最后关头了反而落得个如此轻松自在?

“反正到加拿大上大学，还是要靠SAT，不需要国内大学的文凭做依据。”米诺凡说，“我联系好了雅思班，过阵子就送你们去读，不过也不要有啥压力，其实都不难。”

米砾的喉咙里发出低低的一声闷响，不知道开心还是不开心。

“等你表态呢，米砂。”米诺凡提醒我。

“哦。”我说。

米诺凡忽然笑了，然后说:“我还准备你跳起来，说你不愿意出国，跟我来场终级PK呢。”

终极PK，他居然连这样“潮”的词都用上了!

米砾笑得像被谁装上了震动器，我把自己的木瓜莲子羹喝了个底朝天。碗盖住我的脸，这样我的表情他们就看不见了。

我才发现原来在米诺凡的心中，我一向都是“对着干”型的呢。但关于“移民”这件事，我觉得我还是三缄其口比较好，在我的心里未得出定论前，我可不想跟他过不去。

“米砂会走的。”米砾头也不抬地说，“这点我老清楚了。”

这家伙不说话一定会死!我把手里的碗重重地放到桌子上以示警告。可惜米砾一点也不怕我，继续胡说八道，甚至朗诵起诗句:“离开这座伤心的池城，她将是高高飞起的鸟……”

我觉得米诺凡应该把他再吊起来抽。可惜那个暴戾的米老爷不知道何时已经悄悄地改了个性，他只是笑笑地看着他，然后拍他的头一下说：“儿子，有兴趣的话，来看爹烧糖醋鱼。”

“李姨呢？”米砾问。

“等流行病过去了再让她来。”米诺凡说，“怎么，不相信我？”

“不不不不不。”米砾这个马屁精把头摇得飞快，“只是不习惯。”

“什么都会慢慢习惯的。”米诺凡说完这句话，意味深长地看了我一眼，转身走向了料理台。

米老爷虽然个性改了，但余威犹在。所以虽然我一点也不饿，但我还是坐在那里乖乖地吃完了一顿极度无味的饭菜。

我敢说，他连盐和味精都分不清楚。

但当然，聪明的我什么都没有说。

半夜十二点，米砾准时来敲我的门。这种事最近常发生，我见怪不怪懒得应声。反正门也没锁，他敲了两下就自动走进来，拧亮了台灯，肥大的身躯往我写字台前的凳子上一摊，说：“真被他雷到了。”

“我也是。”我说。

“那你考不考？”他问我。

“不知道。”我说。

“你说……他这样抽风，是不是真的恋爱了？”

“不知道。”我说。

“你想你后娘是什么样？”

这回我连“不知道”三个字都不想说，只是白了他一眼表示回答。

“你看过《简·爱》吗?”他一面问我，一面从屁股口袋里掏出那本被他搞得皱巴巴的书。我知道那是他最近在看的英文版《简·爱》，还有《红与黑》《基督山伯爵》等一大堆文艺腔浓厚的所谓名著，一看就知道是蒙小妍推荐给他的。米砾的骨气在女人面前从来都是不作数的，这次尤甚。我敢发誓他已经忘记他初中每次英语不及格时发表的至理名言：

“有生之年，艾薇儿会为了我学习普通话。”

我暗自偷笑，表面还是嗯了一声。这种书，小儿科！初中那阵子想当文艺女青年的时候我就读过了，现在的我生活里压根没有阅读这一项，要是有空，我宁愿上网看娱乐新闻，故事里的事，哪有网页加图片活色生鲜。我算是“80后”没救的一代中的典型加先锋。

“我问你读没读过！”他好像有点急，声音也放大了。

“读过了。”我不耐烦地答他。

“我忽然有种想法，”米砾站起身来，把书放到写字台上，把双手放到我肩上，俯下身来，眼睛望着我，用一种神秘的语气低声说道，“我觉得你娘可能没死，她也许是疯了，或者被米诺凡雪藏了。”说到这，他站起来，两眼放光，道出了他意淫的精华：“他对她的爱已经到了一种发狂的地步，不想让别人占有一分一毫，连她对你我的爱他也会嫉妒得不可自拔，所以，他只能把她关在一个暗房里，只有这样，她才能属于他一个人！”

“别把你亲爹亲妈想成你和蒙小妍。”我被他说得寒毛直竖，必须刺激刺激他，于是我把脸凑过去，鼻子就要贴到他鼻子，说，“深更半夜胡说八道，小心我娘听见！”

这一招果然奏效，他吓得手从我肩膀上缩了回去。

“我要睡了。”我说。

“聊聊嘛。”他还是不肯走，反而在我床边坐了下来。我这才发现他穿了一件古里古怪的T恤，白色的，胸前一只张牙舞爪的大猴子。见我端详他，他来了劲，指着自己问:“怎么样，帅不帅？”边问边站了起来，摆了一个自认为相当拉风的pose。

“蒙小妍指点的？”我懒洋洋地问他。

“切。”他说，“限量款，淘宝网上秒杀的，放出来就没了，我三分钟内刷新数百次才抢到手，到底怎么样，女生会不会喜欢？”

“抱歉，我不知道蒙胖胖的口味。”

“她瘦啦。”米砾看着我摇头说，“米砂，像你这样自暴自弃的女生，已经没资格再批评她了，不信有照片为证。”他一面说一面掏出手机，献宝一样端到我面前。

我定睛一看，那个手机屏上清清瘦瘦的女生真的是蒙胖胖吗？她头发剪短了，下巴也出来了，要不说，我还真认不出来了。

“怎么加拿大流行整容吗？”我不屑地说，“要不就是PS美女，不可信。”

“你这是嫉妒。”米砾把手机收起来，手指做个“八”字摆到下巴下面，“哈哈，我忽然想起一件事，她老说我长得像陈冠希，你觉得呢，像不像？”

噢，看看眼前这个不以为耻反以为荣的家伙，嘚瑟得都快摇起来了。真想不到加拿大这么开放，蒙胖胖没去多久就有如此豪情，拿自己的男朋友跟陈冠希比。我正想着该如何回答的时候，米砾又拿那该死的手指头指着我："哈哈，米砂，你一定在想那些不健康的东西了，是不是？告诉我，有没有在网上偷看过啊？哈哈哈。"

"滚啦！"我一面喊，一面做了世上最老土的事，把枕头扔到他身上去。他弯腰把它拾起来，下意识地拍了拍，把它放到我怀里。"妹妹，不要动不动就发脾气。告诉你一个好消息，蒙小妍跟我说，加拿大帅哥一堆一堆的，你别愁着嫁不出去，整天惦记那瘸子。"

"胡说什么呀。"我低声抗拒着，不愿意被他看出我的心事。

"我能听出你语气中的哀怨。"他胸有成竹地说，"不过对你来说，一切都要有个过程。你需要时间。"他不知道从哪部电视剧里学到的这套百变安慰理论，还给我安上了"哀怨"之名，我一刹那就变成窦娥了，一种有苦也说不出的感觉，冲上脑门。

他走到门口，又回转身，替我把窗户关上，回过头来对我说："米二，求你一件事好吗？"

"说。"

"明天的晚饭你做吧，我今天都快吃吐了。"米砾说完，朝我眨眨眼，关上门走掉了。

我关掉台灯，人缩进被窝，手伸到枕头下面，拿出我的手机。我的手机放在这里，已经有好多天都没有打开过了，我打开它，还好有电。我拨了一个熟悉的号码，正犹豫着接通后到底说些什么的时候那边响起的是一个欢快的女声：“喂，谁找路理？”

此时此刻，墙上的指针指向十二点十三分。

看来，我又自取其辱了一次。

醒醒啊醒醒，你要是知道，会不会觉得特别解气？还是，你还愿意心疼我，在心里悄悄地怨我傻呢？

连电话都交给别人接管，明知道是我的电话也要让别人接，到底是什么意思呢？太把自己当回事了有什么必要呢，如果是朋友，难道连联系都不可以有吗？其实就算联系一下，又会怎么样呢？难道我还会吃了你吗？

好吧，好吧，算你狠。

我也要有我的幸福，哼哼哼。

我彻底关掉了手机，专心迎接考试。虽然米诺凡早就给我们传达了不必辛苦备考的旨意，但让米诺凡吃惊的是，我和米砾最终都选择了参加高考。

也许是没有压力的缘故，我们反而都超常发挥，取得了不错的成绩。这让米诺凡多少有些春风得意，他得意的最大体现就是不停地替我们买新衣服新鞋还有新包。米砾很受用这一招，动不动就把他的个性奢华照发彩信到异国他乡去炫耀一把，不过这些对于宅女砂来说，就没什么作用了，我连大门都不出，拿这些玩意有何用呢？

夏天的时候米砾好像又长高了，有一次他刚理了发，穿了一件白衬衫，从后面看过去我差一点把他认成了米诺凡。而米诺凡却穿得一日比一日年轻，西装脱了，主打 TEE 路线，去打高尔夫的时候还戴顶帽子，我就天天被这父子俩的新造型雷得不轻。

这应该是平生最百无聊赖的暑假，除了去参加一个课程不多的雅思班，大部分时间我都待在家里上网、看碟，或是弹琴。那天我难得出门，出去买新的琴谱和我必须用的一些洗浴用品，回到家里，就发现家里来了不速之客，是个女人，看上去二十多岁，穿一条 CHOLE 的经典黑白裙，一只 FENDI 的拎包放在身边，长发微卷，脸庞精致。我进门的时候，她正一只手捏着米砾的脸。

我已经很久没看到过放在米砾脸上的手了，在蒋蓝之后，米砾小朋友似乎很少得到这种宠幸了。

凭我天生敏锐的直觉，已经闻到空气中有了一种暧昧的酸味。哦，天哪，难道这家伙不知不觉中玩起了姐弟恋？

"噢，米砂你回来得正好！"米砾见我，赶紧抓下那个美女白皙的手，满脸通红声音急促地说，"我有急事正要出门，麻烦你接待一下这个姐姐。"

"谁？"我用尖利的眼神问。

"哦，这，这是米老爷的朋友。"米砾说完，风一样经过我身边，急匆匆地套上他的运动鞋，人在半秒钟内消失得无影无踪。

什么情况？米老爷的朋友干吗去捏米砾的脸！

我脑子还在反应之中的时候，只见沙发上的美女站了起来，朝我微微一欠身说："米砂，你好。"

她知道我的名字！那感觉，好像我们早就相识。

"你好。"我赶紧礼貌地回应。

她说："我有点事找你父亲，他的电话一直没人接，所以我没打招呼就自己找上门来，真是打扰了。"

"我爸，"我说，"难道他不在家吗？"我伸头往楼上看看，米诺凡最近上班也不忙，这个时间应该到家了才对啊。

女人摇摇头，表情失望。

"这样啊，"我说，"那我帮你打个电话，你叫什么名字，我该怎么跟他说？"

"你就说，左左找他，左边的左，谢谢你！"她看上去像松了一口气的样子。

原来她叫左左，名字不错噢。

我给米诺凡打电话，很奇怪，转了小秘书，我就留了言，告诉他家里有个叫左左的客人等，让他开机后打电话回家。做完这一切，我就不知道该如何招呼她了，接待一事我一向不擅长，这么多年来，米诺凡的朋友基本上都没到过我们家，更何况是这样一个年轻的女子。见我有些发呆，她指着墙角的钢琴问我说："这琴喜欢吗？"

"还行。"我低调地说。

"是我陪你爸去挑的。"她说，"当时最贵的一款，你爸为你可真舍得。"

是吗？她这么说，是要提示我她跟米诺凡的关系非同一般吗？

就在我思考这个艰难且意味深长的问题的时候，她已经坐到了钢琴边，当她的手指在琴键上滑过，音乐流淌到整个屋子里的时候，我简直惊呆了，和她一比，我觉得，我真是太丢人了，这辈子再也不用碰钢琴了。

她，真的弹得一级棒。

一曲终了，我走到她身边，轻声问:“这是什么曲子？”

她答非所问:“你爸爸最爱的。”

“你是？”原谅我实在忍不住的八卦之心。

“我是左左。”她说。

正在我抓狂的时候，手机里传来了一条信息，我一看，是米砾的，信息内容是:“你老豆命令你把那个姓左的哄走，今晚不做饭了，我们在圣地亚西餐厅等你，欢迎光临。切记，老豆行踪机密机密再机密。”

啊！

“哦，是这样的。”我把手机塞进口袋，恍然大悟地对左左说，“我想起来了，我爸好像说今天要出差，没准现在在飞机上呢，所以电话打不通。”

“不可能。”左左说，“我问过他秘书了，最近他都不出差。”

呀，原来是有备而来。

“临时决定的吧。”我并不擅长撒谎，强装镇定，“短差，短差。”

“短差需要坐飞机吗？”她脑子转得可够快的，看来智商不低。

“我是说时间短，不是路途短。”斗嘴是我长项，我可不想输给这样一个莫名其妙从天而降而且对米诺凡明显有不良企图的女人，尽管她的琴弹得真的好得没话说。

“呵呵。”她笑，“果然是虎父无犬女。”

我再次认真地打量她，她最多不过二十五岁，身材一般，一身名牌，看上去有点聪明，看到成功男士就加紧巴结也说不定，都市里有很多这样的女子，她一看就和米诺凡不是一盘菜。会弹琴又有什么用，再说了，么么的琴弹得也是一级棒，最后的最后呢……

再者，凭米诺凡对她的态度，她一定不是什么知书达理的类型，否则，撵个客人罢了，堂堂米总也不必靠躲吧？

看这阵仗，我已经得出强有力的结论：洗洗睡也许是她的唯一结局。

“他很久不见我，我只想跟他说几句话。”她哀怨地对我说。

我对米诺凡的风流事不感兴趣，而且，我也不能想象自己有一个如此年轻的后妈，因此，我什么话也没说，用比她更哀怨的眼神回看她。

当一个人让你无语的时候，你就用无语来回应，效果有时远胜过张嘴胡说。

谢天谢地，我赢了。

她终于离开了钢琴，走到沙发边把她的包拎起来，再走到门边换上她的高跟鞋。在她离开我家的时候，她转过身无比优雅地丢下一句话：“麻烦转告米先生，找不到他我不会罢休。”

我一时没弄明白，这是威胁吗？

老天，米诺凡到底欠她情，还是欠她钱呢？

估摸着她走远了，我才换了身衣裳出门，没想到那天晚上打车出奇地难，米砾一个短信一个短信地催，搞得我心烦意乱。当我赶到圣地亚西餐厅的时候，米砾已经吃完了他的牛排，正在优哉游哉地喝着他的咖啡。噢，看来他要做假洋鬼子的心已经如滔滔江水一泻千里永难收回了。而米诺凡表情平静地在喝红茶，并不理会有人为了找他正要死要活。

我忽然，为那个叫左左的女孩感到莫名的不平。

“你自己点。”米诺凡说，“这里的甜点特别好。”

他忘了我最怕吃甜点，或许他根本就不知道我不爱吃甜点。我一面翻着菜单一面低声问他：“爸，你关机了？”

“哦。”他说，“手机没电了。”

“有个叫左左的找你。”

“哦。”他说。

我装作若无其事地问：“她干什么的，琴弹那么好？”

“学这个的吧。”他说，“好像是音乐学院毕业的。”

他用“好像”这个词，我觉得有些好笑。不就是想告诉我连对方的底细都很模糊，关系这一层更是谈不上吗！噢，其实他这把年纪了还有人追，而且有小姑娘追是件值得骄傲的事，完全犯不着这样遮遮掩掩的。

当然，至于那个叫左左的妞为什么会把手那样放在米砾的脸上，我还是很想借题发挥一下，以报米砾把烂摊子丢给我之仇。

这样想着，我趁米砾不注意，用手狠狠地摸了一把他的脸，说：“哇，哥哥，你的脸好滑哦。”

他立刻没好气地丢开我的手，涨红着脸回应："去你的！她在指导我保养好不好！"

"什么？"我装作听不明白。

"噢，懒得理你！"

米诺凡喝着他的红茶，全当我们在打哑谜。

我对气急败坏的米砾眨眨眼，微笑着点好了我的餐。可是，当我把菜单还到侍应手里的时候，轮到我气急败坏了，因为，我惊讶地看到了站在餐桌边的左左。

"米先生，"她挽着她的FENDI包包轻声地问道，"介意我坐下吗？"

这个阴险的女人，她，居然跟踪了我。

虽然早就知道，我老爹米诺凡是一个非同凡响的人物。可是，他对女人的狠，却是我想也没有想到过的。面对着自说自话坐下来的左左小姐，我完完全全没想到的是，米诺凡竟然把他的卡丢给我，只留下冷冷的一句话："米砂，埋单。"然后他带着他的儿子扬长而去。

这演的是哪一出戏？

我以为左左会去追，去纠缠，谁知道她没有。她只是静静地坐在米诺凡坐过的位子上，僵着背，好像还微微地笑了一下，然后我看到她的眼泪很汹涌地无声地掉了下来。看着她这样，我的心忽然像被谁用指甲剪剪去了一小块，不算很疼，却再也没法齐全。哭了一会儿，她开始发抖，她用双臂抱住自己，努力想让自己镇定一些，可是这一切都无济于事，她的泪更多更多地流了下来，像老式言情片里悲情的女主角。

我从座位上弹了起来，追到外面。我想劝米诺凡留下来，有什么事跟她说清楚再走。可是，哪里还有米诺凡的宝马730的影子。我没办法了，只能再回到餐厅坐下，递给那个泪人一张纸巾，轻声地安慰她说："他走了，你别哭了。"

她接过了我的纸巾。

"我知道我输了。"她抽泣着说，"我跟踪你不过是拼死一搏，可是你看，他连看都懒得看我一眼。"

我心里想："知道就好。"嘴上却说："他这人就这样，你别介意。"

她还在哭，睫毛膏全部糊到眼睛上了，很难看。这叫我的同情指数又噌噌向上蹿了好几个等级，一个为了男人连仪态都不再在乎的女人，无论如何都是有点可悲加可怜的。就在我思忖着用什么话语来安慰她最为得体的时候，我的牛排终于上来了，我难为情地捏着米诺凡的卡晃晃说："要不你也吃点？反正他请客。"

出乎我意料，她很快地擦干了眼泪，用黑油油的熊猫眼望着我，点了点头。

侍应把餐单递给她，她显然是这里的熟客，并且不是一般能吃。餐单到手，她几乎看也没看就把招牌菜都点了个遍，侍应连忙笑容可掬地收了餐单。

看来，吃定不了人，吃他一顿饭也不失为一个好主意。

这真是一个尴尬的时刻，我敢说我长这么大从没经历过这样一个饭局，不过比起我来，左左小姐倒是表现得很自然。但她举着刀叉的样子相比她的仪态就不是那么优雅了，四分熟血肉模糊的T骨牛排在她的餐盘里被很快地大卸八块。我估计她在心里多半把牛排当成了米诺凡先生。

我低头闷声说:“我们就要移民了，你不知道吗？”

“知道。”她满不在乎地擦了擦嘴，说，“那又如何呢？不是还有几个月吗？谁也不知道明天会发生什么。”

“明天他继续不理你呢？”我打击她。

“不好意思，让你嘲笑。”她居然笑。

“你为什么要去捏米砾的脸？”我问她。

她愣了一下，然后回答我:“就是他当时一笑，我觉得和你爹特别像，所以……”

“你爱米诺凡啥？”我把自己搞得像新华社记者。

“你爱一个人的话非要问自己为了啥吗？”她反问我。

我发现眼前的角色并不像我想象中那么肤浅，我对她越来越好奇，所以就算她不肯回答，我也控制不了继续问下去的欲望。

“你多大了？”我问。

“怎么相亲还要过女儿这关吗？”看来她真是吃饱了，比刚才伶牙俐齿多了。

为了打败她，我只能使出下等招数:“想我帮你就回答我，不然免谈。”

“你会帮我吗？”她机敏地反问。

我想了半天，叹息一声，老实答:“其实我就是想知道你的年龄，关于我家米老爷的事，任何人都帮不了，他的性格，很古怪。”

她反唇相讥："那是你不了解他。"

好吧，好吧，你了解，算我多嘴。我正准备让侍应来埋单走人的时候，她用餐刀刀柄在桌上敲了敲："不过我是真的想请你帮个忙呢，米砂。"

"什么？"

她放下刀，从她的包里掏出一个小小的LV钱包，又从钱包里掏出一把闪闪发亮的钥匙。

我吓得右眼忽然开始狂跳！钥匙！难不成米诺凡已经和她同居？难怪米诺凡处心积虑，用差不多半年时间转变心性，米砾那个乌鸦嘴，难道真的言中了？

可是，她又仿佛读出了我的心思，见我不接，她直接把它放在我的餐盘旁，说："你就对他说，我会在丹凤居C幢1805室等他。如果今晚十二点前他不来见我，他就永远见不到我了。"

"你要干吗？"我说。

"我还没想好。"看来她是受刺激了，总是不能好好地回答我。但只有一秒钟，她吱吱地嚼完一块牛肉，满不在乎地擦了擦嘴角不知是血水还是调料的一片红色汁液，答："那就让你爹来替我收尸好了。"

为什么有这么多人想要自杀？

或许，是我的伤痛还不够重，失去的还不够多。最最绝望的时候，我也从没那样想过，真的，我怎么可能为谁去死，要死，也是一起死。

幸亏关键时刻我的头脑没有跟着发热，我立刻拿起那把钥匙，扔回她的地盘，坚决地说："对不起，这个忙我是绝对不会帮的。"

"为什么？"她白痴地问。

"因为，我是米诺凡的女儿。"

她也没有强求，只是愣愣地看了我几秒，就知趣地收起了钥匙，背上包包，说："好吧。我去下洗手间。"

在她去洗手间的时间里，我喊了侍应埋单。这个已经为爱半疯的女人，我还是快快躲避为妙。

侍应拿着米诺凡的信用卡去总台结账，好一会儿才回来，除了带回信用卡，还带着一把钥匙和一张小纸条。那个傻头傻脑的高个子男生低头摊开手心在我眼前，说："刚才那位小姐让我转交你的，她还要我转告你，她说的都是真的。"我低头一看，纸条上写的竟是她家的地址：丹凤居C幢1805室。

"她人呢？"我问。

"走了。"侍应指着门外。

我抓起钥匙冲出餐厅的大门，哪里还有她的踪影。

我真想骂娘。

在出租车上，我一路都在做思想斗争。如果我真的把这把钥匙交给米诺凡，他会去吗？不，他一定不会，不仅不会，说不定还要怪我多管闲事。不过，这半年来，他不是转性了吗？我若实话实说，他能体谅也说不定。

再说，这根本不是我的错，谁叫他到处拈花惹草又拒绝打理后事，人家来这套，也都是拜他所赐。

但是，等我到了家，小心翼翼地对米诺凡坦白了一切时，我所有对他刚刚燃起的希望又统统毁灭了。

他就那样用两根手指捏着那把钥匙，在我的鼻尖上戳了好几下，一边戳，一边说："你的脑子是肉包子做的吗？你居然收了这枚钥匙？"

我被他戳得生疼生疼的，虽然只有米砾看着，但对我来说，这仍然是从未有过的奇耻大辱。我明明已经解释过了，她对我耍了一个诡计，为什么他还是要这样不分青红皂白地教训我？

他摆出了他那张摆了十几年都不厌倦的臭脸来臭我——而且，让我觉得最不能接受的是，原来他根本没有忘记这种臭表情，只不过为了赢得我们的认可，在这半年里把它藏了起来而已。

"不管教不成话，"他继续说，"别以为你高考完了就是大人了，看看你做的事情，幼稚到极点。"

说我幼稚？总比招惹上一个女人又要靠躲避来解决问题的人好多了。

我毫不客气地又变成了"对着干"型，立刻回敬说："我的脑子才不是肉包子做的，谁喜欢你谁脑子是肉包子做的。"

米砾最近和他老子真是相亲相爱，大声指责我："米砂，你鬼迷心窍了，不要胡说！"

米诺凡把钥匙一把摔在茶几上，干脆直接指着我的鼻尖："你的智商呢？你不是一向自诩为才女吗？你不是谁也看不起吗？没想到连这么简单的问题都处理不好，简直是乱来！"

我气得七窍生烟。我什么时候自诩为才女了！简直信口开河！真不知道米砾这个马屁精平时都跟他胡咧咧什么了。我向坐在沙发上抱着一杯可乐喝得黑白颠倒是非混淆的他横过去一眼，他用杯子挡住眼睛，只敢隔着杯子看我。

亏我还替他挡过皮带。这个忘恩负义的东西，真该让米诺凡把他的皮抽薄点才好。

“我真是太信任你了。”他在米砾身边坐下，背对着我。我到底做错什么了？错的是他，谁让他拈花惹草自己又不肯负责？他，米砾，还有某某人——男人都是一样，除了对你好的时候说大话，剩下的，就是睁着眼睛说瞎话！

我咬咬牙，还是决定必须说到他的痛处去：“喜欢你的女人脑子都是肉包子做的，所有女人都该不喜欢你，说不定么么也是这样被你忽悠走的，你就是个女人大忽悠！”

米诺凡和米砾一起回过头来，他俩的表情一模一样，像是被电打过了，脸上一阵乱动后忽然僵死在那里。

我才管不着，我飞快地跑到楼上去，把自己锁在门里。用一个枕头盖住脸，准备着一阵风雨欲来。

可是许久，都没有发出一点动静。

我把话说得那么难听，难道，他就这样算了？

不知道过了多久，我打开门，走到楼下去。米诺凡已经不在了，只有米砾，仍然以那个不变的姿势窝在沙发里看《越狱》。他看到我，立刻以一种抽风般的阵仗笑了起来，一边翻着白眼，阴阳怪气地表演：“女人大忽悠。”

最欠抽的永远是他！

我懒得理，问他：“米诺凡呢？”

他说："不知道。"

我发现，那把钥匙仍然躺在茶几上，看来，他真的不打算去见那个女人。

我看了看身边的钢琴，不由得想起她弹的那首曲子。

她弹得真好，这样的女孩，值得拥有幸福，其实，哪个女孩不值得呢？如果，真的发生什么不幸，我完全能想象得到米诺凡泰然处之的样子。我一定是中邪了，居然对么么的"情敌"心生同情。我心里那块不齐全的地方又开始作祟，指引着我必须做点什么。

"米砾。"我拿起那把钥匙问，"现在几点？"

"自己不会看钟吗？"他头也不抬。

我抬头看墙上钟的指针：十一点三十五分。也就是说，从现在飞奔出去打车和找到那个该死的左左的家，我前前后后只有二十五分钟时间。如果因为什么原因耽误一时半刻，她选择跳楼，我就没机会；她选择吃安眠药，可能还有救……

"米砾。"我一面思考一面神情恍惚地打听，"从这里打车到丹凤小区要多久？"

"你要干什么！"他终于肯拿正眼看我，"你别告诉我你要去救法场！"

"我得去看看。"我说。

"米砂你疯了！"米砾站起来说，"我劝你别发神经。"

我沉着地说："是兄妹的，就跟我来。"丢下这句话，我不再管他，转身打开门，一头冲进了茫茫夜色里。

3

那天走出院子的门我就知道米砾跟着我出来了，聪明如我当然一直都没有回头看他。不过当我在路边拦出租，他把猴子臂放到我肩上试图来吓我的时候，我还是很给面子地尖叫了一声。

他很受用地欣赏着我的“惊慌”，语重心长地对我说：“米木兰，你胆这么小，怎么上战场去当英雄呢？”

我朝他眨眨眼：“不是有你吗？”

“关我屁事，我是出去 happy 的！”他把头一昂，就等着我求他。

我太了解他的性格，越求他他会越嘚瑟。他既然已经出来了我难道还怕他回去吗？于是我拦了车就闷头坐上去。果然不出我所料，他飞快地跟着跌坐进来，笑嘻嘻地对我说：“搭个顺风车，可好？”

“丹凤小区。”米砾对我说完，扬着我丢在家里的左左的那张地址条对司机大声喊道，紧接着转过身把纸条塞进我的手里，然后装模作样地直视前方。完成这一连串动作之流利程度，好像是他早就排练好的一样。

我把纸条放进我的包里，不屑地问他：“你不装要死人吗？”

“话说……”米砾问，“你好像对米老爷的感情生活出奇地八卦，你又不是白雪公主，难道也怕被后妈毒死吗？”

“我只是不想又一个女人为他而死。”我没有理会米砾自以为是的幽默，只是在心里这么答他。主要是我怕我乱说话会吓到司机，以为我们是什么杀人团伙，半路把我和米砾扔到黑灯瞎火的马路上。

我想得没错，我们到达丹凤小区的时候，真的就是一片黑灯瞎火。

就像那些危言耸听的悬疑小说里写的那样，这里虽然不算郊外，但两边临街的店面都大门紧闭，整个小区的建筑有高有低，却没有几家亮着灯。我们摸到小区大门后边亮着一盏小灯的物业保安岗里，只见到一个老爷爷，用一把扇子掩住脸，睡得无声无息的。

我本想敲敲窗户，问一下传说中的C幢到底在哪里，可是被米砾一把拉了回来。

“笨得要死！我们不住在这里，吵醒他更进不去。”

他说得好像很有道理。就在我六神无主的时候，平时既无胆也无谋的米砾同学却好像忽然柯南附身，信心满满地指着临近西面的一幢高楼说：“貌似是那里，墙上的字看上去是个C。”

我只好跟着他的步伐，往不远处的建筑走去。米砾神勇地拉着我，走到那幢楼跟前，忽然喜不自胜地转过头，对我说：“就是这，我们上！”

在他走进电梯的那一刻，他的背影还真有一点点英雄的气概。可惜遗憾的是，我对他的景仰才刚刚从心底里冒个小头就被他自己无情地压制了下去，我们到达18楼以后，电梯门刚刚在我们身后关上，米砾的手就忽然加大力气，用掐死一只小鸡的力气死死地攥住我的手，睁大双眼，恐惧地看着我说：“米砂你发现没有，这层楼没住人！”

我惊讶地问他：“你怎么知道？”

他说：“你看这里地上，有一层薄薄的灰。而且刚才我们在楼梯里，电梯的按钮都是蒙着塑料纸的，你发现没？”

我还没来得及尖叫，米砾又用比鬼更像鬼的口吻说：“米砂，如果说这是幢鬼楼，那你说左左是……个什么东西？”

我直接扑上去捂住了他的嘴。

他推开我的手哈哈大笑，笑声在长而窄的走廊墙壁撞来撞去，鬼魅得一塌糊涂。我心里的疑窦此刻越来越重：左左到底要米诺凡来这鬼地方找她有何用意？米诺凡如果真的来了会发生什么？或者，这根本就是个套？我敢说，一个对爱完全失望的女人，她把他杀了都有可能！意淫心理一占上风，救米诺凡的心情在这一刻超过了救左左的心情，我一下子变得十分勇敢，甩开米砾，大步向走廊的尽头走去。

真相真相！我只想知道真相！

终于，我找到了那个门牌，1805。我还拿出手机，踮起脚，借助屏幕的灯光照了照门上的字。

令我放心的是，在刚刚途经的一片漆黑的门前，这道门，显然是有生机的，这点生机，能从门口铺就的粉红色地毯看出，也能从门缝里透出的隐约灯光看出。

我举起手，敲门。

没有人应门。

奇怪的是，当我再次往门缝看去的时候，我发现里面其实一点灯光都没有，只有手腕上的夜光表提醒我现在是十二点零七分。

我忽然变得无比紧张，开始把手捏成拳头，用力地擂门。

在我擂门的时候，周围所有的声控灯都先后亮了起来。走道里明晃晃的，地面反射着我和米砾孤独的倒影。

我这才发现地上粉红色地毯其实只是一块砂纸罢了。

难道这里，真的没有人住？我四下打量，立刻发现不对——18楼是顶楼，而声控灯统统亮起之后，我还发现，在1801室的旁边，有一架梯子，直接通往楼顶平台。

当我回头顺着那架梯子看到天花板上那扇打开的小窗时，我立刻毫不犹豫地攀上了梯子。

希望我来得还不算太晚，千万不要出什么事！

而我爬上去之后，看到的却是几个正在纳凉的陌生男人。

一个长得歪瓜裂枣的男人首先靠近了我，他的眼睛真小，只有一条细缝，浑身都散发着肮脏的酒气，从牙缝里挤出一句话："小妹妹，你也来这里看月亮吗？"言语之际，他的臭爪子已经搭上了我的肩。

另几个男人也慢慢地走上前来。

我大脑立刻闪回出三年前的一幕，那个让我永远都不想再记起的小巷，因为迫切想见到他，我被几个小混混骗到那里……

"叔叔，你们帮帮我！我女朋友要自杀！110过会才能到！"就在我全身发软、大脑失效的时候，米砾的声音忽然从后面响起，他一面说一面扑上来，紧紧从背后抱住我，我的背立刻像是压上了一只熊。

我下意识地一个劲地挣扎。

“你不能死你不能死！”米砾还在我背上一个劲地喊。男人们显然没有料到这一幕，他们上上下下地打量着我，没有轻举妄动。

“走吧，警察来了把你带走，你老爹会打断你的腿！”米砾说着，几乎是把我扛着从顶楼的天窗扔了下去。没想到他的力气已经有这么大了，我忽然为我曾经对他肆无忌惮的欺负感到一点点后怕，幸亏当时他没有这样对待我。

“老实点，米二。”一直到出租车上，他才警告我。

“谢谢你。”我尽量控制住我发抖的声音，由衷地感谢米砾。

“没什么，”他闷声答，“算还你一次。”

原来我们都未曾遗忘。只是，往日那个鲁莽浮躁的少年如今已变得渐渐成熟稳健，我却为什么还是依旧那么天真和冲动呢？

那天我们回到家，已经将近深夜一点。

也许是受了刺激，我的心很乱。于是我起身到冰箱里拿出两听啤酒，把其中一听搁在米砾的肚皮上，打开说：“不许睡，陪我喝酒！”

米砾把肚皮上的冰啤酒拿起来凑在眼前看了一眼，就丢到沙发的另一头去：“米砂，你真是疯了，高考才结束你就把自己当大人了，夜也熬上了，酒也酗上了，天下还有什么你不敢的事吗？”

我对他的话充耳不闻，用力拉了拉环，打开那听青岛，狂灌了一口。酒精的作用似乎没那么快，但我的确不想在这个夜晚就这样轻易睡过去。

我需要一个聊天的对象，可惜的是，此时此刻，这个对象，显然只能是米砾。

然而更可惜的是，当我替他打开那听酒，正要逼他陪我喝上一口的时候，他的电话响了，不用说，肯定是蒙胖胖。

我知道，这是他每晚必须做的功课。

他朝我摇摇手里的手机，噔噔噔地跑上楼，回到他自己房间和他的加拿大华人洋妞腻味去了。

寂寞的蒙胖妹，连生物钟都舍不得让他为了她改变，真是把他宠坏了。

我恶狠狠地猛灌了一口辣辣的啤酒，嗓子像被千把刀同时刺穿一样痛得发痒。

其实，最寂寞的是我，不是吗？

空虚和遗憾这些字眼，像磨砂洗面奶里的细砂，一粒粒摩挲着我薄薄的意志力。我呆坐在客厅的沙发上，像个有旧可怀的老年人，想起了一些很久很久都想不起的往事，直到鼻子发酸。

比如第一次对某人的偷窥，高一那年，那场和蒋蓝的滑稽的PK。

比如那场叫《蓝色理想》的盛典，吸引了多少女生对他深情的目光。

我们那不平静的女生宿舍，和谁谁谁每晚挤在一起的絮语。

以及，那个总在我们身体与身体之间的空当里安静地躺着的，白色沙漏。

那上面好看的花体字我一辈子也不会忘记。

BRAVE——一想起这个简单的英文单词，我的心不知是不是因为酒精的刺激，渐渐鼓胀起来。多年前的鼓励，直到今日都仍然源源不断地给我勇气，好像它正在向我输送某种能力似的，这种感觉非同寻常。我依然记得那一次，那一个弱小的女孩子，她在我最需要帮助的时候走上前来，面对邪恶，如此冷静地说："你们放开她。"

从那一刻起，我就相信，我们会是一生一世不离不弃的好朋友。是吗，醒醒？纵然你像么么一样无情，丢我于茫茫人海，我也从没怀疑过这一点，从没。

不知何时，我才睡了过去。

我以为我会梦见醒醒，但是很神奇，我梦到了么么。

梦里下着雪，是个冬天，我们在一个十字路口面对面遇见。

路口的红灯一直亮着，整条大街非常寂静，自始至终没有任何人来过，走过，也没有任何车辆。仿佛一切都是舞台背景，特别为了我和她的重逢而设计，连群众演员都不必参与其中。

她留着她走时那样的发型，挽成一个令人赏心悦目的髻。那身很厚的驼色大衣倒是我没有见过的，她穿得非常厚，但她却没有围围巾，裸露着洁白的脖子，步履蹒跚，走得很艰难。

我一直站在原地等她，等到大雪覆盖了我的眼睫毛，我几乎睁不开眼睛，她才走到我身边。她从自己的怀里拿出两个烫手的山芋，递给我一个，艰难地说："好好照顾你爸。"

在她跟我说话的时候，我才发现她的嘴唇特别苍白，继而看到她脖子里的血迹，那些新鲜的血液好像不会结冰，在转过身去之后，仍然源源不断地涌出。厚厚的白雪之上，从她的裤管里流出点点滴滴的血滴，渐渐在地上聚集成一个脚掌大小的圆圆的血斑。

她好像已经快死了。

说完这句话，她就转身迈进雪里，深一脚浅一脚地走远了。

我想哭，可是我怎么也哭不出来。我只是一直握着那个山芋，迈不开步子，追不上去，眼睁睁看着她消失……

我敢肯定，我几乎是被那个山芋烫醒的，等我满身酸痛地从沙发上爬起来的时候，墙上的钟指向凌晨四点。房间里依然空空荡荡，只有我一个人的气息。

我跳起来，一直奔上二楼，一把推开米诺凡房间的门。

空的，他没回来！

我又跑到米砾的房间，发现他躺在小沙发上睡着了，手里还握着他的手机，一看就知道已经没电了。恋爱谈到如此忘我境界，堪称奇迹。我走过去，一把推醒他。他揉揉睡眼惺忪的眼睛，粗声粗气地问我：“干什么？”

“米诺凡没回来。”我说。

“哦。”他一面漫不经心地答我一面走到床边，然后直挺挺地倒了下去。

“喂！”我走过去推他，“你有人性没有，你老爸这么晚没回来，你居然睡得着？”

“你还要人睡觉不！”他坐起来，冲着我不满地大吼，“他不回来就不回来呗，这种事发生一万次了，你发什么神经！”

喊完，他又直挺挺地睡了下去。这次，还顺带用枕头捂住脑袋。

确实，我承认，米诺凡不回家是家常便饭，只是以前那些他不回家过夜的日子，我从来没有关心过他，我看着飞速进入梦乡的米砾，默默地退出他的房间，替他关上了门。

好吧，我承认，我只是被那个梦弄得有点神经质。

流血的是么么。

她早就不在了不是吗？

而米诺凡，他不会有事的。

第二天中午十二点，我还没睡醒，米砾提着一条泳裤敲我的门，问我是否愿意和他一起去游泳。他最近在苦练口语的间隙致力于练出一身古铜色肌肤，假以时日好 PK 过加拿大肌肉男。

“不去。”我说。

“米砂你别懒洋洋的！”他走上前来，一面批评我一面伸出两根手指用力捏我的脸。我躲开，对他说：“昨晚我梦到么么了。”

“是吗？”他拎着泳裤在我身边坐下，“你为这个担心？”

“没有。”我说。

“你放心吧，米老爷不会乱来的。”米砾说，“他对别的女人不会感兴趣。”

“为什么这么讲？”

“你也不好好想想，你娘是何等人物啊，”米砾说，“你娘之后，米老爷那是曾经沧海难为水……”

他拖长了声音装文人，我忍不住笑。

“笑了就好！你真让人担心，别老关在家里，要出去运动运动！”他用像米老爹一样的口气对我说话，我又一次发现他跟他真的很像，眉毛、眼睛、嘴唇、说话的神态、走路的姿势都说明了他们是如假包换的父子。而我和么么，也应该是一样的吧，虽然他和她早已经不在一起，甚至天地相隔，但我和米砾是他俩一起亲手打上的死结，永远解不开，也分不掉。所以也许米砾说得对，就算米诺凡跟别的女人有什么纠结，也是逢场作戏罢了。

人的感情是一张白纸，纵情涂抹过后，哪还有什么重新再来的机会呢？我只是有些担心米诺凡，没有他的消息，我心里始终不踏实。

米砾出门后，我掏出电话来打米诺凡的手机，依然是关机关机关机。

现在应该是他上班的时间，不应该关机。

而且我知道，他从来都不午休。

他没有理由这样一直关机。

我莫名其妙地生气，开始不停地打他的手机。到后来我形成了惯性，每五分钟打一个电话，半小时拉开窗户看一看。我听说过强迫症这回事，虽然我不知道这种病到底有没有潜伏期，我一直麻木地重复这两种行为，就这样持续了三个小时。惨白的阳光渐渐变成铜锈色，天空西面的火烧云开始转为灰红色的时候，我才忽然开始感到烦躁和绝望。

我听说，人在二十四小时之内通常会有两个时间段特别容易自杀，一个是凌晨四点半，另一个是傍晚六点。

说得真有道理。

我拉开窗帘，端坐在地上，回味起昨晚的梦。每一个细节都清清楚楚。这是她第一次在梦里对我谈起他，她的语气充满了对他的宠溺，仿佛我是大人，而他只是个孩子。

“好好照顾你爸爸。”她是在跟我暗示什么吗？

最关键的，是梦里的她将要死了，这是她的临终嘱托。

想到这里，我再也坐不住了，我终于决定，去他的公司找找看。

到他公司的时候，整个城市已经华灯初上了。走进空荡荡的大楼里，我才发现这个时间大家应该都下班了，可是很多个夜晚他都在此加班至深夜，不知他在顶楼时是否看过大街上回家的人群。我想他一定没有注意过，如果他注意过，他一定会厌恶他自己，厌恶他自己淡薄的家庭观念，厌恶他自己自私的、从不向任何人汇报行踪的坏习惯。

我走到电梯前，按下了“28”，记忆中，他的办公室应当是在顶楼。这不是我第一次来他的办公室，但是距离上一次，确实已经有很久一段时间了。

就在这时，我的手机忽然响了一声，是一条新的短消息。我以为是米砾，连忙按下查看键。

是一个陌生的号码。

他说：“考得如何？你应该给我个消息。”

不，这不是一个陌生的号码，这只是一个被我删掉的号码。

我当然知道他是谁。

我望向红色的不断跳动的数字，“15……16……17……”，差一点站不稳，心里乱如麻。“考得如何？”关他什么事？他为什么想知道？分数早就出来了，他凭什么现在才关心？又或者，什么叫作“应该”？我是他什么人？他以为我是他什么人？

电梯到达28层的时候，只剩下我一个人。我捏着手机还在怔忡，呆呆地往前走，脑袋差点被门夹到，不过我倒有点希望我被门夹到，这样变成傻瓜也是好的，至少什么都不记得也是好的。

我向着有灯光的地方走过去，像所有电视剧里看到的大公司一样，这里也有一个木讷的接待小姐。

“您好，小姐，请问你找谁？”

“米诺凡先生在吗？”我问道，“我是他女儿，我想看看他在不在。”

她有礼貌地伸手招呼我坐在她对面不远处的沙发上等候，然后又开始拨电话，可是她的通话声非常小，我完全听不清楚，我懒得费劲等候，径自往里闯。

“喂，小姐。”她要上来拦我，被我吼住：“米诺凡是我爹，你最好别拦我。”

我的话好像起了作用，她退后了一步。

我再转过身，一个看上去很温和的中年女子挡住了我的去路。她戴了一副圆眼镜，看上去很像某部电影里某个厉害无比的女律师，我想不起那部电影的名字，但是她们真的很像，她的气场有点大，于是轮到我退后了一步。

“米砂？”她问。

“是。”我说。

“米总不在。”她说。

“他去哪里了？”我问。

她耸耸肩：“抱歉，或许你爸还没来得及通知你，这里已经属于我了。”

“什么？”

“你们不是要出国了吗？米先生结束了在国内所有的生意，这家公司也卖给我了，不过我知道你，你爸常跟我提起你。”

“卖了？什么时候的事？”我晕乎乎地问。

“快三个月了。”她说。

难怪！难怪米诺凡有大把的时间留在家里陪我们。可是，说老实话，出国就出国，难道他准备再也不回来了吗？我压根没想到他会结束在国内的公司，这是他苦心经营数十年的结果，我以为他死也不会放弃的东西，他居然就此放弃了。而且，放弃得这样轻描淡写，连知会都不曾知会过我和米砾，简直就像丢掉了一双破袜子。

他到底要干什么？

话又说回来，公司都结束了，他还在忙些什么？二十多个小时过去了，连电话都不开，这就更加不可理喻了！

我在下楼的电梯里，眼眶莫名其妙地就红了，我变得这么多愁善感，难道是因为手机里那条随时可能让我爆炸的短信吗？

噢，我尽量低下头，希望监控录像不要拍到我此时的样子。

出租车上，我一直压抑着自己的冲动，没把手机掏出来，再去看一下那一条“无耻”的短信。我的手却下意识地放进包里，摸到……一张纸条。

我把它从包里掏出来一看，竟是左左写给我的那个地址条。我把它展平最后看了一遍，正要把它撕成两半的时候，却发现上面的三个字：丹凤居。

我猛地反应过来，问司机："丹凤居和丹凤小区是在一起吗？

"当然不。"司机答我说，"一个在城南，一个在城东。"

"我要去丹凤居。"我说。

很抱歉，我一直就是这么一个拧巴的人，当我决定去做某件事的时候，我就像被上了发条的音乐娃娃，完全无法控制我自己。在这件事情上，我相信我的直觉，左左只是个被爱情冲昏头的女生，简直比我还要不灵光。而最可怕的是，她爱上的恰恰是我自以为是的父亲米诺凡。虽然我没有在梦里答应么么照顾好他，但是毕竟，我得跟他说清楚，有些事情，不是因为他是我爸爸，我就要永远护着他的，他不可以为所欲为，至少，不可以对那个叫左左的女生这样做。

再说现在还是傍晚，应该不会再发生什么意外的吧，我默念着某句著名的话"一个人不可能两次踏进一条同样的河里"（是不是这样说的？），怀着这样忐忑不安实则又有些对自己的勇敢无比欣赏的心情，我按响了这个真正的"1805"的门铃。

然而我没想到的是，来开门的不是左左，而是一个头顶别着一根粉红色鸡毛、身着一身粉红色女侍服装的男人。

他皱着眉头伸出头来，似乎不满地问："找谁？"

我机械地仰头看了看门牌号码，再次确认我没有搞错地址。

我能从门缝里看到，屋里熙熙攘攘的，有人在跳舞，有人在打牌，有人拿着一个空酒瓶坐在茶几上唱歌，最夸张的是在那个无比宽敞的客厅的一角，赫然有一个超大的浴盆，一定是里面冒出的蒸汽，才把整个房间熏得烟雾缭绕。

这是什么，COSPLAY舞会？

我的心里升起一股比昨晚吃闭门羹更悲哀的情绪：米诺凡，你在哪儿呢？如果你也在这种地方混，那我不如去死了算了！

“哎呀，这不是米大小姐吗？”一个打扮成猫人造型的女孩从粉红羽毛男人撑在门上的手下忽然冒了出来，我努力辨认了半天，才认出来，那就是左左。

她靠近我之后，我立刻闻到一股浓重的酒味，比起青岛啤酒的味道，这简直就是百分之百纯酒精。羽毛男终于肯让出一条道，她一把搂住我，眼神迷离，对着我的脖子直呵气：“小米妹妹，我们在办派对，邀请你爸参加他从来都不肯来。不如你加入吧，很刺激的。”

我全身都起鸡皮疙瘩，刚才的羽毛男又来了，手里还端着一杯加冰的酒，他对左左眨眨眼，说：“把这个妹妹交给我吧。”

她做了个“请”的姿势，那个妖男立刻笑逐颜开，把酒递到我嘴边。

我想都没想，伸手打翻了那杯酒。

玻璃杯碎了，地面流淌着蓝绿色的液体。

满屋子的人顿时静下来了。几秒钟后，我听到左左的笑声，那个妖男松开搭在我肩膀上的手，像在对我说，也像在对满屋的人说:“哈哈，现在的小骚货，真不是一般能装。”

那些人，带着或轻蔑或懒洋洋的眼神看了我一眼，又投入到他们的世界里去了。

左左拉着我的胳膊，似乎还要跟我说什么，但当我模模糊糊看到那张离我不远的桌子上有一小撮一小撮的白色粉末时，我才真正清醒过来。

我在外面奋力拉上那扇防盗门，和那个嚣张的狂欢场面彻底隔离了以后，头顶终于冒出一颗一颗巨大的汗珠。

狼狈？后怕？沮丧？震怒？

似乎都不能表达我这一刻的心情。或许最恰当的还是耻辱。耻辱我居然被这样一个女人的眼泪给俘虏了；耻辱我居然神经质地担心这个夜夜笙歌的小太妹好几天；耻辱我居然为了她和米诺凡大动干戈，结果却是自己被狠狠地玩了。

直到此刻，我才发现，原来我果真只是个无知的孩子，就像我不明白为什么左左能够如此百变，如此堕落一样，我完全没有修炼到可以去参与成人世界游戏的等级。

那么，那个发短信来的“陌生人”，他是不是，也当我是无知的小孩，所以，才选择了别人，而没有选择我呢？

然而在丹凤居发生的一切不是最令我吃惊的，最令我没有想到的是，那晚到家时，米诺凡奇迹般地已经在家了。

我站在院子里，从窗户外看到灯火通明的客厅里，他和米砾对坐在沙发上，在下跳棋。是的，跳棋，喜气洋洋的跳棋，不是围棋！

他们看上去，是那么悠闲，那么懂得享受人生。

这就是么么特意托梦给我让我好好照顾的那个人？他似乎根本不需要我的照顾，不仅不需要照顾，而且看上去，他压根就不需要我。

我换了鞋，没吱声，走进客厅，径直走到他面前。

他和米砾同时抬起头来看我，米砾的表情似乎充满嘲笑，但他好不容易才忍住。米诺凡则只是瞟了我一眼，就催促米砾："该你了。"

我仍然站着不动，他们也就乐得当我不存在，继续走那该死的不知谁从哪只古董箱子里找出来的跳棋。

"你去哪儿了？"我平静地问。

他继续走子，对我的话置若罔闻。

"打你电话为什么总是打不通？"

"打不通吗？"这倒是令他很诧异，从裤子口袋里摸出手机，按了几下，对我摇了摇，笑着说，"信号正常啊。"

我再也无法忍耐下去了，伸出一只手，打翻了那盘棋，五颜六色的玻璃珠掉在大理石地面上，有的摔碎，有的弹得很高，一瞬间满眼都是玻璃反射的光泽。

然后，我用力地大声地喊出了一句话："米诺凡，如果你再无缘无故就消失，我就不认你这个爹！"

喊完后我知道，我在两天之内，成功地把这父子俩先后两次重重地雷到了。

4

半小时后，我走到了大街上，我关掉了我的手机。我赌气地想，我要用我的“消失”来惩罚他，让他们也知道眼看着一个人“消失”的痛苦。当然，这是一个非常孩子气的想法，我心里很清楚。而且，我也并不是真的要消失，我只是要，只是要，给自己的妥协一个借口。

我要在这个无所事事的夜晚来到他的身边，亲口对他说，我考完了，考得不错，不过我要出国了，也许以后都不会再回来，OVER。

已经是晚上了，整个夜空呈现出灰黑的颜色，这是城市被污染的天空一贯的颜色。我又走上了那条通往他的小屋的小路，像是又在这条小路上看到那个半年前下雪天的自己。我忽然想到了我曾经看到的小说里的一句话：

“其实我只是在长大，只因长大的过程太过平淡和乏味了，所以我无端地忧愁。”

或许，这句话真的是对的吧，好像所有的快乐不快乐，都是我一个人的幻觉一样。在我重新走上这条路的时候，我能回忆起的，竟然仅仅是开学那天天气的寒冷程度和他穿的黑色羽绒服而已。

走到了他的屋檐下，我看到了里面的光亮，他在家。

暑假的晚上，他会在做什么？一个人？两个人？我不再允许自己想下去。

夏日的蚊虫很是扰攘，让我本想在屋檐下静静站立一会儿都不能够。我鼓起勇气，走到了门前，敲了敲门。

门很快打开，他站在我面前。

扑面而来的，是我熟悉的气味，薄荷味的洗发水，带一点点金盏花的甜味，那是永远叫人无法抗拒的气味。

他穿着白色的T恤，没有任何数字和图案的T恤，像从大市场买来的七十块钱一打的那种廉价货，洗得发旧。还有一双灰色的塑料拖鞋，露出圆圆的脚趾和修剪整齐的趾甲。

我就这样，又出现在他的视线里。我承认，就在那个时刻，我还没有意识到这种重逢究竟意味着什么，直到我看到他的眼睛，我想好的话已经忘记了一半，哦不对，是已经完完全全地忘掉。

我能从他的眼睛里看到仰头的自己，是那么虔诚和卑微的表情。

竟然一如曾经。

我这是怎么了？

请老天作证，这些时日，我几乎忘记了“路理”这两个字的结构和笔画，连念都许久不再念起。可是，是谁说过，遗忘是为了更深刻的记忆？

我不由自主地伸开手臂，跌进他的怀抱里。

幸好，他没有拒绝，而是也抱住了我。

我们就这样拥抱着，这一秒，所有的疑问都被抛到脑后，我提都不想提起。

“我病了，一场大病，差点死掉。”他在我耳边轻声说。

我全身都颤抖起来，他在解释！解释，是不是就表明他在乎我的伤心呢？

原来他在乎，他在乎。

我默默地放开他的肩膀，手臂仍然不肯放开他的手臂，我不怕他看见我的眼泪。他伸出手，用非常非常轻柔的动作替我擦掉了眼角的泪水。

我们就这样用怪异的姿势彼此拥抱着到客厅的沙发前坐下。

坐下来之后，我的眼泪又开始流个不停，大概是因为他刚才的动作让我完全放松下来，我整个人都感到一阵说不出的疲倦，想把发生的一切都告诉他。

告诉他我是怎样为了熬过想他的夜晚彻夜背诵英语课文，告诉他我在深夜打他电话听到陌生女声之后有多么心如刀割，告诉他我在父亲和左左那里受了多大的委屈，告诉他我的高考成绩，告诉他我对不起他，告诉他我会补偿，告诉他我一直想念他，像在脊柱上种下一棵毒草那样，每天晚上躺下之后，背有多痛。

对了，我还有最重要的事要告诉他，那就是——米诺凡要送我出国，可是如果他说一句不要我走，我就不走。

这样想着，我的眼泪继续流个不停，一句话都说不出来。

“噢，米砂，你还是那么爱哭。”他把我的手抓在自己手里，不再替我擦眼泪，而是一直看着我，任由我的眼泪像滚热的岩浆一样流淌。

但是任我的眼泪怎样流，我都能感觉到，他正用一种像是从我的眼睛里已经读出了一切的、宽容的、闪闪发亮的，却又那么温柔到足以安抚我所有激烈的不好的情绪的眼神，望着我。

那是轻而易举就可以杀掉我的，我晨昏昼夜从没忘记过的眼神。

于是我更加泣不成声，哭得像一张在水里浸过的宣纸。

“对不起，米砂，”他说，“你高考那一阵，是我身体最糟糕的时候，病危通知书都下了好几回了，我以为，我再也见不着你……”

“混账！”我抬起头，用红肿的眼睛看着他，骂他。

他忽然笑了，责备地说：“骂粗话？”

我伸出手去打他，手掌触及他的脸，力道却不由自主地放小下去。他的掌心随即也放上来，贴着我的手背。房间里只剩下我们的呼吸，我的急促，他的轻柔。

“你忘了我吗？”我问他。

“怎么会？”他答。

“我忘了你。”我赌气地说。

“是吗？”他笑笑说，“我不太信。”

哦，真好，这样的夜，至少只有我们俩，上帝保佑，就算是做梦，也让我做一回，不要早早醒来。

可就在这时，本就没关的门吱呀一声被打开了。我下意识地抬起头来，站在门口的人我认得的，她左右手各拎着一个大包，如果我没有记错，她的名字叫陈果。

路理飞快地推开了我，坐直了他的身子。

我的心又整个凉了。

陈果走了进来，像是没有看见我，径自把那两大袋子的东西放进厨房，背对着我们用轻松平静的语气大声说道：“你妈不放心你，买了一大堆东西让我带来。啧，瞧这厨房，我出门两天就乱成这样子，你也太懒了点吧？我都说过很多次了，垃圾桶里要先放个垃圾袋，你又忘记了！”

我清醒过来的意识提醒我，此时的我是一个多余的人，我应该像以前那样，拔腿而逃，离开这个本就不属于我的地方。可是现在，我也不知道为什么，我就是不愿意就此服输，我觉得我从来都没有这样恨过一个人，甚至超过了曾经的蒋蓝，如果说曾经的蒋蓝是蛇蝎心肠，那面前的这个陈果，就是城墙脸皮！是的，我恨陈果，我恨她夺走了本该属于我的东西，还好意思在我面前表现出趾高气扬理所应当的模样，凭什么？

于是我也装作若无其事，转身对路理说：“我要走了，你送送我好吗？”

“好。”他站起身来，走到门口，蹲下身，换了一双帆布鞋。

我已经想好，先把他从家里骗出去，然后再请他去喝咖啡，泡酒吧，唱卡拉OK，散步聊天，数星星放烟火，总之，干什么都行，前提是只有我俩。

可是我们刚走到门口，就听到后面响起陈果冷冷的声音：“等等。”

“我去送送米砂。”路理说。

“不行。”陈果铿锵有力地说。

“你管他这么严，算他什么人呢？”我忍不住讥讽道。

我以为她会脸红，继而气愤地走掉。谁知道她只是微微一笑回敬我："你知道他刚出院不久吗？知道他晚上不宜出门吗？你知道一点点的感冒发烧会给他带来多严重的后果吗？米砂小姐，如果要找王子陪你散步，我看你还是去找别人吧，路理要休息了。"

我吃惊地看了路理一眼，他竟然病得这么严重？！想当年，他可是拿过校运动会长跑冠军的啊！

我继而想，在他病得最厉害的时候，我在做什么？我不过守着我内心所谓的自尊和骄傲整天忙活着自己三点一线的小生活。陪在他身边的，时时刻刻都是陈果，不是吗？

原来，没有资格的人并不是她，而是我！

我感到从未有过的羞愤，当然更多的是自责。一张绯红的脸泄露了我的心虚和失败，正准备夺门而逃的时候，路理拉住我说话了："陈果你别这样，我和米砂很久不见，你去给我拿件外套，我很快就回来的，放心吧，我没事。"

"不。"陈果说，"我不会让你出门的。"

路理没有搭腔，自己回身取了放在沙发上的外套。他这个动作又重新燃起了我内心温暖的希望和无比的柔情，是的，我不应该就此认输的，我们还有很多日子，我可以弥补，可以给他更多的精彩，更美好的幸福，我为什么要放弃？我不能一错再错了！

我伸出手去拉路理，却没想到陈果还是拦上来，冷冷地说："如果你们要聊天，我可以回避，把这里让给你们，方便的时候我再回来。"

"你不要闹了！"路理用命令的口吻对她说，"这样多不好。"

“我就是不让。”陈果好像要哭了，虽然这句话是对路理说的，但她却看着我。好像我才是令她如此伤心的原因，必须跟她道歉谢罪似的。她激发了我的叛逆情绪，于是，我加倍用力地牵着路理的手，而她的手也握着路理的手腕死不肯放，我们三个人的姿势，让旁人看来，一定恶俗到了极点。

那几秒，我和陈果一直不可避免地对视，瞳孔里的恨意无比，简直可以把对方烧成灰。我内心有种说不出的战斗的快感，我已经好久没有再和女生发生战争了，正好趁此机会好好温习，我在心里反反复复鼓励自己：这一次我不会放手，无论如何，这一次，绝对不放。

直到路理伸出他的另一只手，有些粗暴地将陈果拉着他手腕上的那只手扯掉。然后他拉着我，我们走出了他房子旁边那条长长的小巷，一直走到了灯火通明的大街上。

他始终都没有放开我的手。我手心里温热的汗提醒我胜利了，幸福正排山倒海地到来，我胜利了，他终究还是我的王子，一切从未曾改变！然而可惜的是，这种胜利感只持续了短短数十秒，因为我很快发现，我们后面跟着一个扫兴的人——陈果。

世上怎么会有如此阴魂不散的女人！

我放慢了我的脚步，考虑要不要放开路理的手，直接走到她面前跟她来一场面对面的对决的时候，却听到路理在说：“好久没出过门了，夜晚的空气真新鲜呢。”

显然，他没有发现身后的她。

“噢。”我朝路理眨眨眼，“我们跑，怎么样？”

“什么？”他没听明白。

“跑啊，听听风的声音！”我一面说一面扯住他的手往前飞奔，他终于反应过来，慢慢跟上我的速度，他的腿，似乎变得矫健多了，跑起来的样子看上去完全不像还在恢复期。

“哈哈，好玩吗？”我问他。

“好玩！”男生腿长，很快就变成了他拉着我往前，我快活极了，那种感觉像坐上了秋千一样，心一下子跟着荡得老高老高。我忍不住兴奋地尖叫，好多日子了，从没有一刻像现在这样美妙。

不管是陈果李果还是王果，都让她们见鬼去吧！哈哈哈哈哈！这一刻，只属于米砂，只属于路理，只属于米砂和路理！

然而，我并没有高兴多久，一件最让我想不到的事情发生了。

路理晕倒了！

那一刹那，他像是被什么东西用力地撞了一下，然后他迅速放开了我的手，重重地倒在了地面，我来不及拉住他，只听到他的头与地面撞击的一声闷响，还有他发出的低微的一声呻吟。

“路理你怎么了？”我尖叫着，弯下腰试图要扶他起来，但一切都是徒劳，他很重，我根本搬不动他。他苍白的唇，紧闭的双眼，还有脸上安静的表情吓得我不知道如何是好，所有急救课上讲的安全知识全都一下子在我的脑子里消失了。我只能俯下身去，麻木地做着一个徒劳的动作——双手按住他的肩膀，来来回回地摇动他的身体。忽然，我感到身子被人用力一推，是陈果！她从包里迅速取出药、矿泉水，接着，用一只手轻轻托住他的后脑勺，又拧开矿泉水盖子，送到他嘴边，他便自然地双唇微启，她乘机连药带水地灌了下去。然后她拿出她的电话，熟练地按了三下——120。

做完这一切，她似乎只用了半分钟。

她依然蹲在地上，把路理的头再稍稍用手臂托得高一点，这样，路理整个人就好像倒在她怀里一般，这真是个强势到极点的动作。

周围已经开始聚集一些人群，我完全听不到他们在窃窃私语什么，人生中令我难堪的时刻也许远不止今天这一次，但却绝对是最令我后悔和无助的。

我必须做点儿什么来令我自己好过点。于是我也顺势伸出手去，想握住路理的手，但迅速被陈果发现，她在我还未伸及的手背上用力一拍，小声但有力地说："这里不需要你，你走吧！"

聚集的人更加多了，他们像是为了给这出戏布景，此时齐齐发出哗然的感喟。

"对不起……"我极力发出平稳的声音，额头已经开始冒汗，我喃喃地说，"他怎么样？会不会有事？"

陈果抬起头来，血红的眼睛盯着我，对我说："是你让他跑的吗？"

是我。

但我没有勇气点头。她就像张开翅膀准备向我扑来的老鹰，无比盛气凌人，一下子令我缩小很多，我只是僵在那里，小声答："我不明白为什么会这样……"

她没有听见，也许是装作没有听见，总之她不再理会我，而是轻拍着路理的脸，对他说："坚持一下，救护车马上就到了，你不会有事。"

那神情，俨然是母亲在看护一个婴儿。

我也想蹲下去，和她一起呼唤他，帮助他。可是我深知，我已没有这个资格，就算有这个资格，我也没这个本事，我只能手软脚软地蹲在那里，和路理隔着一个不远不近的距离，什么都做不了。

120急救车很快就赶到了，陈果和人群中面目模糊的好心人一起把路理弄上了车。而我仍然蹲在那里，不知道自己该做些什么，自始至终，她的视线都没有再往我这边打量一次，车子很快绝尘而去。我慢吞吞地站起来，走到路边，下意识地打了一辆车跟着救护车，司机问我救护车上的人是谁。是谁？他是谁？路理？我的爱人？一个朋友？老同学？被我的无知加害的人？我没法回答这个简单的问题。

我甚至想不起来自己为什么会鬼使神差地让他跟我一起跑，也无从猜测这一跑对他意味着什么，到底有多严重。如果他真有什么三长两短，那就让那辆救护车碾死我算了。

我脑子里反复回荡的，只有陈果对我说的那几句话："你知道他刚出院不久吗？知道他晚上不宜出门吗？你知道一点点的感冒发烧会给他带来多严重的后果吗？米砂小姐，如果要找王子陪你散步，我看你还是去找别人吧，路理要休息了。"

她是对的，我竟然没想到，尽管她是我的"敌人"，但她的话，就是对的。

我为什么不听?

到了医院，他被两三个戴口罩的护工围着，吵吵嚷嚷地送进了急诊室，我站在远远的地方看着陈果忙上忙下，打电话，向医生问询，但我却不敢上前一步，了解他到底伤得有多重。

我和陈果隔着一定的距离坐着，她始终不看我一眼，只当我不存在。但，路理应该不会有大问题，否则，她毫不留情把我拎起来扔出去都有可能。我对自己说，我只要看到他平安，我就会知趣地离开。

没过多久，走廊里传来一阵急促的脚步声，我循声望去，看到一对中年男女。他们经过我的身边，带去一阵风，但却没有停下，直到看到陈果。其中那个女人，一见面就紧紧地和陈果抱在了一起，我刹那间明白了，他们是路理的父母。他的父亲和他简直是一个模子里刻出来的，他的母亲把头发梳到后面挽成一个髻，长得慈眉善目，只不过此刻眼里噙着泪水，用期待的眼神看着陈果。他们如此亲密，完完全全一家人的样子，让不出分毫距离给我。然后他们一起进了急诊室，只留下我这个始作俑者躲到墙角，想离去，却又不甘心离去。

也许是太担心的缘故吧，每一秒对我，都像是一年那么漫长。那扇门一直关着。我努力了很多次，都没敢去敲它。发了几分钟呆后，我从包里摸出了我的手机，打开了它。我本来是想给路理发个短信，甚至打个电话，可是就在我开机的刹那，手机就响了起来，是米诺凡，他在找我。手机屏幕上“DAD”这个单词在不停闪烁。我看着它，顿时觉得有了依靠，我内心所有的坚持都在那一瞬间崩溃了，按下接听键，我对着电话就开始大哭：“爸爸……”

一刻钟后，米诺凡和米砾来到了我身边。米诺凡一走到我面前就一把把我搂到怀里，沉着地对我说：“不管发生什么，有爸爸在，没事了。”

就在这时候，急诊室的门被推开了。出来的人是陈果，她面无表情地走到我面前，直截了当地对我说：“你可以走了。”

“他没事了吗？”我小心翼翼地问。

她依然冷着那张脸：“他有事没事都不关你的事。”

“怎么说话呢！”米砾上前一步，为我打抱不平。我示意米砾噤声，再次恳求地说：“请告诉我他有没有事，只要确定他没事，我就离开这里。”

“没事。”陈果的牙缝里终于挤出这两个字。

“米砂，我们走！懒得在这里看死人脸！”米砾说完，拉着我就往外面走。米诺凡也跟了上来，一直到上了他的车，他才开口问我：“是谁进了医院，到底怎么回事？”

“路理。”我吐出这两个字的时候，已经做好了挨骂的准备。

果然，米诺凡什么也没说，只是转过头来盯了我一秒钟就加大油门，车一下子开出去好远。我庆幸他没有大吼一句：“什么！”那简直是我能想到的最糟糕的一件事。

虽然他没有再像从前那样粗暴地干涉我的感情生活，但是，我知道，在他心里，一个风吹一下就会倒的男人是无论如何也不能照顾好他公主一般的女儿的。这不，现在，他又进医院了，所有的证据都表明“不听父亲言，吃亏在眼前”，对我而言，这一切就像是绝妙的讽刺。

救场如救命的米砾又出现了，他摇头，叹气，最终责备我：“米二，你已经十八九岁了，做事也要稍许成熟一点，不要这样动不动就一惊一乍的，你知不知道老爹为了你差点去杀人！”

“闭嘴！”米诺凡说。

杀人？什么意思？

米砾意味深长地看了我一眼，再看看前面开车的老爹，终于停止了聒噪，和我一样把头扭向窗外。

一直到家，我们三人都默默无语，也实在是因为无话可说。

夜里十二点，米砾又溜进了我房间。那时我正抱着腿坐在床上发呆，他拿着两瓶可乐晃进来，硬塞一瓶到我手里，安慰我说：“放心吧，他死不了。”

“对不起，米砾。”我说，“今天让你们担心了。”

“这话你应该跟米老爷说。”米砾告诉我，“你知道吗，左左给老爹打电话了，说你去找过她。当时老爹就急了，你知道他在电话里对左左说什么吗？”

“什么？”

“他说，我女儿要是有什么事，我会杀了你。”

“那个左左到底是什么人？”我问米砾。

“管她什么人，反正米老爷对她一定没兴趣。”米砾老气横秋地对我说，“米砂，你别成天想着伸张正义，先把爱情这件事搞明白了好不好？”

"你搞明白了吗？"我反问他。

"也没。"他笑嘻嘻地说，"不过我没像你一样乱来啊。"

"说得是。"我说，"米砾你打我一拳吧，这样我兴许会好受些。"

"成，一拳一千块。"他朝我伸手。

"我觉得我和路理很没有缘分。"我拿冰冷的可乐瓶挡开米砾的手说，"以前是醒醒，现在有个陈果。"

"米二。"米砾说，"你要是真的不想放弃，就去争取。"

我惊讶地看着米砾。要知道，在反对我和路理这件事上，他一向是和米老爷站在统一战线上的。

"争取。"米砾拿起我枕头边早已关机的手机，把它打开来，塞到我手里说，"现在就打电话，告诉他你爱他、你关心他、你不能没有他，你不说，他也许永远也不会知道。"

我还在犹豫的时候，我的手机响了，竟然是他。我慌不择路地接起来，听到他急促的声音："米砂，你终于开机了，是你吗，米砂？"

"噢。"我说。

"我真没用，"他叹息说，"一定让你担心了，是吗？"

不知道为什么，一听到他的叹息声，我整个心都揪成了一个皱巴巴的毛线球。我想安慰他，可我找不到合适的词汇，好像说什么都不对。直到电话那边又传来他的声音："我忽然很想见你，米砂。"

"我忽然很想见你，米砂。"

噢，我的路理王子，在我关于“爱情”的所有长长短短的幻想情节里，你可知这是一句我从没想过的最动人的台词呢？

5

夜晚来临的时候，我常常有轻微的错觉，仿佛耳边总是有人在喘息，待仔细聆听，却又消失不见，只有窗外的风吹动树叶，提醒这一季又将过去。时光的消逝最为无情，我很担心我还来不及享受人生，便已经匆匆老去。我更担心当我已经老去，还弄不明白什么是真正的爱情，然而我最最担心的是，就算我弄明白了什么是真正的爱情，却不能和自己最爱的人相伴走完一生。

在医院散发着百合花香味的他的床头，我把我幼稚混乱的想法讲与他听。他微笑，手带些犹疑地伸过来，拨弄了一下我的刘海，说：“米砂，我真的没见过比你更可爱的女孩子。”

这两天，他总是这样变着法子赞美我。原来和他在一起的所有时光里，他都没说过这么多赞美的语句。我早已习惯欣赏他的沉默和他读不懂的内心，有种观看话剧的滋味在里头，越往下，细节越完美，越不忍放弃。

“我变俗了，是吗？”他又一次看透我的心，问我。

我点点头。

他大笑起来，说：“等我出院，带你去看海。”

“更俗了。”

“那你想去哪里？”

“丽江。”

“丽江啊，”他皱起眉头，“听说那是失恋的人才去的地方。”

我哈哈笑：“我要跟你在那里……偶遇！”

“好，答应你！就丽江！”他仰起头说，“你天天跑来看我，给我解闷，我总得回报你点啥。”

我做更俗的事，拉住他的手，贴在我的脸颊上，不说话。

“你们学校开学真晚。”他说，“你不参加军训真的不要紧吗？”

“都说没事了。”我岔开话题，“最近我突发灵感，写了首歌词出来，什么时候拿给你看看，你替我作曲可好？”

“好！”他沉默了一下笑着说，“不如我们就来合作一首歌吧，春天那场病我已经死过一回了。如果我活不过今年的冬天，有首歌留给你做纪念也好啊。”

“胡说八道！”他的混账话简直让我的心都快碎了，我从床边跳起来，对着他一顿乱打乱捶，他并不阻拦我，当然，我不敢用力，可是就是因为不敢用力，反而失去了重心，一下子跌倒在他身上。我们隔得很近，很近很近，我看到他的眼睫毛，那么长，男生居然有这么长的眼睫毛，嫉妒得我想揪下来几根，量量它们究竟有多长。他再靠近一些些，唇微微地贴在我的左脸颊，我的眼泪就不争气地掉了下来。

反正已经丢脸，我索性趴到他身上去，紧紧地抱住他：“混蛋，不许说不吉利的话，不许！”

“好。”他轻轻地拍我的背，“米砂说不许就不许。”

他的声音是那么宠溺，让我心里那个皱成一团的毛线球又像被小猫的爪子踢过一般，翻翻滚滚，最终，那些毛线都松散开来，纠缠不清，看不到头在哪里，乱得不可开交。我在心里替自己鼓气，我要抬起我的头，和他再次对视。如果……如果发生点什么，我不要脸地想，就让它发生吧。我还不算他的女朋友，不是吗？除了那一年我赌气离家，他在九华山那个庙里把灰头土脸的我搂在怀里，除了刚才他留在我左脸上的若有若无的吻，我们之间共同拥有的东西太少了，没有甜言蜜语，更谈不上山盟海誓，但从这一刻起，一切都必须要改变！一定要，必须要！

然而，就在我拼了命将勇气鼓到百分之九十九的时候，门被用力地推开，陈果来了！哦，所谓克星就是如此吧，总是在不该出现的时候偏偏出现。我慌慌张张地爬起来，忙不迭地擦去我的眼泪，路理反而无所谓，坐直身子对她说：“来了？”

陈果这天穿了蓝色的花裙，拎一个大布包，冲他微笑：“有没有按时吃药？”

她视我为透明人。

其实这些天她都是这样，明明知道我在，她还是一样按时来，好像自己是个单纯的护工，或者说，像是路理的家人。从这一点来说，我真的很佩服她，我承认，我做不到。我做什么样的事情都习惯了名正言顺，习惯了骄傲，习惯让别人屈服，但也许正是因为这样，所以才会常常失败吧。

陈果一来就开始忙乎，检查吊瓶，开窗换气，给花瓶换水，去开水房打水。仿佛没有她，路理这个院就是白住了，忙完这一切，她坐下来，开始削一个苹果。

“不用了。”路理阻止她。

她固执地说：“你忘了医生说你每天都得吃一个苹果，补充维生素。”

“米砂已经削给我吃过了。”路理说。

“哦，是这样。”她平静地放下水果刀，把苹果塞到自己嘴里，咬了一大口，站起身来说，“那你们聊吧，我还有点事，先回学校了。”

“好啊。”路理说，“你慢走。”

她走到门边，拉开门，停了一下，头也不回地说：“对了，你要看的书我给你妈妈打过电话了，她说今晚就送过来，你别看太晚，要注意休息。还有，晚上不要贪凉，记得盖好被子，学校的手续我也替你办好了，你出院后直接去上课就可以。”说完这一大堆话，她终于离开了。

我管不住自己长长地呼了一口气。

“她让你不安？”路理看着我，居然问我这样一个问题。

“当然。”我气呼呼地说。其实，我还想说更多，我想问：为什么她跟你的父母那么熟悉？为什么她比我更了解你？她是如何有权利经常陪伴在你身边，如何做到对你的一切了如指掌的呢？

然而，米砂不是一个傻瓜。即使这些问题我再想知道答案，我也绝对不会天真地提出。除非，我只想证明一件事：我不如她。

“她是个好姑娘。”路理说，“和你一样。”

我突然站起身来，他拉住我胳膊问："你要去哪里？"

"回家！"我说。

捉弄我成功，他得意地笑了，这才说："可是我的心很小，只装得下一个人，那就是你。"哦，路理，既然你能说得这么肉麻，这么理直气壮，那么你可不可以告诉我：陈果其实是你的亲戚，她不想从我手里抢走你，她只是想替我保护好你。是这样的，对吗？

爱情小说里才有的俗不可耐的情节，求求上天发生在我身上好啦。

"你在想什么？"他饶有兴趣地问我。

我又坐了下来，在他胸口上用力打了一拳，恶狠狠地说："记住你说的话，不然我饶不了你！"

"一定！"他说，说完了他又问："对了，你说了什么来着？"

对了，我说了什么来着？

我好像什么都没有说，却又好像在心里说了千言说了万语，一不做二不休，我从枕头下把他的手机掏出来，扔到他面前说："给她发短信。"

"你又要干什么？"他不明白。

"发！"我一字一句地命令他，"你明天起不用来看我了。"

他哈哈大笑，用手机点我的鼻子："女人都是这么贪心吗？"

"别人我管不着，反正我是。"

他做晕倒状。

但那条短信，他最终还是没发。想必他这个大好人，总是怕伤任何人的心。当初对我，不也是这样的吗？我也不再强求，就像我心里那些问题，就让时间令它们腐烂在肚里吧。此时此刻，我什么也不愿意多想，是谁说过，爱就是宽容就是信任，所以，给他时间，相信他会处理好这件事。

那天我一直流连到探视时间结束才离开医院，走出医院的大门，没想到陈果竟然等在门口。我提醒自己，既然是胜利者，就要摆出宽容的姿态，于是我主动微笑，与她打招呼。

“你打算瞒他到何时？”她单刀直入地问我。

“什么？”我心虚地答。

“你就要出国了，不是吗？而且是全家移民。”她说，“可你骗他你考上了南京艺术学院。”

她竟然调查我！

“你能给他什么呢？”陈果问我，“一个甜蜜的谎言和一次注定的伤害，难道这就是米砂小姐的爱情观？”

“不。”我说，“不是你想的那样的。”

“我只是提醒你。”陈果像说绕口令一样，“放心吧，这些日子我不会骚扰到你们。但我要告诉你，该我的，总归是我的；不该你的，总归不是你的。我只恳求你不要把事情弄得不可收场，这对谁都不好。”

说完这些话，她走了。

我有些虚弱地站在初秋傍晚的风里，身体里的细胞，好像忽然如同灰尘一般溃散开来。我思考着她所说的一切。过了好久我才反应过来，我又被她打击了！怎么好像每一次，赢的都是她？

我恨她，我真的恨她。是谁给了她这张嘴，是谁给了她这个权利，让我每一次都输得这么彻底，输得这么无话可说？

不，我暗下决心，说什么也要改变这个现状。

本来这是一个浪漫无比的黄昏，可是，因为那个咄咄逼人的讨厌鬼的出现，它变成了一个不得不沮丧的黄昏。下了公交车，我埋着头走得飞快，快到小区大门的时候，忽然听到有人在叫："嗨，小朋友。"

我下意识地停下脚步，看到一个女人，她正闲闲地背靠着一棵银杏树，头发歪歪地绑在头顶，身着一件镶金边的淡花旗袍，唇膏却是一抹艳丽得可以置人于死地的石榴红，用一双黑漆漆的眼睛直直地盯着我。

我一时没认出她来，于是我继续往前走。

"你的鞋带散了！"她在我身后喊，我猛停下来低头看我的脚，哪有什么鞋带，我穿的明明是一双 CROCS 的凉鞋。

她笑得惊天动地，然后说："据说智商高的人才不会因这句话而停步，我的小米砂，看来你智商一般嘛。"

谁？居然知道我的名字？

我转头定睛一看，才认出是她——左左。这个该死的百变妖女，她今天的造型和前两次我见她，都有着天壤之别。我哪里能一眼认得出来！

"你在这里干吗？"我问她。

"等人。"她说。

"守株待兔？"我没好气地说，"还是又被他从我家里赶出来了？”

“哈哈，”她笑起来，离开那棵快被她倚倒的树，站在我身边，高跟鞋令她身高占据优势，一下子让我变得被动，“他今晚的饭局应该也快散了，所以，就算他跑得比兔子还要快，等他回家时，我总能看到他车子一眼。”

我惊讶地大叫起来：“你在这里傻等，就为了看他的车子一眼？”

“不可以吗？”她反问我。

可以，当然。

我只是在心里有些压不下去的小震撼，关于女人的爱情，和左左小姐比起来，看来我懂得的不过是皮毛。我忽然想，如果那个叫陈果的女生遇到她这样强的对手，想必一定会输得片甲不留吧。

“话说那天你到我那里去后又去哪里了，把你爹急的，以为我把你咋了，差点要了我的小命。”左左说，“我还没找你算账呢。”

“对不起。”我真心地跟她道歉。

“哈哈。”她笑，赞叹说，“米家的千金就是有修养，不过那晚的事，要跟你说抱歉，我和我的朋友，都多喝了点。”

“没事，再见。”我找不出别的话回答，匆匆和她告别。她伸出手，使出她的招牌动作，捏捏我的脸说：“有兴趣跟我一起去看演出吗？保证你会喜欢。”

“不用了。”我说。

她若有所思地问：“你晚上出门，你爹会担心是吗？”

我点点头。

“真好。”她说，“我从六岁起，就没有爹为我担心过了。”说完这句话，她从口袋里掏出两张票递给我说：“很好看的话剧，这两天都在演，有空去看看吧，本来想请他去看的，但还是不要碰这个钉子了，不过，送你也一样。你把票扔掉也不要拒绝我，不然真的太伤自尊了。”

说完，她哈哈笑着跟我挥手再见。

我很想问她是不是还要在这里继续等，打算等多久，更无从猜测过去有多少的日子，她就靠着那棵树在这里看他的车子扬长而过。那一刻我真怀疑这棵树长得这么歪完全是她靠着的原因。我跟她告别，拿着那两张票走了很久，下意识地转过身，仿佛还能远远地看到她倚着那棵树的背影，渐渐模糊在黑暗将要笼罩的夜色里。

米诺凡那天九点才到家，不知有没有在路口和左左相遇，总之看上去他和以往无任何不同。被一个女人追了这么久，生活居然还是风平浪静，我有时不得不怀疑他的生活里，到底隐藏了多少不为人知的秘密。

“吃过了？”我迎上去，替他拿拖鞋。

“吃过了，你们呢？”他穿上我递过去的拖鞋。

“米砾游泳去了，我吃过了。”我回答。

他走进客厅，一直走到楼梯口，一边走一边说：“忙完这段就好了，我就正式退休了……”

“爸爸，我想跟您谈谈。”我一直尾随他来到书房，他这才转回头，看了我好几秒，说:“好，那我们就坐下谈。”

“不了。”我说，“我还是站着吧。”

“你想说什么？”他问。

“我不想出国了。”我说出了这几个月反反复复萦绕在我心头的那句话，同时，做好了承受一切暴风雨的准备。

可是令我万万没有想到的是，刚刚坐定，拿起一份报纸准备看下去的米诺凡，居然眼皮都没有抬一下，手指一动，报纸翻过一页，轻松地吐出三个字:“说下去。”

既然叫我说，我就说下去。

我吸了一口气。在我说出第一个完整的句子之后，我就几乎不费吹灰之力地说出了我最想说的话:“我不想出国，是因为我发现我离不开他，对不起，我答应您出国，现在却出尔反尔。我承认，那时我并没有想清楚，我就匆匆忙忙默认了——虽然当时我并没有满口答应出国，这么久以来，在所有人都默认了移民这件事之后，我就更加无法说出口。但是想了这么多天，离开这里的日子越来越近了，我觉得不能再拖下去。我必须，也只能告诉你，我不能跟你和米砾一起走。不管你有多么生气，多么不理解，不管你认为我幼稚也好、自私也好、无知也好，我一定要告诉你，我之所以坚定地这样做，是因为我爱上了一个人，我想和他永远在一起，仅此而已。”

很长的句子，语言混乱。

上帝保佑，他听明白了我的意思。

然后，当然，接下来的事——就是等他发火。

出乎我的意料，米诺凡并没有站起来夺门而去，也没有立即指着我的鼻子叫我闭嘴，更没有失望地甩掉手中的报纸，冷冷地说：“我没有你这样的女儿。”他只是放下报纸，又挠了挠自己的后脑勺，用平静的声音说：“哦，是这样。”

他叹息了一声，看着我的眼睛，眼神平静。这让我明白，这一切不是他的伪装或克制：“米砂，你要知道，移民，确实是一件大事。你有自己的想法，当然可以。但是，你要确定这到底是一个决定，还是只是一个念头，我想，你需要更长的时间。”

本来“决定”二字就要冲口而出了，但我的想法还是立刻被他看穿，他对我摆摆手，说：“不，你不要急于给我答案。这一切，等你真的想清楚了再说。到那时，如果你真的做了决定，即使是出国前最后一天你不想走了，爸爸也会答应你，如何？”

我下意识地点了点头。

我忽然鼻子一酸。他是不是就这样老了？

我无法忘记童年时，有一次，他走到哭得快要晕倒的我面前，粗鲁地抹去我满脸的鼻涕眼泪，将我夹在腋下把我扔到小床上，帮我盖好被子离开。那时我是那样害怕他的孔武有力，在他高大的身躯面前，连抽泣都不敢用力。转眼间，他的小女儿却变成了一个这样处处违抗他、在他面前口若悬河只顾自己感受的人，他会不会比我更加心酸？

也许是看出我的犹疑，他伸出手，在我头顶上摸了一下，对我笑着说：“他快出院了吧，身体如何？”

“下周。”我说。

“他知道你要出国的事吗？”

我摇头。

米诺凡笑了，说：“你有没有想过，如果他知道了，也许他会反对你这么做？”

“不。”我下意识地答。

“这只是你内心美好的愿望而已，要知道，男生的自尊，有时候比什么都要重要。”

“这跟自尊有关吗？”我虚弱地问。

“至少你的欺骗，一定会伤他的自尊。”米诺凡说完，看了我一眼，重新回到沙发前，重新坐下，重新把报纸拿起来，挡住他的脸，在报纸后面对我说，“以后记住，跟人谈事前，最好做好充分的准备，都快念大学了，一急起来说话还是那么语无伦次。”

我羞愧地退出了他的房间。

我收拾衣服的时候看到左左送我的两张票，话剧的名字很有意思，居然叫《我爱龟琳皋》，时间是三天后。我忽然有种冲动，想把其中的一张还给左左，再把另一张票送给米诺凡。我分析不出来我为什么想这么做的心理，最终还是乖乖地把它塞回了包里。

那天直到很晚了，我才给路理发了短信：“睡了吗？”

我不敢确定他有没有关机，会不会回，也不敢确定会不会被陈果发现。我真是恨死了我自己的懦弱，陈果有什么好怕的？现在既然我已经对米诺凡坦白，我就再也不会害怕她什么。她能给路理的，我也一样能够给，谁说不是呢？

我正在胡思乱想，手中的手机屏幕亮了，是他！

“没，正想你。”

想？我忍不住想入非非：是想念？还是仅仅是想到？或者，只是在回想白天的点滴？

我多想假装天真、不知羞耻地继续问下去，问个究竟，问个明白。但在心里泼了自己一百零八遍冷水之后，我才把自己突突跳动的心脏稍许往心房里塞进去一些。我绞尽脑汁，才想起这样一句干巴巴、毫无情调又无比矫情的话发过去说：“哦，那么，真好。”

谢天谢地，他说：“晚安，贪心的米砂。”我真怕他继续用这些只言片语的甜蜜对我发难，我一定会招架不住晕过去。

那天晚上，我又一次失眠。

而我心里最想的人，居然是醒醒。

要是她能在我身边，我一定毫不吝啬地将我的幸福分享给她。看到这条短信，不知她是不是也会替我默默流下幸福的泪水呢？

我忽然感到一种说不出的深深的寂寞。自从醒醒走后，我再没有任何可以说说心底话的同性朋友，只是不知此刻的她，是不是和我一样辗转难眠。

但无论如何，她一定比我好很多，至少，她有那命中注定的沙漏陪伴枕边，每当抚摸它，一定就像又回到了我们在一起的时候。而我所拥有的，不过是一只装载着小小甜蜜的小手机，伴我到天明。

6

我在家里宅了三天。

这三天，我谎称去学校报到，没有去医院看路理，我们之间唯一的联系只是短信。我刻意制造出的距离，只是想要让我自己明白，我到底能不能离开他。最难挨的时光往往在傍晚，最后一丝天光收敛之时，他的笑、他走路的样子、他呼吸的姿态就好像从潘多拉的魔盒里跑出来的魔鬼，不停地在我眼前萦绕……这个时候，我也往往会像受到了邪恶的引诱，情不自禁地想象着陈果会不会正在给他削苹果吃，会不会趁我不在的时候，他和她也会说着那些恋人之间才会有的暧昧语言。我被自己折磨得不轻，于是就不停地弹琴，直到米砾冲过来，把我的手指按住说："米砂，如果你没疯，我都要疯了。"

"对不起。"我这才反应过来，"吵到你了？"

"当然。"他说，"一支曲子你弹了十遍了。"

我从琴凳上站起来，跑上楼，进了我的房间，拿出我的手机，上面已经有他的三条短信，一条是："你在干吗呢？我想你了。"还有一条是："明天就出院了，要是你回不来，我去你学校看你，好吗？"最后一条是："我怎么觉得自己也变得小心眼了，呵呵。"

我捏着手机，直到把它捏得发烫，也不知道应该回一个什么才好，一向光明磊落的米砂最讨厌谎言。我不得不承认，米诺凡说得对，我的欺骗一定会伤他的自尊，也让我在这份爱情里不得不处于下风。如果我注定不能给他未来，那么我的爱到底算不算是真爱呢?

一向就不是爱情专家的我当然无法回答我自己。

下午六点，我背上我的包从家里出发，经过小区门口那棵树的时候，我下意识地停了一下脚步。那里没有左左，只有绿得可以滴下油一般晃人眼的树叶。我上了熟悉的103路，在医院大门口下了车，我走进住院大楼，上了电梯，按了11楼的键，然后终于到了那间熟悉的病房。

没有我想象中的那些乱七八糟的场景。他只是一个人孤单单地坐在床边，在看一本书，他没有穿病号服，而是换上了一件白色的T恤，看上去是那么舒服、自然。

他的确和很多的男生都不一样。

我轻轻推开门走了进去。他看到我，惊喜地放下手中的书，要下床来迎我。我快步上前，他一把拉住我的手说:“你终于来了。”

他用了“终于”这个词。

我努力挤出一个微笑，说:“是。”

他探询地看着我的眼睛，“我觉得我们好久不见，怎么，你是不是遇到什么不开心的事情了? ”

我真恨自己没用，总是这样，让他一览无余地看到我的内心。我别开头，他伸手把我的头掰回去，让我继续面对他的眼睛，然后他说:“告诉我好吗? 米砂，我想我有权知道。”

我靠到他胸前，又可耻地掉泪了。

我不能确定陈果到底有没有把我的事情告诉他，或许我应该跟他开诚布公地谈一谈，可是我又害怕结局像米诺凡所说的那样，到最后，我只落得个两手空空。

“是你爸爸反对了吗？”他说，“其实，我有信心慢慢让他接受我的，这一点，你完全不必担心。”

“不是的。”我说。

“那是什么？”

“我不想跟你分开，哪怕是一天，一小时，一秒。”我把他抱得紧紧的。

他居然哈哈大笑，笑完后他又忽然轻轻拿开我紧紧贴在他身上的两条胳膊说：“你弄脏了我的衣服，我可是刚刚才换上的呢。”

我抱歉地低头，在我的包里寻找纸巾，手忙脚乱地带出了左左给我的那两张票，路理把它捡到手里问我说：“你从哪里弄来的？”

“一个朋友给的。”我说。

他把票翻过来翻过去地看了一下，惊喜地问我：“今晚？”

我茫然地点了点头。

他捏着两张票，很高兴地问我说：“这是部相当不错的话剧，我一直都弄不到票，你是专程来请我去看的吗？”

我“不”字还没说出口，他已经从床上跳下来，利落地穿好鞋，拉着我的手一面往前走一面责备地说：“你呀，也不早点讲，希望不要迟到才好。”

“喂。”我拉他站定，“你还没出院呢！”

“谁规定住院病人不许进剧场看戏？”他说，“快走吧，马上就要开场了。”

“不许去。”我说。

“为啥？”他不明白。

“我可不希望再出啥事。”我嘟囔着说。

我话音刚落，他的脸色迅速地沉了下去，他放开了我，独自走到了窗边，看着窗外，很久很久，都没有再说话。

我走到他身后，环住他的腰，脸贴到他的背上。他有些抗拒，但最终没有推开我，只是用很低的声音沮丧地说：“原来我是这么没用。”

我到底还是伤了他的自尊。

迟疑了一会儿，我走到他前面，从他手里抽出那两张票，坚决地对他说：“我们走！”他有点不相信地看着我，我朝他做了一个鬼脸，然后说：“你一定不会有事，我也不会蠢到再让你和我练长跑。”

“米砂……”他想说什么，被我捂住了嘴。

“不许说让我不开心的话。”我说，“现在，我们出发。”

走出医院，天色已经暗了。外面的空气很新鲜，路理贪婪地呼吸了一口，对我说：“希望明天走出这里，就不会再回来了。”

“一定可以的。”我说，“出院后我陪你锻炼好啦。”

“可惜你得上学。”他说，“不过周末也好，你不回来，我就去南京看你。”

真是的，他又哪壶不开提哪壶了！我们上了出租车，我让司机把空调关掉，车窗摇开。我和路理就像两只迎着风饱胀的塑料袋，挤挤挨挨地靠在一起坐在后座。他一直握着我的手，有一个瞬间我特别想把头靠在他肩膀上，又忍不住觉得自己肉麻，心里更加七上八下，好久才回过神来。多年前的一个寒假，他送我回家，好像也是这样一个场景，清晰得仿佛我仍然记得他那天穿的衣服颜色。只是物是人非，我们已经经历了太多，只恨那时候单纯的自己，是多么不懂得珍惜幸福，享受初爱的纯洁和美好。

《我爱龟琳皋》原来是部音乐剧。它讲述的是一个外号叫龟琳皋的普通女孩在都市里寻找自己的爱情，不停受伤却又从不放弃的故事。整个剧笑点不断，却丝毫不俗气。演员不错，台词也很好，音乐就更不用讲了，特别是幕与幕之间衔接的不同风格的小段舞曲，听起来别有生趣。路理一直专注地看着，他仍然对戏剧这样着迷，他着迷时的眼睛都显得特别亮。好几次看到精彩的地方，我转过头去想与他一同讨论，他也正好转过头来看我。就这样，整部剧看下来，我们用眼神交流了无数次，却一句话也没有说，可就算是这样，我也格外高兴，说不出为什么。看来还真得谢谢左左，要不是她，我们不会有这样特别的一个夜晚。然而，直到最后全体主创谢幕的时候，我才惊讶地发现，左左竟然是整部剧的音乐总监！

她站在台上，和演员们一同谢幕，竟然一反常态地素面朝天，只穿了一件简单式样的连衣裙，头发梳成最最老土的马尾。我惊讶极了，禁不住叫出她的名字。

路理问我："你认识她？"

我点点头。

“她在圈内很有名。”路理说，“我以前拍个短片，朋友介绍她做音乐，结果她开出天价，只好作罢。”

这个世界真是小，而且，缘分往往有神来之笔。

走出剧院已经是夜里十点多钟，我们出来得晚，人群已经散去。路理又不知不觉拉起我的手，我们从黑漆漆的出口走廊走出来，周围非常安静。他小声地对我说：“我们可不可以散一会儿步再回医院呢？”

他很少用这种口气跟我说话，好像我是掌管他一切的主人，我故意把脸板起来说：“不行，得马上坐车回去，不然他们该着急了。”

“我给我妈发过短信了。”路理说，“没关系的。”

“那也不行。”我说。

“不行也得行。”他拉着我离开出租车站台，“小丫头们就是这样，越宠越不像话。”听他的口气，好像自己在这方面多有经验似的，我心里酸酸的幸福像一瓶不小心碰倒的柠檬水，玻璃和着水一起碎了。跟着他往前走，其实在我心里，何尝不想享受两个人的浪漫时光呢，我要的，只是一个台阶罢了。

而他总是这样，我要什么就给我什么，能如此懂得我心的人，我这一辈子又能遇到几个呢。我已经下定决心，准备跟他敞开心扉，可是就在我打算告诉他我的秘密的时候，却有人在后面重重地拍了一下我的肩，大声喊我的名字：“米砂！”

我转头，看到是左左。她很高兴地看看我，再看看路理，然后对我说：“谢谢。”

我一时不明白她在说什么，但她很快补充道："谢谢你来看戏，还带上一个帅哥捧场。"

"音乐很棒。"路理夸她。

"谢谢。"她笑得很夸张。

陈果就在这时候从旁边杀了出来，她拦住了他，并没有说话。

"咦？"路理惊讶地说，"你怎么来了？"

"又是你的主意，是吗？"陈果对着我，铁青着一张脸，"把他从医院带出来，他明天就要出院了，你是不是希望再出点什么事才开心？"

"不关米砂的事。"路理说，"是我自己要来的。"

"跟我回去。"陈果过来拉他，"你妈妈在医院等你，她很着急。"

只见路理轻轻地推开了陈果，然后说："你先回去吧，我和米砂走一走，我自己会回去的，你放心。"

"绝不。"陈果坚持着，"我才不会像有的人一样蠢，同样的错误犯一次还不够。"

"什么情况？"左左在我耳边轻笑着问，"难道你抢了别人的男朋友？"

我涨红了脸说不出一个字，让左左看到这一切，我觉得丢脸丢到太平洋。

陈果这一次是真的生气了，她径直走到我面前，昏暗的路灯下她的脸变成铜锈色："我见过不要脸的女生，没见过这么不要脸的。"

“请你收回你的话，”路理很严肃地对陈果说，“并且道歉！”

“休想！”陈果竟然用力推了我一把，她的力气真是大，我接连往后趔趄了好几步才停下。

“我们走。”路理走过来，把手放到我肩上，搂住我说。

但任他再用力，我也挪不开步子。我看着陈果，死死地看着。我忽然一点也不怕她了，虽然我的秘密掌握在她手里，可如果不是路理死死地按住，我也许已经走到她身边，狠狠地在她脸上抓出两道血印来。我完全可以抛弃我所有的尊严和骄矜，张牙舞爪、不顾一切地和她拼命。

她也一样恨我，否则这似曾相识的眼神不会令我想到另一个人——蒋蓝。我站在原地，静静地等着她戳穿我，痛斥我，然而，她却什么也没做，转身大义凛然地走开了。

“你没事吧？米砂。”路理低头关切地问我，把我搂得更紧了。

我摇摇头。

这是我期盼已久的胜利吗，为何我却得不到一点快感呢？

我僵在那里，目送着陈果愤怒的身影逐渐消失在夜色里，耳边传来路理小声的劝慰：“我们也走吧。”

我毫不犹豫地就甩掉了那只拉住我的手。

我就是生气！星空不美了，散步不浪漫了，我原来可以拥有的一切美好又因为那个莫名其妙的人统统消失了，这到底算哪门子事呢？

“你怎么了？”他问。

明明知道我怎么了，却偏偏这样问。我心里的不痛快不由得直线上升，到了我自己无法控制的地步，朝着他大声喊道："你管我怎么了！"

这是一句明明白白的赌气话，喊完，我的喉咙就不住地颤抖，我真担心我接下去再说点什么话，会不会哭出声来。

可是，路理显然没注意到我窘迫的愤怒，而是轻描淡写地说："米砂，我一直认为你很大度的，不会计较，不是吗？"

计较？我是在计较？

他的话激怒了我，我拼命压低颤抖的嗓音，一字一句地反抗："没错，我计较，计较透了。我告诉你，我长到这么大就没谁敢推搡过我，连我爸爸都不敢对我这样，她算什么？我凭什么不计较？我凭什么？难道你喜欢我的，看中我的，就是我的所谓'不计较'吗？或者，正是因为这种'不计较'，才可以让你为所欲为，是吗？"

我的声音越来越高，我并没有意识到我正像一个被信手抛出去的保龄球，滑向一个未知方向的黑洞。我只是无法控制我的思想和嘴巴，这几天来一直压抑的心情，都在那一刻统统爆发出来："她坐在那儿替你削苹果，在你昏迷的时候她用身体挡着我不让我接近你，她是那样霸道，一声不吭，铁青着脸，像一个理所当然的女王，总是在不该出现的时候出现。可是你呢，你对此只会睁一只眼闭一只眼，你没有勇气。没有勇气告诉她你喜欢我，你也没有勇气赶她走，我为了你忍受的委屈，我为了你付出的自尊，你算过有多少吗？可是你居然连对别的女生说'不'的勇气都没有，你不觉得你太好笑了吗？你不觉得我太好笑了吗？"

说完这一切，我本想挤出笑表示我的骄傲，却发现自己已经不争气地流泪了。噢，米诺凡，我真对不起你，你看，我又语无伦次了。

在我长篇大论的语无伦次后，他只是一直看着我，不说话。

为了表示我的委屈是多么正确，我勇敢地凝视他的双眼，才看到他那双令我心碎的眼睛里，闪烁着不忍的光泽。我又忍不住怀疑我自己了，我说错了吗？我说错了吗？

他当然不会回答我，依然只是那样看着我，一句话不说，故作容忍和宽容，让我愈加难尴。

就在我不知该如何收场的时候，路边忽然响起刺耳的车鸣。

是左左。

她开着一辆小巧的绿色甲壳虫，显然是没发现正处于僵持状态下的我们，而是摇下车窗，对我招着手大喊：“送你们回去？”

我抹了一把眼泪，哑着嗓子，带着哭腔对他说：“一起走。”

这个“一起走”一出口，我才发现，这既不像命令，也不像请求。

我握着我的包，站在那里等他说好，或者，笑一下也好，我受了委屈，发一下疯，他一定会理解。我已经意识到自己的小题大做和风度尽失，只是不知道是不是已经太晚。

他站在那里没动，我下意识地想伸手去拉他，谁知道他却没理会我，而是转过身去，大步地走了。

虽然他竭力做出大步流星的感觉来，但是他的腿，显然让他做不到大步流星。在路灯下，他虽谈不上一瘸一拐，却也像半个醉汉，走得很不稳当。

我紧紧地握着包，等他转身，或者，就算是停步也好，这样，我就有一个该死的借口可以冲上去把他拽回来。

可是，他没有。

他走得那么坚决和放弃，像一个向希望撒手的冠军。我终于投降，大声喊他的名字，他没有回头，背影连愣都没有愣一下。

走吧，都走吧。

我也转过身，向左左的车大步飞奔过去。

我最后那一点可怜的自尊，总算保住了。

这算是所有不好的事情里，唯一的一件好事了。

“别送我回家，随便哪儿，去哪儿都好。”我没有擦眼泪，跌坐在车后座上，对左左说道。

“我可以开车替你去追他。”左左说。

“除非你想出车祸。”我赌气地说，“让他走，越远越好。”

她温和地说：“好。”同时打开了车顶的挡板。

我看到满天星光，好像一颗颗将要砸下来的玉石，在这个诸多纷扰的夜里，飞快地落进我的眼睛里，化作一缕缕白烟。

“这世上有两件快乐事，一是追男人，二是气跑男人。你至少占了一项，不算输家。”左左发动了车子，她把车开得飞快，“不过你脾气也够大，这点像你爹。”

像就像吧，我恶狠狠地想，我要再没点脾气，没准早给人家捏得粉碎了。

车停下来，我已经不知自己身处何处。只见前方一个小巷子里，有一座类似 LOFT 的建筑，墙上用荧光笔斜斜地写着一个单词：“Silent”。

左左领我走进去，这原来是一个私人钢琴吧。装修风格像是一个天然凿出的山洞，有很大的暗红色沙发四散摆放，吊灯低到几乎可以碰到人的眉角。这里客人很少，只有几个人，喝着酒，小声说话，若有若无的钢琴声此起彼伏。我曾经以为天中的“算了”酒吧已经是这个城市夜生活的代表，没想到还有这样旖旎的场所。左左显然和这里的老板熟透了，她熟门熟路地和老板打招呼，最后领我走到整座山洞的尽头。那里摆放着一架极其漂亮的白色钢琴，和我家里的那架，一模一样。

“很贵。”左左的手轻轻抚过琴键，梦呓一样地对我说，“我还记得有个男人用淡淡的口吻对我说：我要给女儿买这一架。我那时候就想，这个小公主一般的女生，不知道到底长成什么样，后来认识了，才觉得他这般宠她是应该的。”

“你不用这样哄我开心。”我说。

“我在说真话。”她并不介意我的无理，而是说，“米砂，你让我嫉妒，嫉妒极了，你知道吗？”

“嫉妒什么？”我说，“因为我是他女儿？”

“哈哈哈。”她笑，“不是，是你眼睛里的清澈和干净，我丢掉了它们，永远都找不回来了。”

她的话很有些文艺，我听不太明白，于是就只能傻笑。

“你和你男朋友有架可吵。”她咂着嘴说，“真让人羡慕。”

什么屁话。

“你傻啊，吵来吵去才说明两人是互相在乎的。”左左拍我一下，“哪像我和你爹，总是我一个人唱独角戏，人家连看都懒得看我一眼。”

被她这么一说，我心里真的是好受多了，于是由衷地说：“谢谢你。”

她朝我眨眨眼：“要喝点什么？我请客。”

我摇头。

“请你喝可乐，你爹应该不会杀了我。”她挥手叫侍应。给我要了可乐，自己要了小瓶威士忌，倒在长脚细玻璃杯里，一点一点地品。

老实说，我开始觉出她的美丽，才发现我的思维原本是错的。这样的女子，是配得上米诺凡的，我到她这年岁的时候，如果有她这般的优雅气质，也算是自我满意了吧。

“爱情真不公平。”这样的灯光下，可乐也有了酒的味道，我喝下一大口，开始像模像样地叹息。左左走到琴边，对我说：“别哭丧着脸，来，姐姐给你唱首歌。”

那是一首我从没听过的歌：

爱情的天平我就这样和你荡呀荡
我有时快乐有时悲伤
希望有你在我身旁
当我依然在幻想
你已经悄悄背起行囊

去追求属于你的理想
告诉我成长啊就是这样

爱情的天平我还这样和你荡呀荡
我真的很想与你共享
每一份快乐和悲伤
一个梦能有多长
一段情能否地久天长
其实你不必对我隐藏
希望海阔天空任你翱翔
…………

左左是迷人的中低音，她的音乐天赋实在惊人，完全不必看琴键，唱到陶醉处，甚至微微皱眉头，闭上了眼。而我，从未听过这样忧伤的女声，好像傍晚觅食归来的布谷，在窝边低低地呻吟，养人耳膜，暖人心扉。不知道过去了多久，我被手机振动音打破了遐想，才从那像羽毛一样轻盈悲伤的歌声里回过神来。

电话是米诺凡打来的。

我当机立断做了一件事，按下接听键，把手机对准了音响，我知道左左的歌是为谁而唱，我要让那个人听见她的心，一定要。我怀着一种做救世主的心情想：在这个世界上，不懂爱的傻瓜真是排排坐，所以才会有那么多的爱情悲剧发生，我拯救不了自己，拯救一下别人也是好的。

左左没发现我的小动作，她正唱得专心："其实很多理想，就应该要去闯，爱情的天平没有绝对的收场，我看见你眼中，依然有泪光，往事难遗忘，一切温柔过往情愿为你收藏，爱情的天平没有绝对的收场，人总是要成长，爱不能牵强，未来还漫长……"

一曲唱罢，她合上琴盖，冲我颔首谢幕，当我再把电话移动到耳边，电话已经挂断，无从猜测听者的心情。我放下电话，微笑着轻轻地鼓掌。她走到我身边，问我说："打电话跟他求和了？"

"没。"我说。

"呵呵，音乐是最好的疗伤药。"左左说，"米砂，你相信吗？其实我听过你的歌呢。"

我当然不信。

可是她开口就唱："沙漏的爱，点点滴滴，像一首不知疲倦的歌……"然后，在我惊讶的表情里，她说出让我更加惊讶的话："才华了得，一点也不输给林阿姨。"

什么？她在说什么？她在说谁？哪个林阿姨？她为什么要到我们学校网站去听我的歌？她到底是何方神圣？我问不出话来，我只是抓紧了她的胳膊，等待着答案在瞬间浮出水面。

"你想知道什么？"左左眯起眼睛问我。

"你说的林阿姨，"我说，"是不是我妈妈林苏仪？"

她半张着嘴，脸在瞬间变得苍白，支吾着说："米砂，我不明白你在说什么。"

我打翻了桌上的可乐。

我一定要发脾气。

当意想不到的事情一件一件发生的时候，请原谅我没有修养。

有侍应过来，左左示意他离开。然后取了抹布替我收拾残局，做完这一切，她坐到我身边来，点了一根烟，轻声对我说："你的脾气，真的像透了他。"

"我恨这个世界。"过了很久，我说了一句最无聊的话，然后我去抢左左的酒，左左并没有阻拦，任由我把酒抢到手里，我想喝，但我不敢，这辈子，我最讨厌的就是酒精。

就在我犹豫不决的时候，米诺凡闯了进来。他夺过我的酒杯扔到桌上，一把抓住我的胳膊，把我拉到他身后，像保护一只小鸡一样护着我，然后冲左左发火："你居然让她喝酒，信不信我砸了这里？"

"信。"左左不动声色地说。

"不关左左的事。"我说，"是我自己要喝的。"

"你给我闭嘴！"他吼我。

"她只是在表演，我赌她没勇气把这杯酒喝下肚，不信你可以带她到街边找个交警测一测，她可真是滴酒未沾。"左左说完，自顾自笑起来，在米诺凡面前，她是如此紧张，连幽默也变得蹩脚万分。

"以后最好少带她来这种地方。"米诺凡说完，拉着我就往外走。

左左一定是见惯了他的无情，她没有再拦我们，只是轻笑了一声，仰头喝光了杯中酒，对我做口型："米砂，再见。"

"再见。"我也对她做同样的口型。

我几乎是被米诺凡连拖带拽地走出了那个 LOFT。其实我并没有反抗他，只是他走得太快，我根本跟不上他的步伐。直到走到他的车旁，他才终于憋不住骂我："以后少跟她混在一起，听到没？"

"她认识么么。"我说。

米诺凡转身，看着我，猛地一把拉开车门，低吼："胡扯！"

"她认识林苏仪！"我冷静地说，"她到底是谁？"

"上车。"米诺凡说。

我没有反抗，也没有再作声，从很小很小的时候开始，我就习惯了他对这个话题的回避和绝对抵制。直到车开到家门口，快要下车之前才冷冷地对他说："其实爱一个人没有错，你完全不必对人家那么凶。"

米诺凡显然是有些怔住，我以为他会回我一句："你知道个屁。"但他没有，他只是愣了好几秒，然后把车倒进了车库。

我换了鞋走进客厅，却看到令我更震惊的一幕——路理在这里，而且，他正和米砾下棋。

米砾背对着我，没有看到我。

我走进门，视线刚好和路理相撞，他先是微微皱眉，继而对我微笑了一下，对米诺凡说了句："叔叔好。"就低下头继续钻研棋局。

可我看得懂，这是一个"我担心你"的皱眉，这是一个冰释前嫌的微笑。

就在那一刻我解开了心中所有捆扎束缚的枷锁，我心酸得几乎落泪，爱情真是不公平，不公平到一个微笑可以挽回那么多。

这究竟是好事还是坏事，我已经不想去探明。

但我的心里却清楚地擂起了更加剧烈的鼓点——或者，米砾已经将我要出国的事对他和盘托出了？

如果真是这样，就让暴风雨来得更猛烈一些吧！我再也不要做那种缩头缩脑内心有不可告人秘密的小人了！

然而什么也没有发生，我走到他们身边，看着他们下完了那盘棋，看他微笑着从我家沙发上站起来，对我说："太晚了，米砂，我要回去了。"

"我送你。"

"不必。"他说，"你回家就好，我就放心了。"

他当着米砾和米诺凡说出这些话，说得如此坦然，光明磊落，仿佛要告诉全天下，我是他心中最在乎的人。我的自尊心得到了极大的满足，一晚上的不快乐消失殆尽。我送他到门边，低声叮嘱他，让他回医院后给我发个短信，结果他一上出租车就给我发了，内容是："任性的米砂，明早能来接我出院吗？"

我爱死了这种被需要的感觉，抱着手机嘴角上扬着入眠。

第二天清晨，我如约去了医院。很好，陈果没有出现，我却意外地见到一个好久不见的人——许琳老师。

她的头发长了，烫成新近流行的那种微卷式样，看上去比以前显得洋气些，我靠近她，闻到她身上好闻的皂角香味，柔和而熨帖。我一直很欣赏她曼妙的风度，这个年纪的女人若不是因为有着很好的内涵，绝不会显出这种特别的韵味来。

“米砂。”她像老朋友一样地招呼我，“你还好吗？”

“她考上了南京艺术学院音乐学院钢琴系了。”替我回答的人是路理。

“是吗？”许老师说，“我今年也有个学生考上了，叫罗典，你认识吗？”

我慌乱地摇头，她并没有发现我的窘样，而是说：“有个消息要告诉你们，醒醒考上了中央工艺美术学院，学服装设计，看来你们都很幸运，选择了自己喜欢的专业。”

噢，是吗？这真是个好消息。

真好，醒醒。

“有醒醒的电话吗？”我问道。

许琳老师缓缓地摇了摇头。

我还想继续追问下去，路理却轻轻拉了拉我的衣袖。

“不必勉强，她选择遗忘过去，未必是一件坏事。”路理把自己的大包拎起来说，“我们走吧。”

那晚，是我第一次被邀请去路理家，路理的母亲做了一大桌子菜，我有些局促，最担心的是席间他父母会提到陈果，但他们没有，对我这个不速之客相当客气和友好，看得出，是很有修养的一家。我吃得不多，许老师对我很照顾，一直不停地替我夹菜，很奇怪，吃饭的时候我想得最多的竟是米诺凡，如果他知道此时此刻我坐在男生家的餐桌上，不知道该会是什么样的表情。这应该是女孩长大的一个标志吧，我曾经以为，这一天发生在我身上，要等很久很久，所以当它到来的时候，我免不了有些云里雾里的感觉。

吃过饭后我随路理来到他的房间，他的房间不算大，书架上堆满了他的碟片和书。他招呼我坐下，对我说："好久不住家里，这里挺乱的。"

我环顾四周，忽然发现床头柜上放着的，竟然是醒醒的照片，我把它拿起来，路理有些慌地把它从我手里抢走说："老早放的，忘了收起来。"

我心里的酸又泛上来了，原来在他的心里，一直装着的是她。只是因为她毅然地选择了远离，他才不得不尊重她的决定选择遗忘。我坐在床边沉默，他把照片塞到抽屉里，好像也不知道该说什么才好。

"你想她吗？"我怀着挑衅的心情问他。

"不。"他说。

"你撒谎。"谁让他让我难过，我不打算饶他。

"这是很早以前的照片。"他解释说，"我很久不住家里。"

"能换成我的吗？"我强作欢颜，扬起笑脸问他。

"你很在意这些吗？"他皱起眉问我。

"是的。"我说。

"好。"他说，说完，就在包里拿出数码相机，要替我拍照，我挡住我的脸不让他拍，他照样咔嚓一张，然后坚决地说："明天洗出来，天天带身上，总行了吧。"

"给我看。"我去抢相机，他大方地递给我。我看到照片上我的脸被双手挡住了，只余一只眼睛露在外面，神情慌乱夸张，看上去像个丑八怪。我忍不住尖叫起来。

他又哈哈笑起来。

我真羡慕他，每一次化解我们之间的矛盾，都是如此得心应手。

他在我身边坐下，自言自语地宣布说："周日我送你去南京，然后我再回学校报到，我的功课落了不少了，专业课都不知道能不能过得了呢。"

"不用送我。"我连忙说，"我爸会开车送我去。"

"哦。"他说，"你爸真宠你。"

"你吃醋？"我笑嘻嘻地问他。

他庄重地点点头。

不管真的假的，总算是一报还一报。要知道，天下最不好受的滋味，就是吃醋的滋味，他要是不好好感受一下，哪能体会到我的心情。

那天，为了不给他父母留下不好的印象，我只在他房间逗留了十分钟后就离开了。他并没有留我，因为他刚出院，我也没让他送我。我和许老师一起离开他家，因为方向不同，到了小区门口，我们各自打车。分别的时候，许老师拍拍我的肩说："米砂，路理还不知道你要出国的事吗？"

我一惊。

"我知道你在撒谎。"她说，"陈果把一切都告诉我了。"

"对不起。"我低头说，"我会处理好，也许就不出去了，我正在跟我爸爸商量……"

“米砂，”许老师打断我说，“你愿意听我的建议吗？爱情是容不得任何欺瞒的，哪怕是善意的谎言，最终也会是一个错误。”

“我该怎么办？”我问她。

“告诉他真相，他一定能接受。”许老师说，“路理是个优秀的孩子，并不是你想的那么狭隘，出国并不代表着分手，你们都还年轻，来日方长。”

“可我害怕……”我说出实话。

“怕什么。”许老师说，“路理很喜欢你的。”

我注意到，她用的是喜欢这个词，喜欢和爱的区别，他们那代人不知是不是和我们一样分得很清楚。但不管如何，这个勉勉强强的“喜欢”还是让我心里空落落的，有些不爽。谁能说路理就不喜欢那个叫陈果的呢，如果不喜欢，他怎么可能在那些日子里都和她待在一起？谁说路理就不喜欢醒醒呢，如果不喜欢，他又怎么可能把她的照片一直放在床头柜上？

米砂从来都不是女一号，这份感情怎么经得起任何震荡？

所以，原谅我胆小，我不敢也不想冒这个险。

我心事重重地回到家，米砾和米诺凡正在看新闻。我绕过他们，想无声无息地上楼，谁知道还是被发现了，米诺凡大声对我说：“米砂，吃饭没？”

“吃过了。”我说。

“有甜汤喝。”米砾说，“老爹亲手做的，给你留了一碗。”

“不吃了。”我说。

“你给我站住。”米诺凡说。

我停下了脚步。他站起身来，一直走到我面前，对我说："你今天没去雅思班上课？"

"没。"我低声答。

"下不为例。"他说。

"我会重新参加高考，考南京艺术学院音乐学院，钢琴系。"我抬头迎着他的目光答。

"这想法挺新鲜。"他微笑着说，"是什么人教你的吗？"

"不。"我说，"和其他人无关。"

"很好。"他说，"对了，米砂，有件事我想告诉你，你妈妈的遗物都整理好了，你一定很想看看，是吗？"

"在哪里？"我惊讶地问。

要知道，这可是他第一次，如此直接地和我提到么么和关于么么的事情，我只感觉我气都要喘不上来了。

停了半晌，他终于回答我三个字："加拿大。"

这！算！什！么！

7

这一年的秋天，像是被打了过多麻药的癌症病人，迟迟不肯醒来。等到醒来，却已经奄奄一息，命不久矣，几乎很快地逃离了人间。树叶好像一夜之间全部掉光，一切植物迅速脱水衰老化作灰烬。冬季随着一场寒气逼人的大雾袭击了整座城市。

出国的日子已经迫在眉睫，迫到家中唯一的“密室”的门也被打开，米诺凡找了清洁公司的人，将之打扫得干干净净，将那些老古董一般的陈设统统打包，能寄到加拿大的，已经先行寄过去了。

我和路理，只是周末见面。追回学分对他来说是轻而易举的事，我知道他已经在筹备一个短剧的拍摄，准备参加大学生ＤＶ电影节。为此，他还特别找左左咨询音乐的事情，我没有问这个短剧到底有没有陈果参与，我决定做个聪明的姑娘，不能得了便宜还卖乖。

我的学习也很忙，除了复习高三的功课，还要对付雅思。每天从早上九点就开始上课，阅读、听力、写作连番上阵，坐得久了就觉得枯燥了，不过老师都很有趣。

有一个教写作的东北老师，一口东北话从头贫到尾，逗得全班人哄堂大笑。有时候上着课突然走神了，我就掏手机偷偷给路理发信息，老师上课说的好笑的英文笑话我会一个字一个字地打给他，偶尔也抱怨某个阅读老师的阅读课听了直让人打瞌睡。他回信息说，钢琴系不练琴还得上这么多英文课。吓得我心头一跳，赶紧打哈哈搪塞过去，生怕露出一点马脚，晚上一个人在房间里做雅思题的时候，我强迫自己完成规定量才能给他打电话。每天晚上背完单词，躺在床上睡觉前，想起这么辛苦，竟有些类似高三备考时靠着想他的毅力苦苦熬过时的心情。

当然我们也见面，周末，我变成他那间小屋的常客，因为，我是“大学生”。

也有好几次因为想他，我会突然出现在他面前，向他撒谎学校放假或者请病假，他会很生气："以后千万不可以。知道吗？"

虽然不可以，但我还会那样做，他依旧生气地说："千万不可以。"每当这时，我的心里总是充满歉疚和想立刻说出真相的冲动。后来我终于变乖，只在周末的时候出现，我总是买新鲜的花带过去，一开始，我不确认他是否喜欢这些女孩子气的东西，但是，他从来没有反对过。所以，我乐得让他的屋子里充满花的味道——那是米砂的味道，新鲜的，不一样的。

我没有在那里再发现过充满烟蒂的烟灰缸，烟头都没有。

有一次，我提出教他跳舞。

"我们来跳舞吧。"我把小奏鸣曲的CD放进他的电脑，充满期待地向他提议，"让我教你，我在学校学会了新的舞步。"我拉起他的手，想要和他转圈，他跟上来一步，一个踉跄。我吓得差一点尖叫，他却得逞地笑着，说："想要看一个残疾人最糗的样子吗？请他跳一支舞吧。"我反应过来，一把抱住他，心里悔恨得一塌糊涂。他便用手指绕住我的长发，在指尖绕成几个圈圈，再慢慢松开，在我的脸上亲了一下，表示原谅。

我们常常做的事，是看完一张碟，或者同一本什么漫画书和杂志，伴随着这样的小游戏：谁先看完一页，谁就说"好了"，先说"好了"的那个人便可以因此取笑对方的阅读速度。他最喜欢忽然在身后抱住我，把下巴放在我的头顶，蹭来蹭去，问我，"下巴梳子"好用不好用。

不得不说，在这个匆匆而过的秋天里，我们拥有的那点可怜的短小的时光，居然是我们认识以后最最静谧和私密的一段时光。

日子一天天地过去了，我没有再因为出国的事和米诺凡有过任何交锋，安心等待命运给我的裁决。不过我和米砾的雅思成绩相继出来，我得7分，米砾也奇迹般得到了6分，可以申请到不错的学校。米砾盛情邀请我去参加他的聚会，还说请了不少天中的老朋友。

他一高兴就开始胡说八道："米砂你也拾掇拾掇，去买买新衣服，参加参加社交活动嘛。你看你现在这造型，头发长得跟女巫似的，你还是短发好看。"

我面无表情地说："请不要和高三学生谈形象问题，一年后我可是要参加高考的人，没那工夫美容美发。"

"你真搞笑。"他装模作样地叹了口气，跷起了二郎腿。

"什么？"我充满敌意地问。

"哪有你这样的，虽说嫁鸡随鸡嫁狗随狗，但毕竟人往高处走，水往低处流，路理王子应该随你天涯海角一起走，而不是让你陪他流浪到人生的尽头。"

他满足于自己的顺口溜，陶醉了一番后总结道："总之，他应该为了你而考加拿大的学校，要知道，你已经为了他，选择了一个残疾……"

"住嘴！"我拿了一个垫子对着他扔过去。

爱情本来就是不公平的，不是人人都像他和蒙小妍一样简单又纯粹。

"你难道对你老娘的事都不感兴趣了吗？"米砾说，"我敢保证，米老爷说的都是真话，而且，要不是为了老娘，我们也不会移民去加拿大。”

“你到底知道了些什么？”我揪住他的衣领。

“我就知道我老娘死在加拿大了。”米砾说。

“米诺凡告诉你的？”

“不，”他说，“我猜的。”

我放开他，围上一条围巾，去琴吧找左左。

不能和路理见面的时候，我常常在雅思班下课之后去找左左。整个十一月她都泡在琴吧里，为一个新的音乐剧谱曲。有空的时候，她就替路理的短剧配乐，她有一双修长到令我惭愧的手指，可以跨十一个琴键弹奏，许多复杂的曲子，她弹起来都不费吹灰之力。谱曲的时候，她画的音符又大又圆，那些蝌蚪文一个个像有生命似的，在一张张白纸上飞舞。

她总是威士忌不离口，因此满屋子都是酒味，每次从她那里离开时，我都必须喷些香水不可。

她送我许多世界名曲的唱盘，我买了一个小音响，夜夜在关灯之后播放小夜曲，有音乐的时候，我比较不容易想起那些烦心的事。

比如，陈果是不是还在悄悄关怀他；比如，他会不会发现我的谎言；比如，独自留在这里之后，我如何一个人过以后的生活。

关于这些，左左说：“烦恼来找你，才去应付。如不，任它沉睡。享受生活才是人生第一大事。”

我没有从左左那里学会买醉，倒是学会了敞开心扉，我知道她了解和掌握着一些秘密，但我并不急于让她和盘托出，我已经等了很多年，我愿意继续等下去。我相信她和么么之间一定有些交集，哪怕只是一丁点，这个人也因此让我倍觉亲切。

我常想，如果没有出国事件，或许，这将是我这段时间以来最安宁的日子了吧。但生活好像总是这样，它永远不允许“永远”发生。所有的安谧总有一天会被打破，所有的联系总有一天会被割裂，所有的快乐，也总有一天会烟消云散。我想到百度“沙漏”这个词时，正是第一场雪降临城市的那一天。

早晨醒来，拉开窗帘，地面有一层薄薄的雪。这令我心情大好，想起许多从前的事情来，我打开电脑，打开百度，神奇地百度了一个词——“沙漏”，是的，它是联系过去的某样纽带。

出来的网页里，唯独“沙漏的女孩”吸引了我的注意。

当我点开网页时，我看到的那张面孔，令我刹那回到了过去。

是莫醒醒！

我几乎流下幸福的泪水。接下来的事情变得理所当然。我在那个名叫“江爱迪生”的摄影师的网页上轻易地发现了他的 E-mail 地址，并和他取得了联系。说明来意后，他给了我醒醒在北京的确切地址。

完成这一切，在网络发达的今天，只需一天的时间。

莫醒醒，天涯海角，米砂终于还是找到了你。

我便带着醒醒的消息，飞奔去路理的家。

我想象着他高兴的样子，心里禁不住更加得意起来。

我要怎样开口呢？

“路理，这件事，你绝对想不到。”

“猜猜，我知道了谁的下落。”

“醒醒，我找到醒醒了！”

我一面走路，一面否认，一面一个人傻傻地微笑，直到掏出路理配给我的钥匙，打开了路理的家门。

今天不是周末，不是我们要见面的日子，但是，我要给睡梦中的他一个惊喜。

我轻手轻脚地走到他的床前，想要挠他的痒痒。可是，当我看到那个翻身之后面对我的面孔时，世界忽然变成了黑夜。

那是陈果。

她睡在床上。

路理就在这个时候闯进房来，他的手上还握着一支牙刷。

陈果已经坐起身来，她穿的是路理的 T 恤，非常大，袖子几乎垂到她的小臂。她坐起身，抱着膝盖，表情仍然是冷冷的，勇敢地看着我。

她没有感到任何羞愧和尴尬，光荣得像要去赴刑场。

我看看路理，我的眼神里的所有疑问，我相信他都懂。

难怪他总是不希望我在“非周末”的时候出现，难道我不在的所有的“非周末”的日子里，都是这样的情景吗？我不愿意相信，却不得不相信这个我眼睛看到的事实。我上前一步，期望他可以跟我解释，告诉我，这只是一个误会，事情完全不是我想象中的那样。

然而，遗憾的是，他只是轻轻转头，避开了我的目光。

就这样结束吗？

在所有你和我的收场之幕里，我从没幻想过的，是这一种。

那个早晨，天空又飘起小雪。我从他家里仓皇而逃，忘记了家的方向在哪里。我甚至连醒醒的照片，都没来得及向他展示，我到底还是输了，不是吗？如果换成醒醒，她会不会赢？如果是醒醒赢了，我会不会输得心甘情愿？

这真是世界上最“可悲”的自我安慰。

“米砂！”他终于还是追出来，在巷口，我转身，看到他好像没站稳，就要摔跤。我想去扶他，可是终究忍住了，站在原地没动。

“听我解释。”他说。

“有必要吗？”我冷冷地问。

“如果你想听，当然有。”

“很遗憾。我不想听，我现在只有一个感觉，那就是——恶心。”说完这句话，我转身大步地离开了。我没有回头，一直没有，我只知道我的双腿一直在不停地颤抖，直到我走着走着，走到左左的琴吧门口。

可是，当我不经意回头的时候，我失声尖叫起来。他跟着我，他竟然一直一直跟着我，走了这么远，他的腿，会不会疼？

事到如今，我还在心疼他，如此一想，我就加倍心疼起自己来。

我站在那里，他站在不远处。雪花飘在我们中间，很近的距离，却是如此遥远。那一刻，仿佛他只是一个路人，仿佛我和他从来都不曾相识。

终于，他走上前来，问我说："现在，愿意听我解释吗？"

我还是摇了摇头。

他笑："米砂，你如此倔强，谁也改变不了你，是不是？"

"不是我的错。"我说。

"是我的。"他温和地说，说完又加了一句让我心碎的话，"我本不该和你重新开始。"

他后悔了，这是一定的。

"是要说再见吗？"我问他。

他好像费劲地想了很久，很久，这才回答我说："是吧。"

"再见，路理。"说完这四个字，我转身进了琴吧。我一直走到琴吧的最里面，还没有来得及掸去身上的雪水，就一头倒在沙发上，我冷得发抖，但最终没有流一滴眼泪。我挣扎着爬起来，倒了一杯威士忌，一口气喝了大半杯。

左左拿来一条毯子盖在我身上，关切地问我怎么了。

我摇摇头，只对她说："弹琴给我听。"

她给我盖好毯子，说："好，你听听这一首我新谱的曲。"

言毕，她开始弹奏。音符渐起的时候，酒精正给我带来第一丝暖意。我拈起还残留在我的衣领上迟迟不肯融化的一粒雪，扬起头对她说："让我来写词，可好？"

"好的。"左左笑着说，"可以一试。"

"是否爱情的世界注定充满谎言？"我气若游丝地问她。

"怎么，你受伤了？"她捏着我的下巴，审视地问。

我没有点头也没有摇头。我拼尽全身的力气努力着，不让自己哭泣。是的，我绝对不能哭，绝对不能。

“哭吧。”左左善解人意地说，“哭完你心里会舒服一些。”

但我还是骄傲地昂起头，把就要流下来的泪水硬生生逼了回去。

就这样，我终于还是做了决定。

我开始全力准备出国的东西，包括万金油和百雀羚，我写好单子，仔细核对，热情程度好像已经超过了米砾。我时不时就打电话跟左左请教：加拿大傍晚会不会落雨，冬季湿度有多大，便利店是否二十四小时营业等。米砾对此大感不解，他问：“你的王子呢？你就这样丢下他了？”

“分手了。”我当着米诺凡的面大声对米砾说，“年少轻狂，一笔勾销了。”米砾瞪直眼看我，半天才明白我的意思。米诺凡却不动声色，翻过一页一页报纸，好像一切都在他的掌控之中。

我现在甚至有些怀疑，当时他对我说“不要急于做决定”的时候，就料定我会有回头的这一天。

不过有什么办法？我终究是路理和米诺凡两位男士的手下败将，一个令我体无完肤，一个令我虔诚皈依。

我的手机二十四小时开机，像以前那样贴身放着。可是，有时候往往一整天它都静悄悄的，像合上了眼皮安静睡去的孩子。

这样的等待自然是可耻的，我羞于告诉任何一个人，当然最最羞于告诉他。

我原以为，若他能真正找到心中所爱，我一定是走得最潇洒不会回头的那一个，却未想，结局明朗的那一刻，我却最最输不起。

我输不起青春岁月里美好的守候，以及初初萌动的如同盛满露珠的荷叶那样的爱。

其实，就在狠心说出那四个字以后，我就该知道，消失了的，不会再重来；逃离了的，不会再拥有。

是不是误会，此时此刻，都已经不再重要。尽管我在心里，已经替他想好了千百个解释的理由。

我没想到有一天会再见到陈果。

那天我去街上采购，累了，走近一家麦当劳想买杯“麦乐酷”喝。忽然看到柜台里的她，她穿着制服，笑容可掬，正在给一个小孩子递上一个甜筒。我疑心看错了，仔细一看，果真是她。

我没有买任何东西，匆忙退出。

其实我完全不必怕她。

但那一刻，我觉得我好像又输了。我从来都是依附着别人长大，没有自己赚过半分，更别说像她这样在快餐店辛苦打工。她明朗动人的微笑让我有种从没有过的心悦诚服。

坦白说，以前我老觉得她着装老气，发型凌乱，步伐难看，没有特长和天分，五官平常到掉在人堆中无法辨认出她的面目。除了跟我抢路理时的咄咄逼人，我看不到她任何的优点。放在以往任何一个时刻，我绝不会把这样一个普通到俗气的女孩当作对手。但现在，她的右手上却骄傲地拎着一个装满蔬果的菜篮。

她已荣升为他的厨娘，烹调佳肴，调味幸福，这份恋情堪称修成正果。

所谓“命运的裁定”，原来是令米砂远走高飞，令陈果成为最后一站的公主，叫我不得不折服。

那些日子，我还喜欢上了跟江爱迪生聊天。就是他，一个摄影师，把醒醒和过去的岁月一并带回到了我的身边。

我跟他完全不熟，所有的了解都只是通过QQ上跳跃的一个头像，但跟陌生人倾吐让我无所顾忌。总要有人见证我年少的美好友情，它不能就这样被一笔带过，任岁月就此将它掩埋，我不甘心。好在我的聆听者是个超级有耐心的人，他对我讲述的每一个细节都是如此感兴趣，恨不得我能讲得越多越好。

我用脚指头想也知道这个姓江的爱上了醒醒。醒醒又有人爱有人宠了，噢，她天生是讨人爱的姑娘，米砂却从来都不是。杂志书上说的关于“爱情运”的高低，大抵就是如此吧。

“你难道不想见她一面吗？”有一天，江爱迪生给我建议说，“你反正也是从北京转机，我觉得，你在出国前最好来看看她。”

我首先想到的是拒绝：“她的病好不容易好，一切重新开始，我不想勾起她不快乐的回忆。”

“遗忘不是好办法，因为好多事情除非患了失忆症，否则根本没法忘，坦然接受过去，才可以更好地出发。”

这个怪名字的家伙，他是在劝我吗？

“来吧。”他说，“我来安排。”

那些天我又开始苦练厨艺，我要把生疏的一切练回来，等我见到醒醒，一定要给她做一桌好吃的东西。最享受的人当然是米砾，不管我做什么，他都照单全收。

有一次他甚至破天荒地拍起我的马屁来:“米二，我以后能娶到你这样贤惠的老婆就好了。”

“那还要懂得珍惜。”米诺凡插嘴。

“你是经验之谈吗？”米砾这个不怕死的，居然敢这样子和米老爷对话。

米诺凡看了看我，又看了看米砾，什么也没说。

傍晚时分，米砾跑到我房间里来，我们透过窗户，看到米诺凡又在修剪院子里的花草。米砾摸摸头对我说:“都要走了，他还这么辛苦劳作，老男人的心思真弄不明白。”

“你今天不该那么说他。”我说，“或许他心里不痛快。”

“你多虑了。”米砾说，“男人是拿得起放得下的，米老爷是真正的男人，我崇拜他。”

“你为什么不大声喊出这一句？”

我话音刚落，米砾已经推开窗，面对着窗外的米诺凡，竟然大声用英文唱起了《我的太阳》:“Oh my dad, oh my sunshine!”他的美声严重走调，荒腔走板，我笑倒在床上。

而窗外那个站在院子里拿着一把大剪子的男人，脸上的表情竟然有些羞涩。

不管怎么说，我们一家子的新生活要开始了。我的，米诺凡的，米砾的，我们是注定相亲相爱的一家人，我们谁也不能失去谁，谁也不可以让谁失望。

临走的前一晚，我去看左左。她兴致特别高昂，放下酒杯，一直喊着有礼物要送我。我打开那个包装精美的丝绒礼盒，看到了“礼物”——

那是我作词她作曲的一首歌，歌名叫作《微雪》，她已经将它制作好，放进了一个崭新的 iPod 里。

“送你。”她说。

“这么好。”我说。

她紧紧地拥抱我，在我耳边呢喃，声音忧郁得让我抓狂：“明天就走了。”

“你不许想他。”我推开她，很严肃地对她说，“你要有新的开始，必须。”

“也许吧。”左左说，“我为追他回国，他却去了国外，一切都是天命，说起来是不是很可笑？”

“爱情本来就是一件可笑的事。”我说。

“不。”她纠正我，“爱情是一件美好的事。”

我反问她：“不被接纳，甚至被欺骗、伤害，难道也是美好的吗？”

她看着我，两眼放光地肯定地说：“如果你真的爱这个人，就是的。”说完，她把 iPod 替我打开，耳机塞到我耳朵里说：“来，听听咱俩的杰作。”

我闭上眼，耳边传来的是左左动人的歌声：

我靠过你的肩
你没吻过我的脸
难过的时候

我常陪在你身边
朋友们都说
这种关系很危险
暧昧是最伤人的
常常还没有开始
就已经走到了句点

我们的爱
也许只是一场细微的雪
落进地面
转眼就消失不见
但那些甜美的错觉
已值得我长久地纪念
至少爱与不爱
你从没对我敷衍
嘴角努力上扬
快乐就记得多一些
不那么贪心
遗憾就一定会少一点
陪你走的路
真的没想过永远
每次欲言又止后
寄给自己一张明信片

我们的爱
哪怕只是一场细微的雪
却化作我心底
这些年汹涌的思念
我的男孩你早已不见
只有潮湿的风提醒我
有一朵花曾经
放肆地开过春天

虽然歌词出自我手，可我为什么居然能听得泪流满面?

“别哭，米砂。”左左拥抱我，替我擦掉泪水说，“坚强的姑娘才是好姑娘。”

“我爱他。”我抽泣着说，“我真的很爱很爱他。”

“我知道，我知道。”左左拍着我的肩，像哄一个孩子。我闻到她身上的气息，像儿时的么么，那气息让我觉得安稳，让我变得前所未有地强大。于是我请求左左，这是一个在我心里藏了许久许久却一直不敢提出来的请求:“告诉我妈妈的故事，好吗?”

“你一定要听吗?”左左问。

“是的。”我咬咬牙说。

“好吧，我讲给你听。”左左说，“那一年，我应该是十二岁，你妈妈离开你们来加拿大，是为了追求自己的艺术理想，她还想继续上学。你爸爸不同意，觉得她应该留在家里相夫教子，于是她私自跑来，没有钱，经济上很是窘迫。后来经朋友介绍到我家来，教我弹琴。我和她相处得很愉快，她常常跟我谈起你，还有你哥哥米砾，她说你们是如何如何可爱，她是如何如何想你们。等到她学有所成，一定会把你们接来，全家团聚。你妈妈真的很好，她是天生的艺术家，我以前憎恶弹琴，是她让我认识到音乐的无穷魅力。可惜，她只做了我两个月家教，米砂——你确定你要听下去吗？”

我控制住自己，用尽量不发抖的声音说：“是。”

“有一天夜里，她从我家离开以后，就再也没有回来过。”左左抱着我，在我耳边说，“她死得很惨，遇到变态杀手，那是华人在加拿大非正常死亡事件里闹得最轰轰烈烈的一次。你爸爸闻讯赶来，在她墓前一直跪了三天，不吃不喝。他告诉我们，当初你妈妈走时，他没有给她钱，就是想她吃不了苦，能乖乖回去，可谁也没想到在这么短的时间内，就发生了这样的意外。米砂，这件事是你父亲一生最大的隐痛，他瞒着你们，是担心你们接受不了这个事实。而这么多年，他一直在为此事愧疚，不再去爱，不再动心，心里只住着你妈妈一个人。就算永远阴阳相隔，他也从不曾改变。米砂，你爸爸，才是一个真正懂爱的、值得尊重的男人，我爱上这样的男人，尽管他从来都没爱过我，我也不丢人，对不对？”

那一夜，我告别左左，将歌声放到最大，插上耳机，任音乐在我耳旁轰鸣。我一个人双手插袋，荡过这座城市里最繁华的一条马路。这是铭记了太多欢快和惆怅的一条路，这条通向天中的路，这条他发生车祸的路，这条和他并肩奔跑过的路。重走一遍，仿佛唤醒了一切死灰般的记忆。走了很久很久，我不知不觉竟然又着魔般走到他家窗前。里面透露出微弱的灯光和晃动的人影。但因为有窗帘，我一直没法看清里面到底是一个人还是两个人。

尽管如此，我仍然怔怔地站了好一会儿，直到又感到细雪落在我发烫的耳朵上，我才慌忙苏醒过来。我取下我的 iPod，又将他配给我的钥匙用包装盒上的丝带打成一个结，算作我留给他的最后的礼物，默默地放在了他家门口。我承认，直到那一刻我仍然幻想他会忽然打开门，惊讶而欣喜地喊着我的名字："米砂，你来了？"

心里的声音却艰难地说：不，永远不会了。

我凝视着那根黄色的丝带扎成的灿烂的蝴蝶结，知道到了该告别的时候了。这一切就像一句我最爱的歌词：而我终究要离开，像风筝，飞向很蓝的天。

米砂，你要勇敢。

Please be brave，永远不忘记。

[END]

饶雪漫

作家、编剧

十四岁开始写作，著有六十余部作品，有“文字女巫”之称，是当之无愧的青春文学领军人物，作品多次登上全国畅销书榜。

代表作：

《左耳》《沙漏》《离歌》《雀斑》《那些女生该懂的事》等

沙漏 III

产品经理 | 袁舒舒　　责任印制 | 刘　淼
书籍设计 | 付诗意　　内文版式 | 朱大锤
技术编辑 | 顾逸飞　　出 品 人 | 吴　畏

图书在版编目（CIP）数据

沙漏．Ⅲ / 饶雪漫著．— 济南 ：山东文艺出版社，2019.11

ISBN 978-7-5329-5890-0

Ⅰ．①沙… Ⅱ．①饶… Ⅲ．①长篇小说—中国—当代 Ⅳ．①I247.5

中国版本图书馆 CIP 数据核字（2019）第 137295 号

沙漏 Ⅲ

饶雪漫 著

主管单位 山东出版传媒股份有限公司
出版发行 山东文艺出版社
社　　址 山东省济南市英雄山路 189 号
邮　　编 25002
网　　址 www.sdwypress.com

读者服务 0531-82098776（总编室）
0531-82098775（市场营销部）
电子邮箱 sdwy@sdpress.com.cn

印　　刷 天津丰富彩艺印刷有限公司
开　　本 880mm×1230mm　1/32
印　　张 11.5
字　　数 227 千字
版　　次 2019 年 11 月第 1 版
印　　次 2019 年 11 月第 1 次印刷
书　　号 ISBN 978-7-5329-5890-0
定　　价 49.00 元